浙江文化研究工程成果文庫

浙江文獻集成

浙江文叢

王雨謙集

〔明〕王雨謙 著　黄鵬程 整理

浙江古籍出版社

圖書在版編目（CIP）數據

王雨謙集 / (明) 王雨謙著 ; 黄鵬程整理. -- 杭州 : 浙江古籍出版社, 2024. 11. -- (浙江文叢). -- ISBN 978-7-5540-3001-1

Ⅰ. I214.82

中國國家版本館CIP數據核字第2024ZW7475號

浙江文叢

王雨謙集

〔明〕王雨謙 著　黄鵬程 整理

出版發行　浙江古籍出版社

（杭州市環城北路177號　郵編：310006）

網　　址　http://zjgj.zjcbcm.com

責任編輯　林若子

封面設計　吴思璐

責任校對　吴穎胤

責任印務　樓浩凱

照　　排　浙江大千時代文化傳媒有限公司

印　　刷　浙江新華數碼印務有限公司

開　　本　710 mm × 1000 mm　1/16

印　　張　21.5　　插頁　4

字　　數　220千

版　　次　2024年11月第1版

印　　次　2024年11月第1次印刷

書　　號　ISBN 978-7-5540-3001-1

定　　價　150.00圓（精裝）

ISBN 978-7-5540-3001-1

9 787554 030011 >

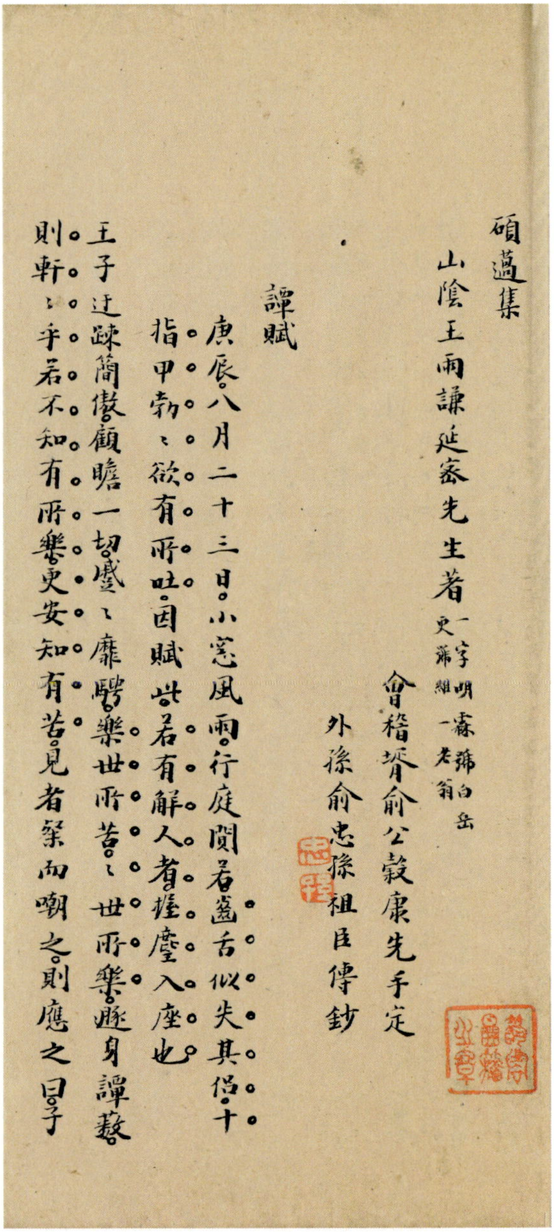

碩邁集

山陰王雨謙延家先生著一字明森號白岳更號鋤一老翁

會稽婿俞公穀康先手定

外孫俞忠孫祖臣傳鈔

譚賦

庚辰八月二十三日小窓風雨行庭閲君蠡舌似失其侶十指甲勃勃欲有所吐因賦此若有解人者搓麈入座也

王子迂跡簡傲顧瞻一切蹙蹙靡騁樂世所苦苦世所樂避身譚藪則軒軒乎若不知有所樂更安知有苦見者絜而嘲之則應之曰子

浙江圖書館藏俞忠孫抄本《碩邁集》

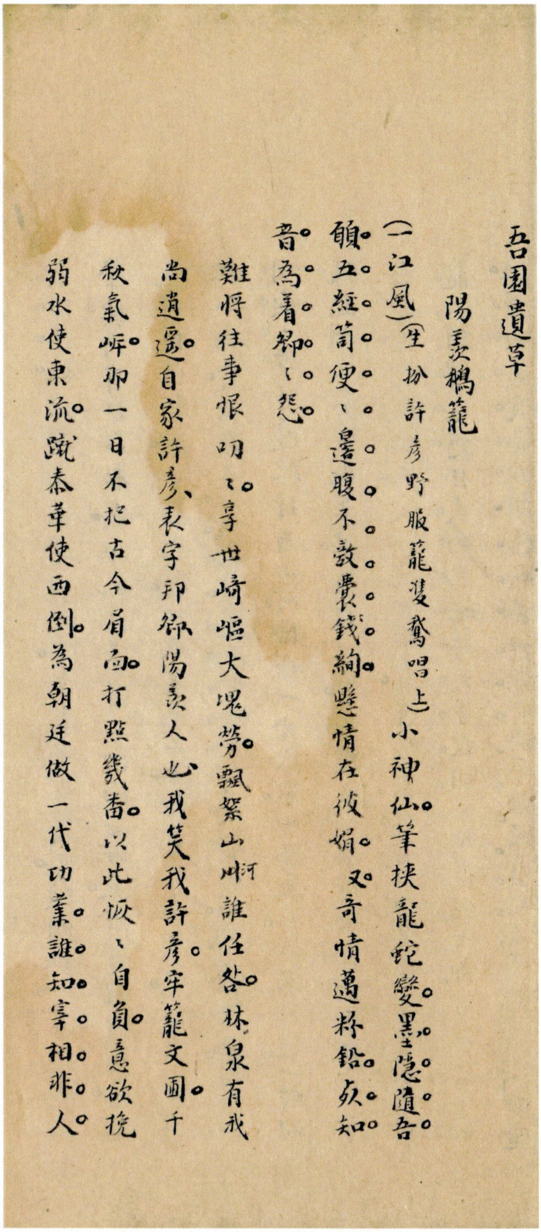
吾園遺草

陽羨鵝籠

(一江風)(生扮許彥野服籠裝鵝唱上)小神仙。筆挾龍蛇變。墨隱隨吾顛。五經笥便便，邊腹不教囊錢絢。懸情在彼娟。又奇情邁粉鉛。亦知音。為着。卿卿怨。

難將往事恨叨叨。嘆世崎嶇大塊勞。飄絮山河誰任咎。林泉有我尚逍遙。自家許彥，表字羽卿，陽羨人也。我笑我許彥牢籠文囿千秋氣。峥嶸一日不把古今眉面打點幾番。以此恢恢自負，意欲挽弱水使東流。蹴泰華使西倒。為朝廷做一代功業。誰知。寧相非人。

浙江圖書館藏俞忠孫抄本《碩邁集》附《吾園遺草》

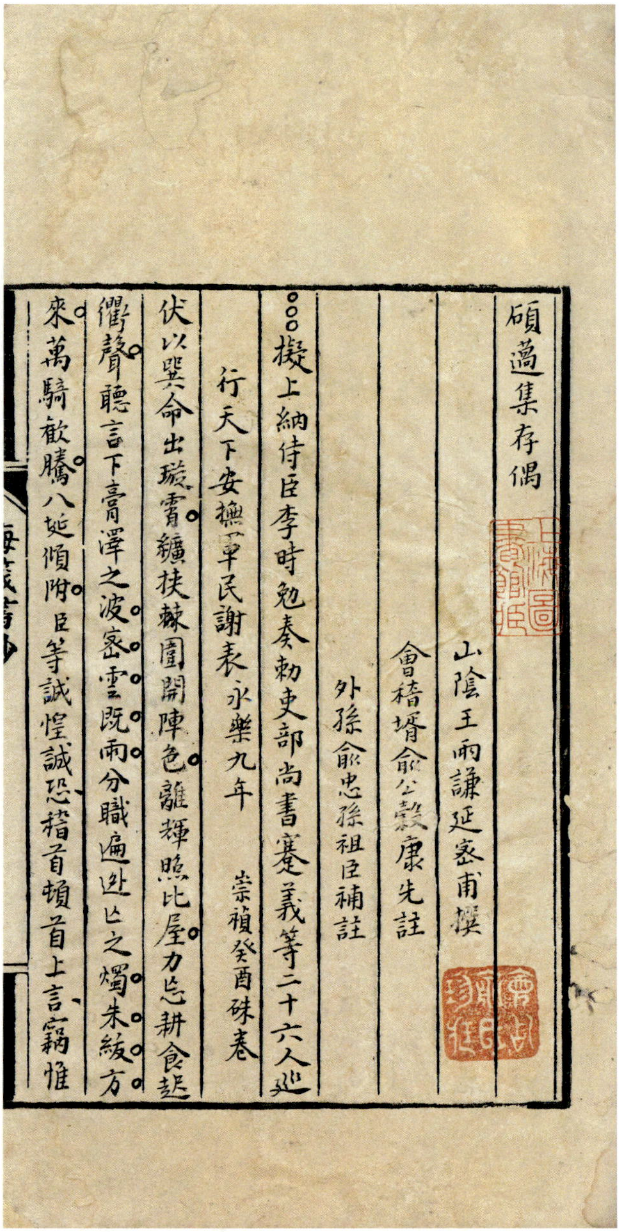
碩邁集存偶
山陰王雨謙延宓甫撰
會稽壻俞公穀康先註
外孫俞忠孫祖臣補註
擬上納侍臣李時勉奏勅吏部尚書蹇義等二十六人巡
行天下安撫軍民謝表 永樂九年　崇禎癸酉硃卷
伏以巽命出璇霄鑣扶蘇圍開陣色離輝照比屋力恣耕食趁
衢聲聽言下膏澤之波密雲既雨分職遍巡乚之燭朱紱方
來萬騎歡騰八埏傾附臣等誠惶誠恐稽首頓首上言、竊惟

上海圖書館藏稿本《碩邁集存偶》

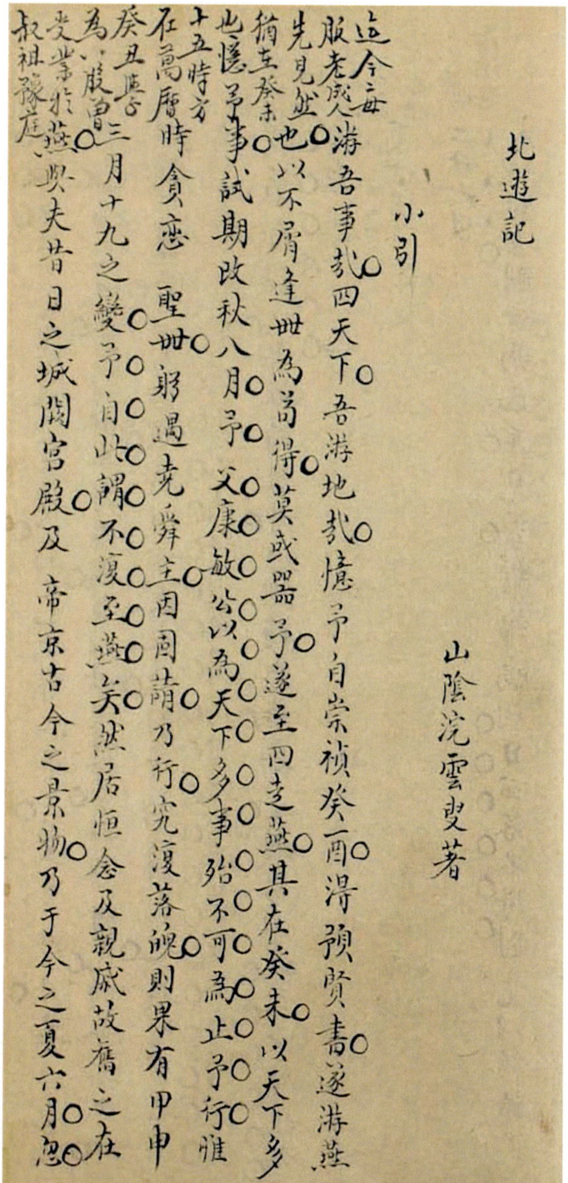
北遊記

山陰浣雲叟著

小引

迄今每游吾事哉○四天下○吾游地哉○憶予自崇禎癸酉○滑預賢書○遂游燕
服老嵗人
先見並也○以不屑逢世為苟得○莫或器予○遂至四之燕○其在癸未○以天下多
猶在癸未○
也憶予事試期改秋八月○予○文康○敏○公○以○為○天○下○多○事○殆○不○可○為○止○予○行○雖
十五時方
在高曆時貪戀聖世○躬遇堯舜主○因固請○乃行○究復落魄○則果有甲申
癸丑甦○三月十九之變○予○自此○謂○不○復○至○燕○矣○然居恒念及親戚故舊之在
為服曾○
受業於燕○與夫昔日之城闕宮殿○及 帝京古今之景物○乃于今之夏六月○忽
叔祖豫庭

浙江圖書館藏王協和輯録稿本《冰玉集》

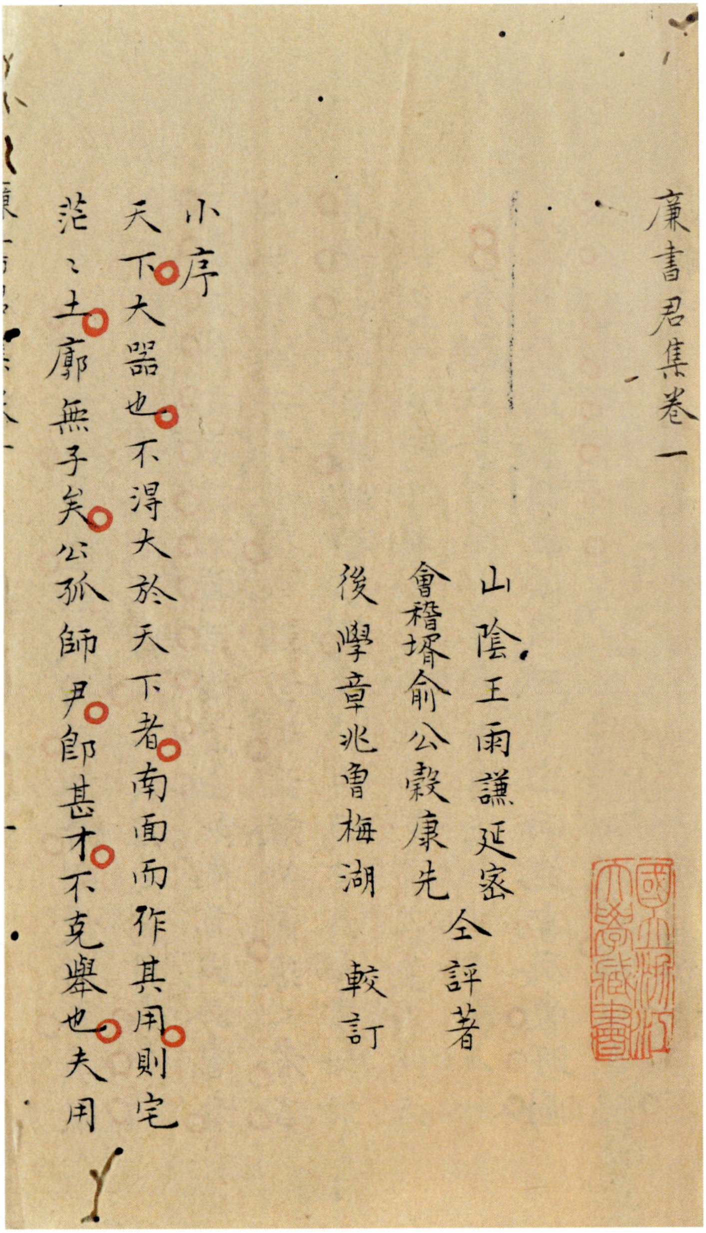

廉書君集卷一

山陰王雨謙延密
會稽壻俞公穀康先　仝評著
後學章兆曾梅湖　較訂

小序

天下大器也不淂大於天下者南面而作其用則宅
茫茫之土廓無子矣公孤師尹郎甚才不克舉也夫用

浙江大學圖書館藏稿本《廉書》

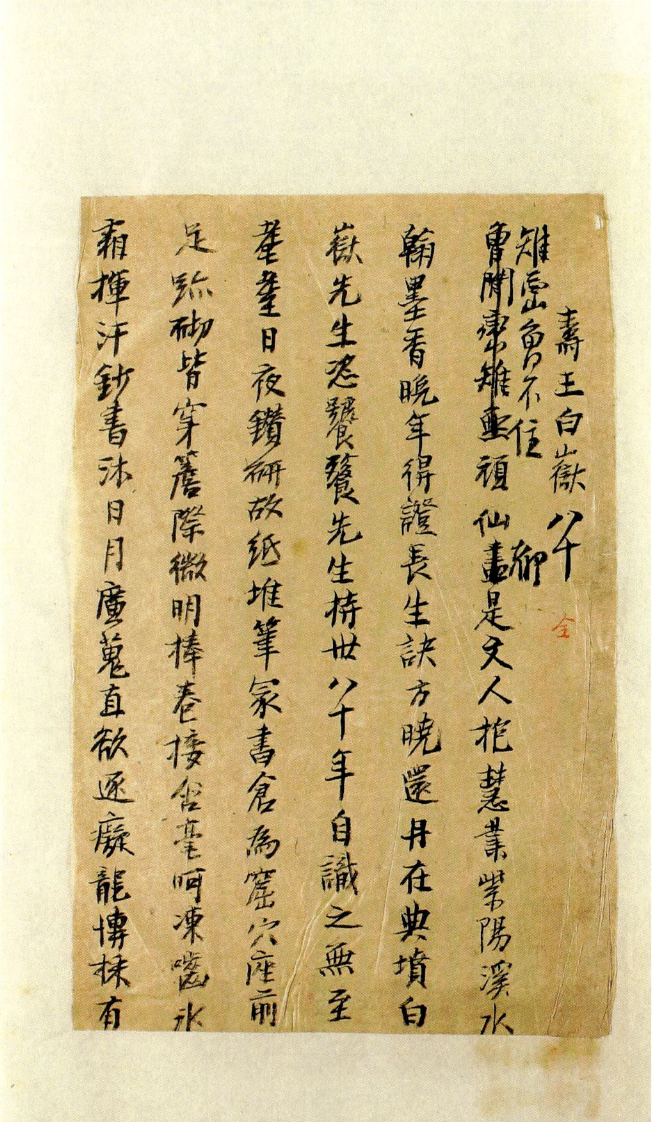

浙江圖書館藏稿本《四書遇》卷末附張岱手書《壽王白嶽八十》

浙江省文化研究工程指導委員會

浙江文化研究工程成果文庫總序

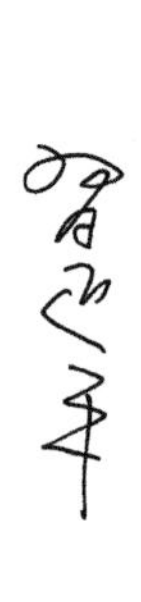

有人將文化比作一條來自老祖宗而又流向未來的河，這是説文化的傳統，通過縱向傳承和横向傳遞，生生不息地影響和引領着人們的生存與發展；有人説文化是人類的思想、智慧、信仰、情感和生活的載體、方式和方法，這是將文化作爲人們代代相傳的生活方式的整體。我們説，文化爲群體生活提供規範、方式與環境，文化通過傳承爲社會進步發揮基礎作用，文化會促進或制約經濟乃至整個社會的發展。文化的力量，已經深深熔鑄在民族的生命力、創造力和凝聚力之中。

在人類文化演化的進程中，各種文化都在其内部生成衆多的元素、層次與類型，由此決定了文化的多樣性與複雜性。

中國文化的博大精深，來源於其内部生成的多姿多彩；中國文化的歷久彌新，取決於其變遷過程中各種元素、層次、類型在内容和結構上通過碰撞、解構、融合而産生的革故鼎新的强大動力。

中國土地廣袤、疆域遼闊，不同區域間因自然環境、經濟環境、社會環境等諸多方面的差異，建構了不同的區域文化。區域文化如同百川歸海，共同匯聚成中國文化的大傳統，這種大傳統如同春風化雨，滲透於各種區域文化之中。在這個過程中，區域文化如同清溪山泉潺潺不息，在中國文化的共同價值取向下，以自己的獨特個性支撑着、引領着本地經濟社會的發展。

從區域文化入手，對一地文化的歷史與現狀展開全面、系統、扎實、有序的研究，一方面可以藉此梳理和弘揚當地的歷史傳統和文化資源，繁榮和豐富當代的先進文化建設活動，規劃和指導未來的文化發展藍圖，增强文化軟實力，爲全面建設小康社會、加快推進社會主義現代化提供思想保證、精神動力、智力支持和輿論力量；另一方面，這也是深入瞭解中國文化、研究中國文化、發展中國文化、創新中國文化的重要途徑之一。如今，區域文化研究日益受到各地重視，成爲我國文化研究走向深入的一個重要標誌。我們今天實施浙江文化研究工程，其目的和意義也在於此。

千百年來，浙江人民積澱和傳承了一個底藴深厚的文化傳統。這種文化傳統的獨特性，正在於它令人驚歎的富於創造力的智慧和力量。

浙江文化中富於創造力的基因，早早地出現在其歷史的源頭。在浙江新石器時代最爲著名的跨湖橋、河姆渡、馬家浜和良渚的考古文化中，浙江先民們都以不同凡響的作爲，在中華民族的文明之源留下了創造和進步的印記。

浙江人民在與時俱進的歷史軌跡上一路走來，秉承富於創造力的文化傳統，這深深地融發展先進文化的有機結合。今後一個時期浙江能否在全面建設小康社會、加快社會主義現代在於浙江深厚的文化底蘊和文化傳統與當今時代精神的有機結合，就在於發展先進生產力與到，與國家實施改革開放大政方針相伴隨的浙江經濟社會持續快速健康發展的深層原因，就豐富資源和不竭動力。黨的十六大以來推進浙江新發展的實踐，使我們越來越深刻地認識

悠久深厚、意韻豐富的浙江文化傳統，是歷史賜予我們的寶貴財富，也是我們開拓未來的滿、永不停息，在各個不同的歷史時期不斷地超越自我、創業奮進。

催生着浙江的凝聚力、激發着浙江的創造力、培植着浙江的競爭力，激勵着浙江人民永不自發展了淵源有自的浙江地域文化傳統和與時俱進的浙江文化精神，她滋育着浙江的生命力、

代代相傳的文化創造的作爲和精神，從觀念、態度、行爲方式和價值取向上，孕育、形成和民求真務實的創造精神。

自覺，還是龔自珍、蔡元培的開明、開放，等等，都展示了浙江深厚的文化底蘊，凝聚了浙江人是一生；無論是陳亮、葉適的經世致用，還是黄宗羲的工商皆本；無論是王充、王陽明的批判、孝孺、張蒼水的剛正不阿，以身殉國；從沈括的博學多識、精研深究，到竺可楨的科學救國，求境安民、納土歸宋，到胡則的爲官一任、造福一方；從岳飛、于謙的精忠報國，清白一生，到方上得到充分展示。從大禹的因勢利導、敬業治水，到勾踐的卧薪嘗膽、勵精圖治；從錢氏的保匯在一代代浙江人民的血液中，體現在浙江人民的行爲上，也在浙江歷史上衆多傑出人物身

化建設進程中繼續走在前列，很大程度上取決於我們對文化力量的深刻認識、對發展先進文化的高度自覺和對加快建設文化大省的工作力度。我們應該看到，文化的力量最終可以轉化爲物質的力量，文化的軟實力最終可以轉化爲經濟的硬實力。文化要素是綜合競争力的核心要素，文化資源是經濟社會發展的重要資源，文化素質是領導者和勞動者的首要素質。因此，研究浙江文化的歷史與現狀，增强文化軟實力，爲浙江的現代化建設服務，是浙江人民的共同事業，也是浙江各級黨委、政府的重要使命和責任。

二〇〇五年七月召開的中共浙江省委十一届八次全會，作出《關於加快建設文化大省的決定》，提出要從增强先進文化凝聚力、解放和發展生産力、增强社會公共服務能力入手，大力實施文明素質工程、文化精品工程、文化研究工程、文化保護工程、文化産業促進工程、文化陣地工程、文化傳播工程、文化人才工程等『八項工程』，實施科教興國和人才强國戰略，加快建設教育、科技、衛生、體育等『四個强省』。作爲文化建設『八項工程』之一的文化研究工程，其任務就是系統研究浙江文化的歷史成就和當代發展，深入挖掘浙江文化底藴、研究浙江現象、總結浙江經驗、指導浙江未來的發展。

浙江文化研究工程將重點研究『今、古、人、文』四個方面，即圍繞浙江當代發展問題研究、浙江歷史文化專題研究、浙江名人研究、浙江歷史文獻整理四大板塊，開展系統研究，出版系列叢書。在研究内容上，深入挖掘浙江文化底藴，系統梳理和分析浙江歷史文化的内部結構、變化規律和地域特色，堅持和發展浙江精神；研究浙江文化與其他地域文化的異同，釐清浙江文化在中國文化中的地位和相互影響的關係；圍繞浙江生動的當代實踐，深入解讀浙江現象，總結浙江經驗，指導浙江發展。在研究力量上，通過課題組織、出版資助、重點研究基地建設、加强省内外大院名校合作、整合各地各部門力量等途徑，形成上下聯動、學界互動的整體合力。在成果運用上，注重研究成果的學術價值和應用價值，充分發揮其認識世界、傳承文明、創新理論、諮政育人、服務社會的重要作用。

我們希望通過實施浙江文化研究工程，努力用浙江歷史教育浙江人民、用浙江文化薰陶浙江人民、用浙江精神鼓舞浙江人民、用浙江經驗引領浙江人民，進一步激發浙江人民的無窮智慧和偉大創造能力，推動浙江實現又快又好發展。

今天，我們踏着來自歷史的河流，受着一方百姓的期許，理應負起使命，至誠奉獻，讓我們的文化綿延不絕，讓我們的創造生生不息。

二〇〇六年五月三十日於杭州

前言

王雨謙，初名清基，字天一，改名佐，字上臣，又字明霖。復改名雨謙，字延密，更字白岳，號識字田夫，晚號維一老翁。山陰（今浙江紹興）人。《碩薖集》提供了王雨謙的生卒年信息，據《初後怪雜俎》『我生之初，降自萬曆之己亥也』句，《明霖先生祭章》『先生騎箕尾於戊辰之秋也』句，知王雨謙生於萬曆二十七年（一五九九），卒於康熙二十七年（一六八八），享年九十歲。

有關王雨謙生平行實的記載并不多見。乾隆《紹興府志》記曰：『幼精敏，工爲博士家言，更肆力古文，漁獵甚富。性倜儻，好任俠，沉勇多力。明末海内大亂，諸名士皆掉臂談兵，雨謙亦受沈將軍刀法，揮霍起舞，悉中程度。倪元璐戒雨謙藏鋒鍔爲萬人敵，遂折節一意讀書。』崇禎六年（一六三三），王雨謙鄉試中式，但其後屢試不第，頗不得志。明亡後退隱潞溪，閉門著述，數徵不仕：『國初網羅前代遺逸，雨謙同年生王三俊聞于津要，以監司聘，婉辭之，遂鍵户，與女夫俞公穀共輯《廉書》若干卷。』外孫俞忠孫撰寫的王雨謙傳記，也凸顯他『性倜儻，好任俠』的一面：『值天下多故，當國率無遠圖，公疏數十萬言上，復貽書時相，陳選將鍊兵、裕糧儲籌、攻守事宜，末言天下將有崩解禍，時以爲狂』，『魯王監國，授行人司行人。公抗疏辭官，極陳四變，言當乘人心奮激，渡江而西。又與大帥張鳳翼痛言進取策，竟不能用』。這些事迹足見其性情之剛直，行事之俠氣。

王雨謙的文學作品浸潤着他的性情氣質，詩歌慷慨淋漓，文風清麗灑脱。他的文學觀念具有較高的研究價值，《碩薖集》收録了六十餘篇序作，展現出較爲全面且富有深度的文學思想。王雨謙主張詩文應當發於性情、自出新意，强調尊重作者本心、重視讀者的閲讀體悟。他認爲詩人應當兼具『立品』與『博學』，《古今詩選自携序》論道：『予曰：有立品而致之者。夫品不卓則性情濁亂，其爲人也多逢迎、工倚附，其詩必浮靡而寡真。藐大人以完其氣，貞飢寒以勁其骨，然後性情正，性情正則思慮清，而後有以見萬物之情狀矣。予曰：有博學而致之者。學不博則見聞孤，其爲人也習剽竊、亡原委，其詩必寒儉而不貴。多讀古書以老其識，多讀異書以孤其氣，然後聞見奇，聞見奇則意趣别，而後有以合天地之變化矣。』他希望詩人達致立品與博學的境界，摒去詩歌浮靡虚僞、寒陋剽竊的弊病，這兩點可謂切中晚明詩風之癥結。由此，他提出了詩歌境界合經、合子、合史的三個層次：『其色樸而茂，其格高而古，其言簡而遠，其旨和而厚，高懸厥墨，萬物仰則，此經合也。静深博奥，發所未發，敢所不敢，卓然立爲一家，此子合也。敷陳詳覈，顯微闡幽，即其言之所及而思其所不及，即其言之所不及而思其意之所及，蓋雖歲月時日，草木禽魚，入吾諷咏，較然陽秋，此史合也。』相對來説，『合經』注重詩歌高古藴深的氣象，『合子』側重於詩歌内容的個性與創新，『合史』則强調詩歌意在言外、寓含褒貶。

王雨謙非常重視詩文選集的編纂對文學風氣的影響，并對編選者提出了頗高的要求。《廉書序》曰：『彼作書者，既深思乎入是書之人與入是書之事，而吾編書者，又深思乎作是書之人之心，起古人而復生之，以快吾生古人之識略。』書中記録的人物與事件凝結了作書者的深思熟慮，編書者應該深入探求原作者的思想感情。《選録史懷序》認爲讀書應『得作書者之心』，見『見於書者之人』，更應『自成一讀書之書』。《明詩通序》曰：『一代詩人之興，每關氣運；一代真詩之傳，必繫選手』，『選詩者不能立乎其大，而使真僞紛投，莠好易位，無惑乎詩日作而詩日亡也』。這些説法更賦予了編選者傳録真詩、振興詩壇的使命感。《古今詩選自携序》曰：『明夫爲詩者與選詩者貴有冰雪之骨，謀諸自，不謀諸俗也。古今唯俗不易救，而天下惟自有可尊。』在詩派紛雜的晚明詩壇，詩人要保持不爲世俗浸染的自我，保持朝氣勃發的性情是極難的。『吾欲選詩以存詩，仍以存詩者選詩，在乎提詩人之暮氣而已矣。提暮氣，則必先作其朝氣。朝氣者，發乎性情者也。性情生則習氣死，習氣生則性情死。』王雨謙以提振詩人之朝氣爲己任，可見其强烈的文學責任感。再如《明詩通序》一文，勾稽明代詩歌的演變進程，歸納明詩之『三變』，認爲晚明詩壇之『衰』乃是由於詩家的『五遁』『四借』以及選詩之『六殉』等原因，體現出鮮明的批判性與極高的概括性。這些説法多有新見，值得深入研究。

在文人交游方面，王雨謙與張岱、杜肇勳、吴應芳、諸彦僑、王緘三等結詩社，名曰『同秋社』；與祁豸佳、陳洪綬、董瑒、王作霖、羅坤等紹興遺民有『雲門十子』之稱。王雨謙最爲人熟知的身份，是張岱詩文集的撰序者與評點者。他爲張岱所作《張宗子詩叙》《瑯嬛文集序》《西湖夢尋序》等，注重貫通其史著與詩文之間的内在精神，抉發張氏之『遺民心史』，可謂知音。其次，《張子詩粃》《張子文粃》稿本均附王雨謙評語，有眉批、夾評、題下評、篇末評等形式，頗具評點、鑒賞價值。張岱稱譽王雨謙爲『詩學知己』，并有論文書信往還，關係密切。遺憾的是，王雨謙長期以來都被視作張岱研究的附屬人物，圍繞他本人的研究近乎空白，這與其詩文集的隱没不彰有關，希望本次出版能够爲相關研究提供方便。

王雨謙還編撰了《廉書》《明詩通》《虎史》等著述。張岱曾爲王雨謙作《白嶽山人虎史序》《廉書小序》，并在《與王白嶽》信中提及編纂《廉書》的建議，反映出他對王雨謙編書活動的支持與影響。章學誠《與阮學使論求遺書》論及王雨謙的《廉書》，曰：『王氏先人名雨謙者，隱居不仕，後名白鶴，嘗著《廉書》，卷軸甚富，不知全目幾何？亦鈔本存笥，不示外人。鄙人童子塾時，嘗見先人借閱，皆大幅巨册，細字密書，且多塗抹，先人亦間有鈔摘，大約似比類書也。類書出於近代，固無足重。然王氏家多藏書，其所采摭，必多遺文秘册。今訪得其書，或可全刊，或甚采輯，亦未必無裨補也。』此段論述肯定了王雨謙編撰《廉書》的價值，同時也顯示出王氏家族在地方的文化影響力。

在此就王雨謙詩文集的保存情况略作説明：浙江圖書館藏《碩薖集》是王雨謙文集的抄本，兩册，不分卷。該集按文體編排，依次收録有賦、硯銘、書畫題詞、記、序、尺牘、論、祭文、卮言、傳等諸種文體，集末附有戲曲《陽羨鵝籠》，爲未完稿。文集由王雨謙之婿俞公穀選定，外孫俞忠孫抄寫。上海圖書館藏《碩薖集存偶》是王雨謙駢文集的稿本，一册，有俞公穀、俞忠孫注。《北游記》爲康熙元年（一六六二）王雨謙北游時所撰游記，收録在浙江圖書館藏王協和輯録稿本《冰玉集》中，一册。中國國家圖書館藏《碩薖集》是王雨謙詩集的稿本，四册，不分卷。詩歌按年編排，充分展現了易代之際明遺民的隱晦心路，可惜此集删訂、塗抹痕迹嚴重，且夾雜自記與自評，一時難以完備整理并保留評注文本，故未納入本次整理。

以下就《王雨謙集》的整理情况略作説明。本書以浙江圖書館藏《碩薖集》、上海圖書館藏《碩薖集存偶》、浙江圖書館藏《冰玉集》爲底本進行點校整理。各本目次、序跋與所附傳記，皆依照底本順序編排。底本中常見的錯别字，一律徑改；文字的訛脱衍倒等，予以改正并出校記；異體字、俗體字等酌情統一爲通行的繁體字；正文中使用的『△』『○』等虚缺號，依據底本照録；遇有缺字無法補足或字迹無法辨識者，以『□』代之，無法確知字數者，以『……』代之。限於體例，《碩薖集》的眉批，《碩薖集存偶》的俞公穀注、俞忠孫補注，本書未作收録。《北游記》收録王雨謙的自批、自注和附記文字。另附補遺，收録集外詩文。附録收陶及申（字式南）數篇與王雨謙相關的尺牘、序跋，并附張岱《壽王白嶽八十》詩。

本書出版得到浙江古籍出版社的大力支持，路偉老師提供了非常重要的文獻資料，責任編輯林若子老師悉心審校書稿，浙江大學裘石博士協助文字校對，在此深表謝意！本人學識有限，錯訛之處在所難免，敬祈讀者、專家批評指正。

目録

硯薖集

碩薖集……（八三）

碩邁集

碩邁集

碩薖集

碩薖集

傳

公姓王，初名清基，字天一，改名佐，字上臣，又字明霖。少有大志，師事世父環中公，於書無不究極。年二十九，補郡諸生。崇禎癸酉登賢書，四試禮部不第。值天下多故，當國率無遠圖，公疏數十萬言上，復貽書時相，陳選將鍊兵、裕糧儲籌、攻守事宜，末言天下將有崩解禍，時以爲狂。歸陳櫄言十策，上郡守于公潁，勸延攬豪傑，如吴越王故事，保江以東，徐觀天下大勢，又不聽。已金陵擁立福世子，相貴陽馬士英與懷寧阮大鋮，日逐東林、復社諸君子。左良玉遂稱兵誅君側奸，士英等悉兵禦江上，而王師入。

公故受小閬沈將軍刀法於吕子辰，嘗單騎退蒙山賊三百餘。至是，與偏將軍鄭惟翰謀舉兵，而諸生鄭遵謙亦以義師起。公知事不可爲，卒不與。魯王監國，授行人司行人。公抗疏辭官，極陳四變，言當乘人心奮激，渡江而西。又與大帥張鳳翼痛言進取策，竟不能用。

丙戌，退隱潞溪之古秋廬，改名雨謙，字延密，更字白岳，又字識字田父，晚號維一老翁。公有友王三俊，以監司起公，郡守許公弘勳以博學薦，皆辭不就，獨與先子著《廉書》三十年。甲辰，部檄逮山陰王佐，以文有犯時禁語，而不知佐故宋狀元也。公名同、邑同，遂妄指公。公正客廣陵，諸子争赴械。一時朱晦翁、張南軒諸名亦並逮，掌郡教者謂諸公均在聖廟，如必須對簿，請以木主解，事乃釋，而公自是撰述弗以示人矣。所著自《廉書》外，有《碩薖集》《十年書》《北游記》《虎史》《東郭遺書》《四六存偶》《讀書會》《亦晦集》《古今詩通》《古詩唐詩自携》《良懷别録》《游初録》，今散佚過半。公嘗言不得操文衡，掌兵權，平臺召對、暢陳時事，與二三才人進退今古，爲生平四恨。卒年九十，私謚□□。子四，峻、崿、嶧、岵，並有文名，遵公志，以布衣老，而崿亦早歲棄去諸生云。

外孫俞忠孫百頓首謹撰。

明霖先生祭章

嗚呼！先生承鶚荐於癸酉之歲也，蓋在四十五年之前；而先生騎箕尾於戊辰之秋也，則又在四十五年之後。不知者謂鼎湖龍去，誰存南渡之衣冠；知之者謂鉅野麟來，猶記東周之史册。斯時也，三川流血，二曜無光。印綰司農，殉玉衣於海棠枝畔；戈援總憲，表靈旗於委宛山邊。三日哭諸軍門，一軍成其縞素。吾鄉此際，大有完人，爾日先賢，不無軼事。既而烏頭未白，河水難清。鶴返遼陽，賸有昔年之城郭；燕歸上苑，竟忘誰氏之樓臺。而先生則鑿坏而遁，頻依梅福之門；帶索而游，竊隱袁閎之窟。藥名獨活，輒許摇風；桑號寄生，無煩向日。謝皋羽登臺慟哭，義激文山；高漸離擊筑悲歌，神傷易水。湘山野老，私史譜自金陀；蜀國詞人，仙體標諸玉局。述青緗於家學，不存薈萃之名；秘鴻寶於門人，并斥河汾之霸。

于是孳蘭繞砌，還栽益壽之花；孝笋成行，更植長春之草。佳兒佳婦，頌百歲祇需十年；文子文孫，頌千秋恰逢七月。爲酒食以邀鄉黨，序詩歌以樂賓朋。而先生則悄乎其悲，嗒焉其似。謂龍蛇之起陸，雅自負其生平；况魚羊之食人，復何心於塵世。吾家内史，曾有誓墓之文；夙昔仙鄉，亦有飛棺之舉。望古人而不見，毋勞發丹鑰以守庚申；知來日之大難，猶幸繼義熙而書甲子。由是浹旬負杖，午夜乘雲。蹁躚及乎家門，奔問傳於鄉國。嗚呼！嚴霜賈葉，知勁草之難摧；陸海飛濤，誌危瀾於一柱。憂埋地下，難埋者仁人孝子之初心；名滿人間，未滿者斷簡殘編之遺緒。某等躬親月旦，志切風規，爲李杜之通門，屬紀群之夙好。附青雲於不朽，姑存誠於素車白馬之先；發潛德之幽光，尚加意於紀事編年之末。生芻一束，遺恨千聲，神其有知，來格來歆。尚饗。

碩邁集張序

古作詩者，始稱風人，不獨以十五國之風謡稱也。風之爲物，不知其所自來，不知其所自止，蓋妙萬物爲言者也。故凡勞人思婦，以至窮賤流離不足比數者，皆足以興于詩，而其詩皆足以傳，何也？彼其矢口成音時，胸中尚無意於詩，况有意於傳乎？無意於傳，故一代之真聲元氣，往往從此中流出，此風人之詩也。

予少時偶作詩，迨長，不能棄去，遂稍稍與二三友人結社山水間，終日翱翔。都人士皆竊笑，目予爲怪。今且夫人而詩矣，而予反不詩。客有問予近業者，予謝曰無有；問予古今詩人軒輊，予謝曰不知。都人士又皆竊笑，目予爲怪。嗟乎！予少壯時求一作詩人不可得，今老矣，欲求一不作詩人又不可得。

吾今乃得吾友王子延密。王子爲名孝廉，胸有異書，座有俠客，視天下事不出數着可了。乃遭時喪亂，杜迹衡門，再徵公車不赴，奉其二人以養志承歡，日相娱樂。迨尊公違養，則維率其子若孫，讀書家塾，絶志進取，而其一腔忠孝至性，蓬蓬勃勃、不獲自伸者，舉達之於詩。無論其所爲詩，直追陳正字、張曲江諸人以上，深厚博大，秀靈崎嶔，無所不有，即其感時悲憤，遇物流連，真有每飯不忘之志。

予以王子之詩當屬海内第一流，而顧無有知王子之詩者，且以王子之才，何難策足要津，使天下騷人墨客奔命恐後，而王子不屑也。不然，使王子雄視壇坫，其氣魄聲援亦足怵一時流輩。予之名而後已，而王子不屑也。王子朝行暮吟，脱草匝月而成帙，終歲不出以示人，而獨肯彙以示予，且聽予顛倒讀之，至數歲不取去，何也？王子之詩，皆發明其忠孝之性，雅不欲以此立名，使有聞于世，而予又鄙且賤，方不爲時人所信，即甚賞嘆，亦不足使王子詩名有聞於世。王子不以詩示人，而獨示予者，抑此意耶？然而予幸矣。予方欲求一不作詩人不可得，予今乃得王子矣。

夫王子作詩甚富，非不作詩者也。而予故曰得之，予則誕矣。雖然，予非誕也。予所謂不作詩者，蓋貴其胸中無作詩之意，始不知其所自來，終不知其所自止也。今之詩人則不然：其胸中先有傳之一字，而後求名；先有名之一字，而後求工；先有工之一字，而後求詩。如是，尚得有詩哉？嗟乎！此亦大謬于風詩之旨矣。鄭所南憤宋不祀，以鐵錮其詩，沉之眢井，越數百年後，終有發而傳之者，然其志亦太苦矣。諸葛武侯卧隆中，輒自比管樂，作《梁父吟》以自見志，然自徐元直、司馬德操而外，罕得聞焉。今王子既有鄭所南之志，有諸葛武侯之才，而復有陳正字、張曲江之詩，豈非古今天壤間一偉丈夫哉？然予不願王子爲所南，予願王子爲武侯；王子爲武侯，予亦願爲王子之元直、德操。今日得諷其《梁父吟》，異日且將觀其管樂事業，掀揭于天下。如僅以古今詩人目王子，以傳不傳求王子之詩，正王子所不屑，又豈王子以詩示予意哉？山陰張弧子威氏拜手書。

碩邁集婁序

予二十年來，以抱疴絶迹不出。聞越中有王延密者，較然獨行其志，能不爲當世所有，冀一見其人而不可得。然其人故落落寡偶，而初非樂之也。一日，忽友人偕之過予齋，則不知其爲延密也，而心竊奇之。友人爲予言，則驚且喜。夫延密家潞溪，濱海，鮮入城市，視當世少克當其意者。其於諸豪貴，夷然有所不屑，乃肯過予，故知其非今世之人也。於時相對終日，既移時不語，忽則諧美傾人，時發一二語，屈伸天下事，靡不當幾中款。視其人，似不屑以詩自名者。既別去，予更奇之，以爲方今多難，得若人數十輩，布之樞要與天下，天下事尚可爲也。此崇禎十年間事也。

延密前後獻書者四，當事竟莫能器之。甲申以後，遭天下大變，遂絶意進取，布衣角巾，放浪山水間，浩歌寄懷，將以此自晦。及戊子，避亂城居，則無日不過予矣。生平喜人言非，則即改其過，譬之則反疑以懼，不特詩文然也。己丑夏六月，忽就予言從前所作皆不是，已悉燔之，思欲進退百家，爲一家言，定《古今詩選自携》，則又不屑分門別户，而行於古今詩人之上。自是益喜於爲詩，不假推敲，意之所至，頃刻可得數十篇，或長篇至數十百韵。令甫識字稚子點限，亦或自選其最險窄者，以咏所欲言，皆走筆成句，句成即拍案狂呼，以自笑樂。然亦或累數月不爲一詩，至其落筆，則危言苦論，涕泗今古，皆有大不得已於君若父，而不克忘情於天下。至或會意適情，則梧月柳風，照懷和面，以游心于物之初。窺其詩，又似不可以詩人測之者。是則詩故不可以盡延密也，而未嘗不可盡之乎詩。

詩則甚富，戊戌之杪，舉十年所作陶汰殆盡，猶以爲濫，屬予刻爲剷削。又舉予所選者，復手自删定，稍有不合，即衆所共許者，斷然有所不取。以予計之，其所落詩尚可分爲幾集，藏諸名山，而所存者尚不下六七百首，且曰：予集此故濫，正欲時爲去取，嚴加改竄，以去我心中所不安，誠不屑後人得爲臧否，亦不欲目前之人之知我也。寥寥千世，自有知己，欲我學白香山逢迎老嫗，則我實不能。噫！此其不欲自多與不急索解人，其意甚可畏也。詩多古風，尤多五古，最不喜近體，以爲風斯下也。然以予言，亦偶爲之，而又立言不敢爲樂府，以爲此道古人已臻至極，未許聲貌可襲。見今人有爲之者，輒局局大笑，嘗言崆峒、于鱗輩，舉古人樂府稍移一二字，輒盜爲己物，如是而樂府也，宜其盡人而樂府也。噫！延密之論樂府者如此，則其不輕爲之者，正其深于爲之者也，其意更可畏也。

兹《碩薖詩》已成一集，予謂欲知延密之爲人，視其詩，欲知延密之爲詩，視其題，而知其所以養此身者，皆超然世外之境也。即其題集曰碩薖，署名曰識字田夫，而其人自此遠矣。雪瓢兀者婁中孺。

以上兩叙，不署作者姓氏，以意逆之，而知爲張、婁二前輩也。究當核實耳。俞忠孫謹誌。

讀碩薖集志

戊申六月，日正長嬴，乍溽乍燠。蔬長氏菌蒸槐墅，一時念無足以廓清之者。適白岳先生携《碩薖集》惠然見顧，輒欣然躍起讀之，由是手一編與俱，坐卧不輟。迨卒業焉，則已不覺六七晝夜矣。蓋喟然嘆興，先生真學殖之淵藪，才思之神臯也。承學謭陋，何足窺其岸涘？然竊欲以四字盡先生者，曰『忠孝文章』而已。夫先生特不遇時也，使獲生百數十年前，如陳孺子云得宰天下，出其胸中所苞塞，即以雲雨四瀛海，舉九州而登之衽席，何難？文章直緒餘耳。且以先生高邁之韵，時而詩豪，時而賦心，奚所不可，奚所不有，豈終日咿唔《天保》《蓼莪》諸篇不去口？然則先生庸必以文章了，而先生庸必以忠且孝了也。不聞古之精於解者乎？手之所觸，足之所跂，枝經肯綮之是嘗，無非是物者。養叔之射，輪扁之斫，成連之琴，旭之草書，所見無非射，無非輪，無非琴與草書者。舉一身之膜魄神血、心情氣性，無不聚而散之，散而聚之。夫能聚而不能散，能散而不能聚者，俱非至也。

予讀先生文章，或莊或諧，或正或寓，或珍奥之，或浩汗崒嵂之，或跳蕩喬詎之，或鑱之、汩之、揚之，或風流之、儵〔一〕忽之。有若冠劍大臣者矣，有若散聖禪者矣，有若殿上虎諍、若犀揮、若麈拂者矣，有若彝出土、蒐于鼓者矣，有若稽天浸海外峰、可望而不可即者矣，有若龍現鳥瀾者矣，有若芙蓉削成鬼工斧、江河上而星辰下者矣，有若隋堤柳、若建康雲者矣。隸首之數不能筭，摩醯之智不能窮，優孟之所不能衣冠，長康、道子之所不能髣髴，曷能定其何篇爲忠，何章爲孝，何字句爲忠孝？顧其聚而散，散而聚，若屈三閭作《離騷》，比物連類，木蘭、英菊、神君、湘夫人，不倫不脊，而眷顧宗國，至入江而不化；若杜少陵不忘受拾遺時，雖長鑱托命，謀生橡栗，流離困頓中，悲歌慷慨必及，無非忠孝二字，神來氣往於其間也。

東坡云：一東坡，散爲百東坡。予于先生亦云：一忠孝，散爲百忠孝。先生之記仙霞主曰：往復數千言，不出素壁所書『我與我周旋久，寧作我』九字。予亦曰：先生文章千萬言，不出『忠孝』二字。則以『忠孝』二字盡先生文章，以『忠孝文章』四字盡先生，先生當不以爲謬。予不能窺先生，而能窺先生之忠孝；不能窺先生文章，而能窺先生文章之忠孝。三古以還，忠孝不死，則文章日生；文章日生，則忠孝益不死。予將告天下之忠孝，并告天下之讀先生文章者。

山陰葉葵蔬長氏譔。

校勘記

〔一〕『儵』，原作『鯈』，形近致訛。

碩邁集自序

予少時，每多不知之作，然隨作隨棄，自後即有存者，亦不甚惜録，非散失，則爲人携去，不復存省。蓋爾日妄欲有所建立，志不在斯也。殆甲申後，落落不得志，則所著較多。窮愁之中，忽思言爲吾身内外符，未得即棄塵土，因偶取近日所著，彙爲《碩邁集》，取《考槃》『碩人之寬』，則竊有所附耳。然此集自爲遴選，絶不以人世毁譽爲去取，大約于十得三。昕夕出以樂飢，謂以手捫之，紙墨上稜稜有倫脊。二十餘年來，艱苦備嘗，此中曲折，欲出存之，以示子若孫，俾知予竟以文章了此一生，雅不欲希人世一顧也。

戊申七月，月幾望，題于浣雲潭上，及雲山人。

碩薖集

山陰王雨謙延密先生著一字明霖，號白岳，更號維一老翁
會稽壻俞公穀康先手定
外孫俞忠孫祖臣傳鈔

譚　賦

庚辰八月二十三日，小窗風雨，行庭闃若，齒舌似失其侶，十指甲勃勃欲有所吐，因賦此，若有解人者，握麈入座也。

王子迂疏簡傲，顧瞻一切，蹙蹙靡騁。樂世所苦，苦世所樂。遁身譚藪，則軒軒乎若不知有所樂，更安知有苦。見者粲而嘲之，則應之曰：

子殆唇惰與？齒枯與？而矢天之官者與？夫人之有譚，是天之喉舌，而我之雷風也。藏鬱不聲，遁天悖情。故譚者，覃也，覃所不覃也。譚鋒所族，上畀青天，下菲黄地。顯籠星日，隱王膈肺。縱横自如，盈縮時勢。抵掌而譚，其樂不際。乃若高良秀彦，越陌過予，炙香戰茗，浮白醉醹。音節駿爽，策我馳驅，訂訛六經，剽剥萬

書。進退賢奸，伸屈賞誅。月苦風號，雨鎖日居。但有會心，萬籟笙竽。靜對喧傳，爾我不殊。雄辯高言，動與道俱。囂訟洗耳，紈袴心虚。氓隸侯王，臭腐豢芻。捉襟露肘，爽爽蘧蘧。

乃若上士鮮覯，略愚誇智。山樵水漁，屈軀勢利。我舌我心，汝耳汝意。白髮黃攞，叙述往既。課晴商雨，尋興察替。貌瘁神閒，井斤可記。亦或振子，識與年穉。何問何答，論歸空際。辯日舞羊，乃開聖智。慰勞寒燠，謀及隱地。彼且嬰兒，我亦寓志。

乃若三年不鳴，終日墨墨。棄厥空言，流光聲國。禮樂三千，咳珠萬斛。天子改顔，卿相瞠目。廟謨紛紜，鼎覆公餗。中外洶洶，倚望在僕。肉視虎狼，冰視鼎鑊。秩秩大猷，是矢是莫。著之金華，道滿講幄。上酬明主，下不負學。復命昊天，爰副先覺。祖宗作人，予心不怍，揆厥斯時，舌敝彌樂。

乃若離人立獨，厥有異譚。目譚冥，耳譚塞，足譚游，手譚畫，喜譚憂，怒譚懌，哀譚欣，樂譚厄，菀譚枯，離譚即，貌譚心，合譚析，是譚非，恩譚賊，覺譚醉，夢譚得。昏昏默默，無往不獲。命物之鐸，而獨守其宅，是曰樂國。樂國樂國，爰得我直。

徐文長十松圖賦

登秀寒堂，望之似有勁聲謖謖者，則以爲石門北巖矣，而文長《十松圖》也。圖縱尺，横尺而遥。驟接，則松得八，徐察之，十也。錯出怪石流水之間，而四松以烟嵐中斷，又幾八焉。群龍没滅雲氣中，略可喻也。爲之賦曰：

太微之宮，奎宿之精。鬱鬱矯矯，峭勁孤清。欺千秋之霜霰，屯萬里之風霆。絶玉除以寄迹，凌殺節而寒青。

乃有磊落孤憤之士，爰揮奇筆，寫胸中五岳之墳。墨光所及，秀骨挺分。峨峨石橋之影，冉冉雲中之君。雖長不滿尺，而勢拔千尋。雖直欲造大，而偃蓋層臨。

下有靈泉鳴玉，疑呼空際之濤；蔦女緣喬，長蔭寒溪之石。既亭亭而林峙，對羞秦帝之班；亦灑灑以風流，塵耻陳君之席。捫之無踪，對焉生碧。不落韓偓之釵，時王苻玄之陟。閲四時而不改柯易葉，宛在毫端；蟄一卷而守直骨蒼髯，確存筆力。

何從入楊仲芳入夏蒼翠之譏，兼亦多顧愷之經冬彌茂之贊。厥子非一年緑、二年碧、三年紅，而乃墨鄉守黑，陋台山弱柳之金；其名或虬枝、或龍髯、或蒼叟，總以寒歲著貞，高昌谷洪崖之飯。以是知下元之三倒徒勞，而杜曲之四株有盡。孰若懸之壁上，離奇漏日月之光；蟄而笥中，昕夕友尚回之韵。

秃筆淋離虬貌古，植異骨于青藤；鐵衣生澁紫鱗乾，獲知音于白岳。非耳目之近玩，而雅附高寒；入寤寐以通靈，而時同静寞。斯真超平江之鼎足，而傲大荒之巨格音各者也。夫豈獨孫氏名興齋頭，較長合抱之楓；隱居陶院，喜聽如笙之作乎哉？

陳後主幸開善寺，召侍臣坐松下，敕張譏雅竪議，時索麈尾未至，令取松枝代之。

韓偓詩：長松夜落釵千股。

苻子、玄子登泰山，上蔭百尺之松，神王于一邱矣。

台州金松垂絲如弱柳，結子如珠，一年者緑，二年者碧，三年者紅。

李賀《五粒小松歌》〔一〕：蛇子蛇孫鱗宛宛，新香幾粒洪崖飯。

平江學有十題，鼎足松其一也。

大荒有巨格松，日月所出。

校勘記

〔一〕『五粒小松歌』，原作『粒小松歌』。

廣陵秋鶯賦

予以甲辰八月，廣陵官署，所居古木陰臨，蔚然深秀，樹裏聞鶯鳴聲上下。予鄉春日，無此睍睆矣。忽有觸乎秋懷，乃賦之：

氣佳秋日，鳥韵鶯聲。聚鶯於秋，得未曾有。猗與維揚，淮海鍾異。風氣既别於今古，景物僉助其繁華。即黄鳥之於飛禽，在白帝亦華其羽族。予流觀經傳，載覽詩詞，矢韵清圓，難吝翰墨。六經惟《詩》最葩，百鳥惟鶯多識。飛鳴灌木，起淑后之勤思；睍睆凱風，生孝子之愧色。于飛兩熠于《豳風》，美關殊麗；嚶鳴特歌于《小雅》，聽錫和平。此皆徽音之足咏者也。

乃若啄粟集桑，怨興異國，慨民俗之漸澆，諷美業之不復。一唱三嘆，其在西秦，止榛棘以交交，悲息虎之惴惴。殲良作殉，康穆交譏，惟爾感不平之鳴，至今墮有潸之涕。則不特取資以刺懲，抑亦甚滋其悲慨矣。

至如青門惜别，啼殘就馬之章；緑柳宣和，每發懷春之句。驚起相思夢，怪花裏之一聲；啣入未央宫，嬌梨陰之餘弄。祠堂吊古，難聽隔葉之聲；斗酒行郊，雅答携柑之興。歡怨固因于觸景，聲色具美以會心。金衣公子，往來於霓裳羽衣之間，自宜致開元皇帝，同令草而忘憂，偕桃花而銷恨也。

然此皆值艷陽以遷喬，未云入素商以標勝。何期此際，爰聆斯鳴。於是僕故悲秋，敢許情種，聞聲追昔，緒集百端。嘆隋堤二百餘里，楊柳風流，曩者每遇良辰，鶯聲欲碎。今見摇落，悽愴江潭，秋老鶯殘，蕭后之紅顔安在？空見海棠花上，芳心低訴。玉鈎斜曷堪回首，真令腸斷雷塘之路矣。

尔迺久住渾識，四五頻啼，鼓吹詩腸，針砭俗耳。吁嗟乎！冬青當户，如聞杜宇傷情；槐影分窗，笑彼寒蟬澀響。聽廣陵之怒濤，思雄破浪；想平園之文杏，神往憐香。玉人簫，吹杏橋邊之月；金帶圍，看空苑内之花。三萬六千場，日月雙珠，乾坤一芨。王侯宅第，文武衣冠，幾經代謝，而爾獨春秋振羽，温凉掉舌，遂致江表流人，悲久居而鬱鬱，牽長恨之綿綿。白露蒹葭，望渺秋水，西風北鴈，魂斷橋山。黄鳥黄鳥，爾亦能爲予誦宋玉之哀辭，續江文通之《恨賦》乎？

寒夜簷雨滴空階賦

辛酉十月十有二日，惟一老人，僵卧吾園，忽思往事，遂慨目前。夜墨墨以向永，耳寂寂而作響。矯首聽之，則寒雨其濛，空階滴石。吁嗟乎！此雨從何方來乎？爲何人布乎？特是集我茅簷，彌增悽惻。緒糾結以相尋，意崎嶇而造恨。

追憶志士盛時，瞻仰日月，踴躍風雲。自居三代以上之人，相慶萬人亦見之會，謂能霹靂在手，卿景入懷。掃陰曀，分太清，覩萬物，奔日靈。就白日之昭昭，何博夜之冥冥。

而乃淅淅瀟瀟，聲聲楚楚。灑疏竹而百碎，集敗梧而增悼。益以序進肅霜，窮將嚙雪。多年布被，鐵臨冰霰之軀；如歲嚴更，長蔽鞠陵之曜。灌耳溺志，神寒魂斷。慮頑石之已穿，應楓人之就束。徒俾潞河貧叟，空懷霖雨之蘇；辟世雄心，莫展摩醯之智。

吁嗟雨兮，滴可竭兮；吁嗟簷兮，覆可飛兮。其雨其雨，我則告汝，汝則止之。否則吾當鞭夷陵之陽石，揮羅叉以督戰。挽天河水，屈注溟渤。因俾紅龍玉狗，闢厥天門。肉十日之落烏，縱七年之旱魃。斮雨師而炙諸火山之巔，將天下之人不復知有雨也。

懷秋賦

躬拂鬱兮，忽復感此秋光。驚一葉之墜地兮，倚梧桐而彷徨。乍明净而慘淡兮，入葭水之蒼茫。傷敗荷之歷亂兮，雜紅蓼以低昂。芙蓉睡睡兮，黯斂萼而發其房。楊柳蕭蕭兮，碎飛花而聽泥其方。眄禾黍之薄薄兮，飽餓眸而空計其黄。佇夕陽之古道兮，思直我腸。旋肅肅其西匿兮，反厥猖狂。憗殘膏以兀坐兮，感暮鐘之喤喤。甫叩筆而發歌兮，駭孤鴻之報霜。索半枕而不寐兮，恨獨予之夜長。

亂曰：眉女投珠，鋸弩不張。神龜矜質，烹斷老桑。白額勿牲，牛呼大祥。狐烏貫路，鉞不斫灼將。舟子熊裘，高人卧僵。華胥極欲，未熟黄粱。蝶周疇是，夢短夢長。

錢塘馮長民孝廉雙壽賦

一元肇建，萬族鼎分。儀兩列以著模，數奇行而索偶。璧合還不雕之璞，珠聯彌合浦之輝。事有皆然，貞惟不息。逖推物理，遂怛人生。斯南山渾萬壽之期，風人崇偕老之譽，君子謂之善頌善禱也。

乃覯錢塘馮子，瑶闕俞媛，虎七步而題繡，桃三叠以成歌。稽厥由來，詑疑未有。碧標天上之種，絳奪日邊之照。而乃仙姿偶謫，天作永貞，奇牽繡幙之絲，巧中玉屏之雀。爲憶門高世德，開華族于神明；馮遠祖以南遷護駕，廟食錢塘，尊爲福主。貴嬗熙朝，誇蟬聯於爵第。以是佳兒佳婦，誕生有自；如璜如珩，響答無喑。孝敬侶修，廟宫交協。一驚入室之吠，一雍解珮之聲，一昭入對之光明，一朗穿墉之識略。一蘭臺儲異，大肆力於文章；一夢枕鳴雞，俾良箴於琴瑟。共謀不朽之業，雙懸無競之人。由兹帝謂予懷，神云汝福，既繫台婻之宿，爰徵弧帨之良。

適當西岳凝金，秉素商而副質；南垣建極，竟長曆以推遒。東方生爲窺牖小兒，西王母爲復來將子。静好在御，眉介聿同。五十僅其始基，八千定爾遥集。謂壽考維祺，錫以多男；將看作門楣，鳌爾女士。蘭芝滿室，咸珠玉以爲心；楠杞成行，更琳琅之觸目。羅兹萬福，娱厥二難，羡夫卜算無疆，欒只筵開有慶。階榮交讓之木，劉樊兼鬬桃花；梁栖戢左之翎，姬姒綿其荇藻。洵我佩而子嶻，恒此唱而彼隨。

自昔威明圖像，惜御冠秋子之難儔；霸谷流芳，矜德曜伯鸞之争冽。遐哉往哲，卓爾今賢。故當琢玉範金，長屹鴛鴦之社；彤管青史，並垂鸞鳳之章。爲之歌曰：音秩秩兮，争日月光。禄穰穰兮，踵川至之湯湯。固厥配兮，俾艾而昌。平今古之悠悠。履遐征以受祉兮，符内外以煌煌。

硯　銘

是大謨觴，亦無字碑，其誰與歸？

天然端硯銘

硯主人曰：毋皮相，毋輕下筆

端不以端，磨則不磨，維汝諧。

曲轅端硯銘

天下文章，莫大乎是。懷我好音，厥維子。

水注銘

一勺則渺，韓海蘇潮。

杖　銘

惟倚勿倚，倚則蹶，我求我骨。

又

寒燠握手，世不得友，子與我周旋久。

黄白庵紫端硯銘

端州紫雲，浩氣成核。鍊才子心，寫忠臣膈。石者，氣之核也。偶注。

枕　銘

高思縱，安思難。欹思勞，共思熳。土思欺，木思患。珊瑚游仙，奇思幻。

筆　銘

曷寫今，曷寫古，曷寫不今不古寫厥吾？

墨　銘

勿黑而不白，勿剛而不屈，勿久處而改若質。

圖書印銘

赤石不奪，惟汝最。勿詭隨而錫人姓氏，以重予罪。

小裁紙刀銘

爾質甚小，爾爲甚大。不知所以裁，裁則害。

座右銘

曷之往，莫若睡。曷之辨，莫若醉。訪我利害，莫若無對。奉我聲譽，莫若無罪。

爐　銘

熱爾腸，勿冷爾腹。吞炭則維爾烈，冰厥心。爰處玉壺，勿仇爾爐。

書櫃銘

君乃以博奥傲僕與？虛心叩之，君其爲我出。莊子不云乎，丘夷而困實。

題畫贈玠庵

予非畫無以永日。崿兒爲予作古松怪石，一人維小艇松下，枕檝醉卧。懸諸浣雲潭閣，移我情也。鴻溪張玠庵對之不能飯，遂通縞紵之雅。他日過鴻溪，便當懸以款我，挹惠山泉，發新火烹廟後岕片，焚水沉香，各誦别後詩，洵可樂也。妙畫通神，應誌予言。

題崿兒畫松石

而峨峨，駭爲龍也；而蹲蹲，疑爲虎也。畫者名誰，吾子崿也。

題宣德紙畫

予壬寅入燕，有張舍人以宣德紙贈予。友人謝子黄戒予曰：此紙當爲趙文敏題尾者，非妙手無輒書畫。予藏之十年。壬子夏五，崿兒歸自榆關，命之畫，一時不能落筆。又一年，復將游燕，忽一日成之。畫成，予甚愛之，尤不能忘此宣德紙與謝子之言也。癸丑冬十月初三日，誌于吾園小憇。

題趙文敏書李龍眠淵明歸去來圖

畫家當以風格取尊，筆墨工拙，尚在郛郭。昔龍眠癖畫馬，以法秀師惡道一語，遂畫大士洗過。而此圖又特畫靖節賦《歸去來辭》，歷寫栗里風節。觀文敏累言繩之，尚在筆墨間，究未窺透此中也。維一老翁題于浣雲潭上。

題小畫册

竹飛如笑，石怪如煉，有神行乎其間，非數墨者得見。

石虎踞而不驚，樹龍躍而問青。此君知之，若微笑而欲聲。樹從空中，别畫一層，而上不見杪，側出勁竹兩竿。

三竿兩竿，玉骨清寒。清寒乃瘦，瘦則壽。

中有雲氣隨飛龍，覺此圖遂有一部杜詩。

萬壑松濤，養人清夢。聽之謖謖，能俾肝膽澄徹。

雅蒜青筠，世外良友。奇石間之，是許耐久。奇石，列以水仙、鳳尾竹。水仙别名雅蒜。

幾葉敗蕉，琅玕三个，造出秋風瓣瓣，有心人曷能多聽？

江山風物，未嘗負人。一葉扁舟，得君孤往。

秋江上，芙蓉一朵，影幻碧水，時至方答不敢上負白帝，何必向東風怨未開耶？只潑墨作芙蓉一朵。

彼青青者，何曾寫竹，直是逸興遄飛。一竹斜披，飛葉八九片，在有無間。

此荷從何處發根，墨光澹澹，一葉田田，便有十里香，生鼻端異彩。聞太華峰頭有玉蓮，將無同。畫止荷花一朵，作片葉。

怪石一拳，袖中五岳。修竹數竿，菁菁淇澳。

雪中爲陳史倩題畫册

閒登小閣，逸泛扁舟。古今事，誰與問東流。

庭院碧苔紅葉，偏天外，青峰如劍，割不斷，清秋嗚咽。

釣笠披雲青岫邃，長溪曲曲思渺渺。

春山縹緲，楊柳枝頭，試看春多少。

雨裘風帽，四海誰知我？何如草閣焚香，披書深坐。

黄葉無風自落，秋雲不雨長陰，論不盡自古于今。

疏樹遠山，孤亭寂歷，覺此際不得輕寫一人。

眼前惟有青山不老，然白雲紅樹，吹動幾番塵世矣。江閣憑几，此君想亦依依。

歸去兮，認雲屏烟障是吾廬。任紅葉蒼苔，年年不掃。風景反混沌於千秋，天地藏形骸於浩白。雪景。

題古秋廬所懸張二酉仿倪迂畫

望而驚爲雲林筆也，則二酉先生實爲之。澹簡深秀，爲眼前別留一天地，窅然忘其筆墨焉。是宜懸厥吾廬，讀我《廉書》。

題枯柏竹石

霜皮雪骨，騎鯨怪相，把臂此君，拜呼石丈。

題四明錢聖月據梧圖小影 取杜工部『石闌斜點筆，桐葉坐題詩』意

桐不卜響，石不呼丈。吟無聲之詩，幻三示之象。是謂游于物之初，神咸莫之得相。

題周戩伯像 素巾淡服，坐石微笑

是何世民，謂即若人與？來何因，謂不即若人與？比可鄰，棄厥浮名，奚翅實之賓？冠切雲之峨峨，而不負頭上巾。意惟片石，可與共語，於天下也，曾不當其一哂。

題茗上朱義人行樂圖 道服數珠坐桐陰，珍玩在前，有二美挹酒

彼蘖衣坐桐陰者，珍玩纍纍，雙鬟不去左右。龍欲見珠耶？魏公子日飲酒，近婦人，謂以耗其雄心。而安石東山掩鼻，次身白雲明月間，識者云：既與人同樂，必與同憂。則回環一百八，曷之數？將無英雄欺人。

題馬平九尊人像 秀眉長鬚

此吾友馬平九尊人像也。蓋聞君子之光，出於形之表，而不以力用，則自然之抑抑與。居恒敬平九之爲人，輒驚其所自來，必有殊異乎尋常者。覩兹衣冠儼如，琴瑟鏗如，益信先生鬚眉之應。猗嗟昌兮，《易》稱暉吉，《雅》憶彼都，令人彌深隆盛之感。

自題行樂

憶予聘隱姬，姬時二十有奇，予亦猶言壯盛。及予髮將華，而姬已逝。今圖此，既以紅顔伴八十一叟。夫予既以著書老，而隱姬復進予以書，食貧之侶，又將于此中作脉望，共食神仙字耶？曲轅老人題于東巖別墅。

題鬼谷子像 像秃而髯，几設罏烟卜具

十一年陶鑄蘇張，竟以説窨一泣，判其分諸侯之城。金錢示卜，特神智之毛髮，香烟縹緲中，彼秃而髯，呼之或出也。

題金則之小影

既玉山之照人，亦木鷄之自定。琴不彈而發聲，任脱帽以閒憑。嗒焉不偶，游心於無何有之鄉，而超然以證性。

自題像

此予四十五像也。自甲申越三十年，肥癯已大變，然正襟而坐，頭上巾如故也。

又自題小像 像同姬人隱娘

昔遇隱姬，翁無此老。兹圖斯影，姬去我早。梅聘海棠，寒香縹緲。莫壽于殤子，而彭祖爲夭。

又自題八十四歲合亡娘小影

對此幾非我也，復取亡姬入之，相去竟已雲泥，因爲戲題。

驚非吾面，洵是吾面。非想其常，是合其變。睠彼亡姬，此老何戀。老若頹雲，少亦飛電。

方生方死，方死方生，置之無辨。

題婁雪瓢小影

獨立遺世，白眼看人，視天下不足當一瞋。

題明生像贊

偉哉是翁！挺古槐茂茂之枝，披瑶草芊芊之莖。髯灑灑兮動三毛以擅美，目泛泛兮睨一切而難青。木木不移，嗟嗟有聲。惜羽翼之蓬蓬而既豐兮，恨鶴路之渺渺而爲主乎芙蓉之城。

題明生孟孺人像贊

勤懿孟孺人，吾弟明生元配也，即其賢淑，蓋德耀之苗裔歟？何維肖耶！甫年三十六即逝。予曰：在也。瞻彼抑抑，乃見德隅。古云士有百行，而婦有四德。然《詩》頌景福，必及女之有士行者。孺人則女而士也。不見其人，則視其子孫。『釐爾女士，從以孫子。』始知《詩》爲孺人言之蚤矣。予何言，予何言！

題蕭素心小像

滄溟翠潋，華岳鶯巒。氣槖萬古，胸跳雙丸。爲陶令之歸去，撫孤松而盤桓；既史公之周覽，亦兀坐而静觀。洵天廟之器兮，吾怪其骨重而神寒。

題陳伯新小像

横琴不彈，而晤師海上；對石不拜，而顛合南宫。儼勁松之謖謖，可瞻望而莫適所從。

題瀟湘八景册

居恒聞八景，至瀟湘而不及矣。今見此册，乃躍然至之。尋其深秀，爲增七日思也。

題齋頭竹石小畫

而瀟瀟，而嶢嶢，能壁立於野老之廬，而不立乎人之朝。

題馮長民小像 圖中左右圖書，雜陳古玩，有二美侍坐

圖史蟠胸，鼎彝貌古。金釵玉臂，聊可與娱。既與人同樂，必與人同憂。其安石之流亞歟？而乃與古爲徒。

題丁日先飛藻居匾

相如奏《大人賦》，俾漢武飄飄有凌雲氣。才子所居，光逼雲漢，洵不翼而飛者與。

題幻蝶册

果螧螬葉耶？曷定非烏足根？機六變而得蝶，蝶十六變而入乎人。問蝶安在，亦安不在？葉蝶。

開元天子捉蝶縱集宫人粧，爲蝶幸。以蝶入粧，則鬈而青鬟，其楚蓮香耶？妝蝶。

蝶可名鴿，亦可名花。名之所冒，蝶復何質。吾詫夫世之采名者，摭其華，不食其實。名蝶。

錢也，乃化蝶乎？以錢之神，亦烏不可化。我思元子浪翁，慨論時世，殆不忍讀也。蝶將曰：無我有尤。錢蝶。

是周與蝶，夢社也。見蝶不見周，又安見蝶之爲蝶，在俄然覺也。夢之中，勿復言夢。夢蝶。

或墻之隈，或波之漪。蝶耶？質耶？質影者曷之持？故知滅其創迹者，惟逃水之夷。影蝶。

鏡花不摘，鏡蝶其可撲。夫朽麥化蝶，有能謂秀漸漸，即蝶也。當不爲容成欺耳。鏡蝶。

火土遭而幽蘭發，花之清，蝶之趣也。春色所蒸，勝于磁石之引。吾感乎陶之不能忘情。磁蝶。

天地日隘，毋浪游也。棄天地而藏諸扇，扇不足以藏也，而復藏諸繡與墨，探花使自此遠矣。較宿花者，魂夢尤香。扇蝶。

炎炎者乃在杜鵑花際，抑知蝶自火出，正自冷氣襲人。對此翩翩，安得不樂。紙灰蝶。

題吴昌伯畫册

怪石虎蹲，異材龍踞。一時風雲蒸變，各能怒挾瑋奇，争起而問青天。乃使蓬蓬勃勃，慨想際會之盛，則畫苑之絶大文章具焉。慧眼人能作真山水看，猶是得其毛髮也乎。

吾家子敬從山陰道上行，既賞其應接不暇，而曰秋冬之際尤難爲情。似此古樹寒峰，豈不百端交集？而圖之者，則謂天地不能常侈常費，正在藏鬱淵泉。向來所謂艷冶如笑、蒼翠如滴者，仍爲斂以待發也。興來獨往，應於杖底得之矣。

題秋林索句圖

呼竹爲君，揖石作交。俯仰寒林，幾有《秋聲賦》一篇。轂轉耳輪，思蕭蕭也不能已。

題藍田叔米家山小景 畫中天外一峰，古樹數株，坡上止一小亭

落筆不多，能使觀者忘少。空淡之際，忽捉得乾坤一草亭，杜詩一句。

題祁止祥仿方方壺小景

對此蒼茫，想到靈峰東武飛來時，如神龍滅没雲氣中。畫者急追其影，覺天地爲師一語，斯際皆用不着。

燕中爲郭將軍題五馬圖

昔漢武賦《天馬歌》，有駿馬聽之，頓絶羈絆，長鳴奔絶塞數千里。盤石上，馬迹若踐泥中。披斯圖，洵是呼龍爲友，但聞空際風聲飛突，若八荒之大，不足以供其一驟也。

又爲同觀者題

慕容氏赭白馬，賞其奇相逸力，鑄銅圖像，特爲勒贊像旁。像成而馬死，死知己也。今李翁圖五馬，則像成而麒麟欻出，馬則萬古生矣。嗟乎！相士失之貧，相馬失之瘦。孫陽九方，竟遇之筆端耶？令目中寧復有三花五鳳。

是日於周菊人筵中走筆題此，一時觀者皆爲許可。白岳自記。

題畫

畫要入格，而不得有意入格。放出胸中丘壑，振筆直往，谿山木石，隱隱勃勃，生氣徐引。爲四時留得景物，覺天地至此無權，觀此令我忘其爲圖畫也。

題畫

山飛若競，石放若幸，亭空若應，泉暗若瞑，江澄若性，松舞若定，木禿若敬，墨焦若凝，筆淡若靚，經營若令。猗嗟昌兮，畫之聖兮。

題畫册十二

山情娬媚，樹影阿那，板橋曲徑，使人自遠。幽人履道，踏破烟雲幾千襲。迺若過此以往，則鐘聲何處？梵語度人，静似太古，天地更自别也。

峰奔水立，嵐氣冉冉欲墜。老松戟列，迎風作語，白雲英英，衣袂間時覺冷香沁人。惠而好我，携手同行，喜其應接不暇矣。

山驅水涉，碌碌者各不相謀。大塊勞我以生，漆園叟所爲喟然也。荒臺野寺，古樹寒烟，令人冷然起悟。所惜嶺上白雲，只可自怡，終不能持贈世人也。

其山躍起而嵯峨，其水蹈舞而揚波，其人調適而忘我。

蜿蜒其來者山耶？山中將何有？寒松古刹，鐘聲度越短墻。此時空谷轉幽，虚舟不觸，無懷、葛天之天與？此中世運，故日躋而勿降也。

竹徑桐陰，蕉花楚楚，疏籬茅舍，四圍山色中，烟霞繚繞不去。杖履逍遥，小童抱琴追隨，石壁盤桓，興至不吝一彈，翻翻一仙人矣。安在爾公爾侯，逸豫無期哉！

雨壁新磨，遂使山光濃淡，倩入畫圖，水足溪橋，清泉鳴玉，天籟滿聽，不許絲竹也。

巖壑流秀，竹樹蒼茫。南畝西疇，作息自禪。草堂高卧，以視玉階仙仗、金闕曉鐘，洵若泥雲。而文君翠黛，蹁然天外飛來，定須看殺衛玠也。

一徑腸繞，千峰翠叠，流水平橋，隨人纓足，松柏森讓，衛佛拄天，寧復人間世。因而卜築山阿，茅茨數武，得深山道流，竟日玄對，仙仙乎舞矣，覺拔飛白日，反屬荒唐耳。

竹廬茅屋，緑浸春畦，試望平原，耕漁任逸，而過橋野色，烟樹萬家，潑翠遥峰，山靈割贈，即百歲後，猶游居寢卧其下也。

溪橋投足，作想萬里，顧瞻寥廓，松風山色，隱躍相嫁，樂雖寰中，趣逸天半，爲想李青蓮之句。

光影映發，空而且悦，小艇獨釣，隨風近遠。罷釣歸來，夕陽散亂，沽酒烹魚，浩歌自放。散髮縱步，漁火星灣，流溪印月。故知南面王樂，反愁我軀耳。

題畫册七

練江素出，碧光天拔，群峰萬壑，拱揖來盟，橋徑轉幽，勝引杖履，衡門之下，因山成僻，迺爲風月主人。

疏雨乍征，楷磨山色，遥岑遠水，滅没相間。幾座茅房，部署陰翳中。憑闌極目，想來天際，兩腋生清風也。

是喜從千里，含春語而亂笑者，青山爲君老，則欻忽耳，愛君耐君寒也。

柳也枝枝，我來思。青山白雲，桃花流水，招招者舟子。明朝有意，抱琴其來乎？有負斯盟，予不濟斯。

萬年枝絶，懸崖以老，於此可悟《養生主》。而百丈飛虹，復從天奔下，斷岸千尺，危咽有聲，高閣臨江，方爾悠然。奚奴抱琴適至，爲作三弄。明秀之致，軋軋十指尖透出，自是曠然天真，畫圖移我情矣。

天外風帆，洲中漁唱，湖光山色，謀目盟心，小橋流水，村里相望，幽人之步坦坦也。

山光潭影，適我皆新。古寺疏鐘，響出林木。策蹇四顧，不特秀流胸脯，真覺文心詩思，奔命驢背。

題畫册八

溪有橋，似非太古，然虛舟在岸，村落閉門，一徑蕭疏，人迹裁到，則猶上皇風也。

山遠彌倩，樹秃非枯。泉咽石而生聲，亭空空而入古。

十里松風，一溪橋徑。行到水窮，坐看雲起。此不争之地也，畫中人竟能得之。

樹有枯榮，山無今古。江閣臨清，野流溯瀑。芾軒人嘆不能到也。

閣安石壁，泉鳴樹杪，白雲無盡。入深山而尚自閉門，知此人之看世也深。

滿塢白雲耕不盡，一潭明月釣無痕。彼天外風帆，蹈險前去，此何爲者。

有泉可聽，有閣可眺。江山無主，閒者便是主人。吾持此贈人，無能受也。

層巖深谷，止有白雲古樹，相與爲鄰。倪迂畫。不畫人，此心良苦，非關傲也。

公穀曰：三册不知何歸，而妙畫乃至今在。畫有時毀，題不可滅也。

題祁止祥畫

止老畫每多嫵媚。入老，竟爲秃筆，而此特别開一法。顛峰怪樹，氣骨偃蹇，墨光激射眸子，蔚然深秀。吴子黄池之兵，如火如荼如墨，此以墨陣争霸者也。

戲題壁上畫蘭

蘭蕙芻矣，卿壁立，無變色乎？吾面壁也，永以爲好也。

題大能寺自來灰鸞

翩翩耶，集此祇園。不以色求，名爾爲鸞。來斯安斯，欲言忘言。

題師及壽意

時維九月，序屬三秋。客有覽揆師翁初度，圖黄菊芝竹以祝者。夫對商山紫芝，則懷綺皓；扈東籬黄菊，則思靖節。憶渭濱千畝，淇水菁柯，則見匪熊匪斐，詎曰繩繆，泂深企仰，將有所合之也。

《離騷》曰『皇覽揆于初度兮』，言父觀我始生年時，度其日月，皆合天地正中。俗儒皆用覽揆作誕日，且寫覽爲攬，盡人而然矣，將有反議余爲非者，特爲注。

題張曙剪紙爲公孫大娘舞劍器圖　癸丑

昔杜甫於大曆二年，云見臨潁李十二娘舞劍器，壯其蔚跂，問其所師，則爲公孫大娘弟子。復言開元三載，尚童稚，於偃城見公孫氏舞劍器，稱其渾脱瀏灕頓挫，獨出冠時。每念動人豪蕩感激。而鴻溪張子曙爲能剪深青紙，傳其妙態，龍翔鳳翥，窈窕矯跌，劍光湛日月。翩翩者公孫氏就我也。

予因思少陵叙此，以大曆二年追及開元三載，則方明皇盛時。既而曰玉貌錦衣，况予白首，今兹弟子，亦非盛年，則所云五十年間，風塵澒洞，梨園烟散，於開元、天寶，不禁感慨係之。而張子剪圖贈予，則在今之癸丑冬十月。夫予生于萬曆己亥，於今七十有五年。念此時何時耶，其與少陵處大曆而追想開元，撫時慷慨，求爲少陵而不可得者，則吾之誌此，有不勝泫然者矣。

通跋吴昌伯畫册

古今曠懷人，巖壑争乎其胸，至能取清音於山水，會心及此，微而遥而，游世外而，有難爲俗士言者，何也？山水則共覩之，山水清音，則未之能聞也。夫既未之能聞，而謂畫山水者，能畫及清音乎？則安得謂之能畫山水乎？吾且從清音而進索之，則更有奇響，以流光其別調。是其中，非徒守一塊然之巖壑，而矜矜以出之也。故畫者欲追影兩間，胸中無千萬卷圖書，目下無四天下名山大川，以特起瓢笠，彼夫力襲長康、摩詰、荆、關、雲林輩，跐跐而貌似焉，吾未見其有畫也。則筆墨之滓，有以溺之封之，而生韵馳于萬里矣。

而此册則不然。吾疑畫者之胸，灑灑洞洞，即羅人世之珠玉金璧、窮奇寶玩，滌濯以附其中，尚爲穢腥不受。則吾欲俾其向明背立，爲之端拱凝視，其胸中當別有一天地日月。於焉部署筆陣，一時流峙動植、雲嵐霜雪、晦明風雨，以至竹橋檜檝、紅樓茅舍、騷人逸士、牧笛漁竿，盡竭其情狀，以絡繹奔命。吾見其遲遲春矣，則錯繡然；吾見其皇皇夏矣，則蒸蔚然；吾見其清清秋矣，則蕭瑟然；吾見其寂寂冬矣，則禿睡然。賞譽家試爲鞭心曲入之，則清音之有以移我情也，廣心以旁通之，則清音中之奇響別調有以振我聵也。

嗟乎！是尚得以筆墨索之乎？昔者北門成之問軒黄也，曰：帝張《咸池》之樂於洞庭之野，吾始聞之懼，既而怠，卒而惑，蕩蕩嘿嘿，乃不自得。斯言也，幽致冲妙，其會心，故不得以言傳者。吾故撰爲此語，以檄畫苑之英。咸得此意，以獲其音也。

吾之爲人也，有癖焉。出門則抱山水癖，閉户則仍抱圖畫癖。餐其秀韵，不啻飯青燭之精。蓋自萬曆己亥迄兹壬戌，歷晦朔者千有四十，而未有倦。對此奇觀，展不能合，既已散有所題，仍不能已於言也。又志。

題迪公孺人像

懿範淑德，素粧凝坐。能令對之者，恍聞環佩之聲，而周旋中禮，無不嫻乎内則者。或謂：如此人乃不得四十。予曰：如此人正以生氣百年也，媛兮未嘗逝也。

碩薖集

山陰王雨謙延密先生著一字潛岳，又字曲轅
會稽壻俞公轂康先手定
外孫俞忠孫祖臣傳録

漱墨齋記 丁亥

漱流，晋語也。其拗語之，則曰漱石，則曰所以漱石，欲礪其齒。夫至人不欲爲齒，矧其礪之？然則與其爲漱石，無寧爲漱流也。而吾之名齋也，則曰漱墨者，曷取爾？其有進乎流者也。

今夫流，散而爲溪、爲壑、爲沼、爲沚、爲江河，至於爲海，而流之族，蕃衍乎天地，然一受其形於有，而不能自藏於無。吾漱之也，其吐之，則中外格也，其欲内之，則偃鼠之飲，不過滿腹，而吾之漱也窮。

墨則不然，而爲能藏有於無也，而爲能無不有也。蓋墨之統，祖於圖書。龍負龜獻，墨迹肇興，嗣是而演爲書畫，焕爲文章。河嶽在地，日星在天，聰明在人，而墨能變化之、聲靈之，以相嬗於不朽，而出入於有無之際。

吾漱之也，不專其權於口舌，爲能弼以手目，而神其命於心官。於是乎筆墨所布，亦欣欣於精氣之相召，而耻不爲吾之所漱。蓋方其未始漱之也，則皆自無而之有也；其既始漱之也，則皆自有而冥於無。夫惟至乎冥，而墨之位，則日躋而不可即。漱而内之，即竭天地所有，則注焉而能虚，受焉而能變，晋、楚不能侔，賁、育不能取，象罔不能窺，風雨不能蝕。吾端坐而漱之也，萬化而未有極也，如不食五穀而吸風飲露，則藐姑射之神人焉。彼漱流則風斯下矣，非所以齋吾齋矣。

丁亥十二月十有三日，硯北逸民記。

仙霞嶺迷路記　丁亥　此篇宋岸舫先生諱俊采入《江山縣志》

丁亥春正月，予欲問津榕城。客有爲予言山川之勝，雄麗卓秀，愕悸心魂，旋來依媚，與山陰道上，別鍊青碧，分奇雲水之鄉，而仙霞嶺尤卓卓，摩青拔黄，壁峭無緣，路折忘級，此行洵登仙也。自此經營意表，冀有所遇，肅肅羽仙霞而不及矣。

乃於二月初吉，晨發胥江，溯洄從之。閲旬日，背江行陸，寄足肩輿，則見峰壑鱗鱗誘予，亂人應接，此時心目不能偏就，然是目恨爲兩困。次日擬度九嶺，而仙霞則其次及者。意天爲名山作緣，劃然開霽，俾王子翺翔峰頂，指顧四表，此時呼吸帝座，即致上帝瓊宫忽啟，鴻龍喝道，徵吾輩驚人詩，勒句玉堂，作韵今古。予將掉頭不顧，闊步長嘯，徑穿七嶺，使知士固有志，不可强也。

夫何濛濛滌滌，雲嵐黨族，輿夫甫及嶺麓，則百千呼促。予爲之下，屐而踰險，力行八九里，則有昂昂雲中者，仙霞來矣，亦即履屐以上。行者右足甫定，左足乃移，而傴而僂，循一線而走，莫或敢顧。予則每遇一折，必顧留其勝，雖未及問頂，飄飄有凌雲之勢矣。恨雲嵐頡頏不去，眺不能遠，但意中自憶險歷，故應踏破幾千𧄼耳。同行人略先後，即糢糊不識。爾時視天夢夢，彼此呼答，杳隔烟霧。

忽相失，見一石徑，謂去路也。裊裊冞入，遂忘近遠。第俯仰間，則日霽風媚，霏微之態，倏已改觀。怪禽珍木，紅英碧草，則雜然莫辨。崖磨碑斷，石黑書平，直不知何王之代，憖遺此一境也。一路石子磷磷，壁青瓅曲，屐齒徐投，倫次有聲。

過一小門，則有兩青衣延予而入。予卸屐登堂，青衣命予坐，且曰：「爲君致語霞主。」予因散步小廊，則無甚珍異佳植，然楚楚雅雅，苔徑茆簷，一往邃古，則見素壁上有黑書者九，筆法飄舉，彷佛吾家右軍，急就視之，乃曰『我與我周旋久，寧作我』也。心方契之，則霞主至，故翩翩年少也。衣冠佩履，不屑俗謀，提提左避，予肅然就揖。即握予手，延至别室坐，而雙鬟即捧茶至，灑然非世味也。視左右圖書甚富，意急欲觀之，不敢即請，且其位置矜嚴，鑒賞之致，誠不可以浮氣剽竊者。

少年則與予言，絶不及姓氏里邑。爲談洪武以來事甚悉，每至成敗得失，將相賢否，則欷歔激烈，跌足磕齒。頃之，論及詩文，則不知秦漢，何論晋魏。非置秦漢晋魏不齒也，若曰：彼各成其我也，而非我之爲我也。反覆千餘言，竟不外素壁所書之旨，惟時花影移午者過半矣。予即别去，少年仍握予手，從松徑南向出，非復向所入者，曰：自此面離而往，則絶無岐路，即達五顯矣。忽則不顧，同行者則累累在前也。

及至榕城，偶集朝夕所歌，有我歌之刻，憶少年所以語我者不能忘也。因爲記。

薛園水記

丁亥之槐序，予入闈，而榕城遭洚水氾濫，所寓遂與魚鱉伍。二十四日，避水薛園。薛園者，薛孟篤之廬也。館予堂之西偏容鵠齋，以其甚小，則況以蜂房，是齋之得名矣。時水入平地，一室宛在中央。予旋走齋中，朗吟長嘯，日幾數十百里，『所謂伊人』『道阻且長』也。雖蕩蕩素不目謀，尚無甚驚熠，則忘記時日。

乃五月十有六日，許子有介招予過飲，以雨辭。許子酒誼浩落，胥興牽人，雨不能奪。青衣繹相促，則肩輿就之。甫登米友堂，則見堂中風雨霏拂，烟嵐杳冥，小舟簑笠，泛泛屋壁間。晋視之，則小米《風雨圖》真迹也。始知彌月來，天吴移水，非屬帝遣，應見妙畫通靈，油沛相召。而許子時適爲閩慧禪師作書，則又云禹之精神在水，故篆字皆流水形。然則從許子之堂，相率而爲水者也。湯湯乎志在流水，予則借以作知音之介。而許子於時出所藏名畫法書，互爲屈伸，識答氣應，幽賞未已，促坐飛觥，呼盧戰拇，除暴人苛令，飲則樂甚。爾時許有彦童二人爲行酒，則都雅絶倫，且工詩翰也。予於座中，索之爲下酒物，洗馬、謫仙，皆得一體。予不飲主人之酒，而飲其氣誼風雅也。堂下大雨如注，維時夜禁嚴甚，則飲無卜夜者。

因别，而平地水深尺餘，則輿爲之舟。歸而水及階，未入室也。然而淫淫者不復收雨理，予怪且疑之，則升履於胡床，凡地上有者悉登之，乃卧。漏二下，則鄰寓者三姓，聞其内外擾擾，且訝予溺睡鄉也，拍户朗呼曰：大水至！大水至！予堅卧不起，徐應之曰：昨者處分已定，高鄰宜速自衛。征曙，則水懷予床盈尺矣，遂爲水所氾。予床前以椅桌蟬聯，往來坐卧，自辰達未，則滔滔者寸尺遄臻，床具皆浮，不能立，遂徙席於桌，輔之以石，以砥其波。水不竟桌者，三寸而遥，則復落雙扉卧桌上，崇之以板，政如短綆汲深井，愈續而愈不足。藉此問津華胥，意謂詰朝水當漸殺，則轉劇，窮摩醯之智而不能數也。

至夜分，而齋南高墻二堵，頽然卧波，觸齋之東南隅。忽屋角轟雷起，則齋壁突如仆，兩僕幾爲所葬。幸牖户已早落，以板横檻巢卧，水波衝激，得移跳牖外。内壁復倒，而水波横流卧席。予於夢中和衣入水，挾僕人相倚登中堂之東偏，行幾没齒。及升階，於括蒼李元功處，割水丈許暫棲。蓋中堂較高，然亦水幾三尺，第以柱梁壯麗，五間櫛比，或無覆壓之患。爾時亦復波棲於桌，神魂方慴慴未定，忽堂後墻崩，水土戰擊聲震震叠追。予暗中初入，茫不知其所竟，則與僕人望白處，躍入水中，聲去乃反，則自胸以下不及水者三寸許，笥篋悉震蕩波沉，而元功則踞閣怡處，以吾仰之，泥憶雲也。時雖仲夏，而凉敵深秋。予既衣濕濕單衣，復桌處，漾漾暗水中，殆所云井上轆轤卧嬰兒也。寒而且恐，竟不敢從暗中索一衣，則皇皇待旦。而四鄰墻屋爭覆，遠近相貫，如吾鄉除夕爆竹聲攻奪兩耳，而寓墻亦一時效尤。墻墻問水，則驚驚蕩魄。閣上下咨嗟相和，止冀卯天忽裂，兩眸子有權，則趨避應或不艱。

而失意之人，夜以愁長，遷延及曉，則啟篋取衣守腹背，而已半爲水沃。然向所濕上下衣，亦稍稍就燥於身矣。益以半水之衣，如匪澼，曷望安吉也。衣定，則謀及乃飢，然得甑亦無部署處。於是集水上游扉至四五，則浮甑而炊，一飯三甌。回思蕭墻憂溺，入水濡身，而甘芳之意，泰形於色。飯罷，一望園中，已作蒹葭一方。植物之二尺三尺者，悉爲水中荇藻，乃若甕中蓮花。高地九尺，籬間美人蕉洎觀音蕉，紅花緑葉，參差尋丈。至是入水過半，盈盈脈脈相望，如帝子洛神，凌波摇曳，若橘、若桃、若梅、若孫桐、若火榴、若槿、若寶相。種種薪木，蔽芾相得，割裂青天，漏我以碧，然皆不脛而舞，如吕梁丈夫濟汨出入。而其根托四墻者，悉罹王夷甫之厄矣。因思人生，政如花花草草，死生枯菀，自有定之者，徒多惴惴耳。既則又思巖墻之下，知命不立，花草以無知樂，亦以無知摧折。至人究無死地，未得遂言聽之也。特榕城絶無舟楫，兩情信信宿宿，淋漓不去。門外水深難就，我無舟，我將焉往？則又自思，以爲向者水入也驟，則退也亦驟，而竟不能，所幸尚不進耳。

則特取薛氏宅，合爲權衡，以審禍福之倚伏，而預爲之防。蓋薛氏東西南北曲折皆墻也，外鄰墻復相比。榕城版築，取材於土，肉而不骨，雨深水壯，則土反受尅而崩。但計某墻壓，則某屋仆；某墻近，則吾居恐，不近，則吾居無恐；某鄰近，則吾居預爲恐，某鄰不近，則吾居預爲無恐。晝則藉吾目力，以奠我心，而圓我足。即在暮夜，亦得先立心官，察其緩急，以識定膽。而是日墻屋相繼崩潰，每一墻仆，則一屋覆，水駭波激，嫁恐比鄰。辰刻，則朱氏之東墻仆；又移刻，則儀門之西墻仆；巳刻，則由西墻漫衍而左，爲朱氏之南墻，則又仆。方其拜首入水，迤邐相率，響若雷奔。予宅虢虢逼近，震不于其躬而於其鄰也。刻未移巳，而一室岌岌乎欲赴予窗，予急索一木，合力以却，遂斜施東卧水中，覯其淵源，迫而不慄。午刻，則孟篤内室墻絡繹就水，每聲起，則同室皆驚顧，酬之以嘆。嗣後水則稍退，第争分較寸，出納之吝，絶無進禮退義之致。且雨復不止，而未，而申，而酉、戌，狂霖則不復守度，如衛公顧閔亢旱，馬鬣上傾瓶屈注也。

元功但連呼奈何，予則自思既無神禹之智，立施排決，復不能分米友堂半席，高踞百尺，評詩品畫，痴對忘雨。猛欲拜請碧翁，杲杲出日，則落莫旅次，尚不能叩人，曷其叩天？轉思識趣卑陋，乏仲叔高風，遠父母兄弟，挈一兔而南走也。幾使覓我者問諸水濱，則將噭然而哭；然欲哭，則又惡其近於婦人，則又破涕爲笑。李奉禮則云『心事如波濤，中坐時時驚』，已先爲予言之矣。計予自十六日中夜罹此水厄，連宵危坐，屬垣面墻，審所趨避。耳目之官，疲於奔命，時唱李藥師卜問西嶽與西楚主起霸曲，雖或不中音律，而狂歌浩浩，能俾陽侯氣奪。或與李元功談及既往治水用兵，出入五經、廿一史，貫串古今水患，奇致滚滚，懸河決溜，舌底波濤，較水聲一往豪上。此時在水忘水，政不知何物而爲水也。則且以喜樂，且以永日。

然摇摇巢處，其在僕從，就深則取舟於扉，曲入户内，則裸而就涉。水寒刺心，方且捐穢於波，如塗塗附，朝夕仰水于雨，以供茗飯，累累入月，衣被供帳，蒸氣成菌，無由一近日光。《詩》云『載胥及溺，其何能淑』『逝將去此，適彼樂土』。而苕上沈宦營仕閩邑者，其僕人且與争咫尺水疆，聲遹駿也。予則爲之大笑漫歌，歌曰：湯湯訏訏，褰裳首濡，其魚其魚。歌畢，作書與孟篤，遥别隔水，爰及同寓，戴雨浮水去之，於海天鰲柱之側，聊借一枝，較薛園則别有天矣。獨是天際烏雲，含雨猶重，海水群飛，意中不遠。蒼茫之表，其有挽天河水，滌此世鄰太青耶？則不可知。予筆墨所述，第可言薛園之水，一羈人之偶不爲魚也云爾。

丁亥五月廿一日記於榕城客邸，延密道人。

許有介友曰：深心妙緒，烹馬鍊班。更能别出機杼，織成雲錦。奇不離正，巧不入纖，作記中可稱屠龍射鵰之技。

第一樓鼓聲記

丁亥夏五，予滯踪榕城，寓海天鰲柱之側。海天鰲柱者，即所云第一樓矣。斯樓也，昔爲藩司，今亦爲藩司。其在丙戌，則巍巍云帝闕也。自予至斯，每入夜則擂聲起，嬗五夜而天下白焉。予既逃水心怛，則感耳皆懼聲也。

聞雞聲而蹶舞，聞蟲聲而助愁，聞鸝聲而驚别，聞水聲而魂浮，聞風聲而于邑，聞雨聲而汨眸，聞砧聲而怨月，聞笑聲而悲耦，聞剥琢聲而方寸碎，聞時官騶從聲而瞠目掉頭。凡此聲也，或日夜而偶接，或隔日而相求。聲起則悲來填膺，聲息則聊以咏游。

乃若黄昏旅話，欻忽衆散，黯澹孤檠，顧影浩嘆。譙樓椎發，背夕征旦，漏聲相將，連宵漫漫。方其始作，音節嘹亮，耳輪碾入，引人誕漶。

及夫揚桴駿擊，亂撾驚帝，乍進逢逢，轉奏沉沉。呼日葬仙，振古鐸令，則以秦皇、孝武之長生自求也，不克憖遺而永聽其音。鼓聲鼓聲，爲爾沉吟。聽及無聲，告我良箴。嗟彼世人，對櫝奏琴。

晝爾怡堂，卜夜湎飲。較玉遴香，退而淫寢。鼾兮户兮，方將高枕。日之方中，筦簟陰陰，安能聽樓上鼓聲而早夜瞿瞿者乎？

乃若壯士沉淪，索塗墨墨。身際興亡，囚攣笑哭。羈栖嶺海，哀今無禄。擊鼓其鏜，瞻烏誰屋。益以五月徂暑，聚蚊雷族。淫雨經旬，波濤起陸。午夜凉生，爰變寒燠。暮聲隆隆，毛立膚粟。

吁嗟鼓兮！一而作，再而盈，三而竭，四而殘，五而復。吁嗟鼓兮！共南山兮閲帝王，轉北斗兮開東方。悲慨壯涼兮生我徬徨，涼秋九月兮叫月鳴霜，雪宵水骨兮嚴更皇皇。吁嗟吁嗟！樓靡夜而不鼓，鼓何時而不聽，聽何人而不傷？懷渺渺兮彌渺渺，身堂堂兮復堂堂。堂堂，不得意之解也。曷能開金石之淵淵，同胥靡之發夢於明王？

許有介曰：立髮裂眦，悲慨壯涼，喚醒舉世漆夢，而給以兩耳，此之謂夏聲。

書薛園水記第一樓鼓聲記後

三山許友有介

僦廡客，環堵飄摇，身同窮鳥；渴睡翁，匡床轉側，目比鰥魚。子美困於耒陽，蓋因阻漲；仲宣依乎荆郡，遂賦登樓。彼壯士之羈栖，類千年而符合。

有密道人，竭來吾土。初居河曲，波影竟漾半扉；繼卧譙邊，鼓聲直來孤枕。水欺無力，床床避濕，既同茅屋秋風；漏豈有心，滴滴生愁，復類空階夜雨。似此蕭條，偏逢客子，宜爲箋奏，一問天公。

於是坐嘆行愁，擁衾不寐。爰乃攄幽發粹，載筆而從。遂使市上操舟，三十九年來僅見也，僅見者得道人而據事編奇；樓頭催箭，三百六旬内習聞矣，習聞者遇道人而循聲寫恨。友欲約夫近之浮家泛宅者，各書一通，庶見相憐有其同病。更欲促夫世之博夜大昏者，好開雙耳，不負先覺，眷此群聾。於以見道人之浩淼心胸，能納海水於一杯，而視齊州九點。其壯涼志節，更能奮金石於四座，而奏漁陽三撾也。

墮泪記

夫墮泪者，從悲悼慘戚而爲言也。凡人入危苦顛沛則墮泪，當疾病死喪、桁楊棱械則墮泪；見人入危苦顛沛，見人當疾病死傷、桁楊接械則墮泪。所云哀至則哭，悲來引泣，盡人則如斯也。

南方有畸人焉，則獨有異。畸人者，畸於人而與天徒也。天機之動，無文飾，無部署，取其心之所誠然者，溯游而從之，則泪淫淫墮，因縱其所墮而足焉。而嗚咽，而縱横，而交頤，而滿襟，而濕青衫，而濺花，而溢酒卮，而漬枕若席，而沚劍鍔，而彈征鴻，而灑冰天，若是乎泪之多方而不禁其墮也。

及問其胡然而墮也，則别有所墮而墮之，初不在悲悼慘戚之列。故畸人之墮泪也，在世俗則皆開口而笑者也。舉之大略有十：

見風細月娟，露浥雪舞，顧影寥寥，寄情一壺，忽念疇昔，心剜體蘇，我至此則泪墮矣！

見良宵韶令，瓊筵坐花，圈闌迭得，驥牛合槽，雜雜仙仙，予獨蕭蕭，我至此則墮泪矣！

見庸駑高張，笑罵由人，佞倖得路，英雄隔塵，古道陵夷，諂格日新，我至此則墮泪矣！

見不學無術，擅黄奪雌，仲華入洛，於穆不祀，外貌三教，頑心自師，我至此則墮泪矣！

見信史聖經，稗官傳奇，明良道合，言聽計隨，俠烈萍逢，意氣鬱跂，酒澆傀儡，劍擊貙貍，我至此則泪墮矣！

見趨炎厭冷，愛少賤老，董、鄧赫奕，憲、丹潦倒，節鉞繡錦，照耀跖、蹻，身家何有，刀踞維好，矜誇勢利，名節地掃，我至此則泪墮矣！

見鴻文恣川，奇句驚人，玄心奥義，吐陳納新，舉世矇瞍，博夜爲鄰，欲割欲殺，摭僞損真，乃有排棄流俗，擊節嘆頻，盥露范金，洞髓得筋，我至此則泪墮矣！

見玉杯寒少，金屋情多，顧盼賢豪，别漾心波，略去皮毛，曷玄曷皤，吹肉彈絲，對酒當歌，萬折隱微，罔用揣摩，巾幗峨冠，女中丈夫，我至此則泪墮矣！

見讒言孔多，鑠金銷骨，蜮鬼射影，東儵〔一〕西忽，忠正莫明，鳳麟蠛蝨，乃有素眼闊度，安安不兀，如晛流雪，如雲讓月，膠漆彌堅，蘅芷增馥，我至此則泪墮矣！

見國破家亡，故宫離黍，忠臣絶脰，烈女捐軀，白虹貫日，青霜凝暑，天回日反，馨冽宙宇，我至此則泪墮矣！

凡此十泪，瀦集心窩，和以熱血，護以情魔，强之不出，刦之不磨，按節而動，若决江河。夫憂江河之涸，而揮泪以益之，此古人故爲太甚之辭，渺之乎視泪也。若畸人之泪，誠有不可得而渺之者，因自表而記之，以告夫四海千秋，定有血性男子流歡吾泪，若長江之化酒也。

校勘記

〔一〕『儵』，原作『倐』，形近致訛。

紀　夢 戊子

戊子冬之夜，予忽夢過一村，有年少十餘爲保甲所縛，呼救於予。詢之，云是梨園，以戲歸晚，非作賊者。其形貌幻怪，皆目所未諜。僉衣青，其長短肥臞、黑白丹黃，雜然不欲班。其最異者，一人面綦小，而鼻與拳争長；一人面恢然，而眉目口鼻促相守，規運之則方寸而遥。

予甚疑訝，謂之曰：若既職戲，則各喇所職，按次發響，予一一聽之。其凝雲繞梁，則爲若輩先之。否則，其托於戲，爲逋逃藪也。

而乃響發，則瘖殺緩促，悉未之前聞。尤可異，則扮爲丑者，向之鼻與拳争者也。聽其曲白，則自言曾爲首輔，出入將相，昔年受命專征，百萬醜虜，我能制厥死命，我惟脱之，故功在社稷，乃與秦丞相等。然作爲科介，類閉藏䇿縮，似有恧然於心者。

而其眉目鼻口促相守者，則旦之正也。其所唱則又大净曲，聲如凍蠅冒窗，而直以大將自雄，爲言曾統百萬師，來往江干，力能使人民塗炭、社稷傾覆，我雖無如敵何，而朝廷無如我何，岳鵬舉無此殊遇也。

惟時予局局大笑，髯掀不能語。衆梨園則前而言曰：子謂我勿繕於戲與？而且欲以貌取戲與？子真膠柱而瑟，未窺時勢之變也。時勢之變，肝膽既易，耳目頓革。戲場之中，别有戲場。子以昔日之面目衣冠，登臺歌舞，即俾子摹忠寫孝，從容激烈，世人觀場，且有引佩刀而欲割欲殺者，又安所得食？更以收一時之名，而累累多金耶？予乃顧謂保甲曰：是可達戲理矣。汝所言保甲，則亦非昔之保甲也。保甲雖古制，而亦近於戲。夫何於戲而强以真之？梨園與保甲皆散去。

予寤紀之，而予之爲夢又一變格矣。

病中艷夢記 辛丑

辛丑七月之朔，予一時方三疾焉，則創甚，不治不可，欲治不能。每念其故，可涕可恨，則置之一笑。惟時局促匡床，即展轉反側之苦，殆莫以喻也。伏枕既疲，則强起行坐，荒村孤陋，人自爲見。既無意外之士相與晤言，得聞要言妙道，則進而謀諸古人。披書未竟幅，輒苦窳不可枝，則仍就枕。枕不能寐，則霍然苦吟，吟去則此中有鬼，踽踽欲動，且益之疾。

忽一夕得艷夢焉。厥夢維何？有臺之超然者，上有美少年焉，皆絶麗，相與枕藉林樂。中得一俊，正如玉山照人，色然意授，而予則勿就。少折，臺迴路轉，亦復多璧人。一最殊者，殆無以形其都。其顧予也，但脉脉，甚不能出意於口。領其意甚厚，而予亦勿就。臺之外有樓居焉，則閨房之艷也。一白衣者，淡麗絶倫，將不復許有靈芸、麗娟也，則倚闌遥矚，一身弱不能舉。而瞳神秋水，則盈盈求對值矣，而予則勿就。樓之南則有閣道行空，金碧輝輝，非復人世。忽兩麗人珊珊其來，前者逝若驚鴻，則恍恍不容記，其後者如宋玉之貌東墻女也。蓋增減不能以寸，而骨肉之輕重肥癯亦相争也。其飾則衣純朱之衣，胸前後有奇繡，不可識，頭上所有翠翹翿葉，與著於足者紅渠綃襪，皆意思所不及，約略記之。鏖金孔雀，銀玉麒麟，掩映四體者，兼以照耀良辰。彼姝行行且睨，其行也，若恐其仆，度以珠絲縈之，則可立。予當此，私念今夕何夕而已，躊躕顧盼，神血未寧，亦既就予矣。

忽而覺，則蕭然一病人也。因思予其尹氏之老役也哉！周之尹氏，大治産。有老役夫，筋力竭矣，晝則呻呼即事，夜則昏憊熟寐，精神荒散。然昔昔夢爲國君，游燕宫觀，恣意所欲，其樂無極，覺則復役。而尹氏則昔昔夢爲役夫，苦無算焉。當日役夫則曰：人生晝夜各分，吾晝則苦矣，夜恣南面之樂，吾何歉乎哉？今世之人，其無役夫之覺者也。其或自以爲覺者，則曰：人世夢也，幻焉而已。夫世之喻事，必以其質。今既以夢喻世，則夢即其質，質則有之矣，而又以夢喻幻，則何以别夢之非晝與晝之非夢？夜與晝既不可别，而漫然以夢齊之，未爲知夢者也，即曰：夢果幻也。予則謂與其夢於枯，無寧夢於艷也。吾終不敢以吾之夢爲幻也，乃作記以真之。

玉鈎斜記

嘗讀張士行《玉鈎斜》詩，『宫中佳麗三千人，半作玉鈎斜上土』，輒不禁柔腸結塞。及甲辰游維揚，訪其故處，則知閲唐宋五代，平原臺榭已不知幾爲循革，今則惟茫茫焉而已。考諸郡志，則云玉鈎斜在吴公臺下，乃隋煬帝葬宫人者，而求所云玉鈎斜之義，則無得也。再考郡志，則云蕃釐觀後有玉鈎井。相傳一黄冠持畫軸見帥守，畫中字皆雲章鳥篆，不可識。及去，忽入井中。因縋獄囚下視之，見一洞，署玉鈎洞天。復使入，則水漫不可尋矣。而唐竇鞏咏《宫人斜》詩，則有『離宫路遠北原斜』之句。予考諸書，則谷口名耶？班孟堅《西都賦》『右界褒斜』，《梁州記》『有褒谷，南口曰褒，北口曰斜』。則意其在玉鈎井北口則云然。

自此羈栖揚署，當風雨晦昧，輒爲憮然念及。因思古今人所最難堪者略有三：一則以奢華天子，求匹夫而不可得；一則以絶世美人，祇以供窮奢極欲之主而漫置黄壚；一則以曠世才子，躬大不得已之遭遇，蹙蹙靡騁，而慷慨吊古，裴回於夕陽古道、頹垣斷碣之地。吾兹感《玉鈎斜》而追念揚州也。

夫揚州自古稱繁華，至今經歷代戰争，殘破屠滅之後，而笙歌之沸，不絶於耳，星流爆激，邗關一帶，其燈火每漏二下不能息。蛾眉粉黛，淺斟低唱，户户香澤傾人，嘆此元宵夜夜也，而隋之煬帝實開之。考諸史，大業元年，帝命黄門侍郎王弘治江都宫殿。其時開邗溝入江，渠廣四十步，旁築御道，樹以楊柳，曰隋堤也。自長安至江都，置離宫十餘所。復遣弘於江南造龍舟，其巨麗奇巧，乃非人工所構。益以雜船數萬，又衛兵所乘數千，方其幸江都時，共用挽士八萬餘人，皆衣以錦繡，舳艫相望二百餘里。所過州縣，皆令食水陸奇珍，非復以尋常量。後宫饜飫，則所餘悉爲棄埋。及計所居宫，則有西宫在大内之西，北宫在茱萸灣，臨江宫在揚子津，又有歸雁、回流、九里、松林、楓林、大小雷、春草、九華、光汾、揚子諸宮，皆分布佳麗。自宮中淫恣，以至游畋水嬉，凡屬行樂，靡不以宮人爛漫其際，甚至裸宮人以挽此，其時豈如今日者？試望茫茫一往魂斷哉！而諸宮人卒半埋於玉鈎斜三尺之土。

嗟乎！此非疇昔窈窕于迷樓，所謂寫朱圖黄，光照碧空者乎？此非疇昔追陪螢苑，軍裝小隊，香風摇蕩，熠燿龍轙，往來於二十四橋者乎？此非疇昔水晶殿中，插瑟瑟細朵，披紫羅帔，戴通天冠子，把半月雉尾扇，飄飄稱飛仙者乎？此非疇昔嫣紅滴翠，紫髯促粧，而掃天紅粉，絢妬朝霞，不讓芙蓉者乎？此非疇昔皓齒明眸，鬬媚長堤之柳，顧影整鬟，調呼鸜鵒者乎？斯皆盡態極妍，無可爲似，沐雨夢雲，日以爲新，冀與天子萬年者也。一旦花鈿委地，秀骨纏虆，檀心香冷，原頭土碧，則見晛睆黄鸝，飛上野棠花矣，則見畊夫牧豎，拾得鳳皇簪矣。千載芳魂，化鴛鴦以訴恨；九泉幽緒，托鶯燕以啼嬌。柳條凄舞，薤露悲歌。蛄吊黄昏，咽宏細以同慘；花愁白日，紛紅紫而齊枯。嗟乎！玉鈎斜竟珊珊成鬼國乎？且也煬帝當日，樂極哀多，神蕩魂立，早於弩臺。忽與後主相接，而乃較論麗華，嘲諷龍舟，謂人生各圖樂，向何見罪之深。三十六封書，至今怏怏。嗟乎！一曲《後庭花》，無輕相刺也。未幾而即弑于宇文化及之手，后與宮人乃至撤床簀爲棺，葬諸西苑。後右衛將軍陳稜求得帝骨，略備禮儀，改葬雷塘，而后亦於貞觀二十二年詔許合葬，較之月觀烟景中帝憑蕭妃肩説東宮事，又何如哉？嗟乎！生一雷塘也，死亦一雷塘也；昔一雷塘也，今亦一雷塘也。而今若此，帝與宮人將何以語白骨於泉下耶？

於是僕本鍾情，兼多恨事，念此無愁天子，方欲千秋萬歲醉夢風月之窩，而乃與六宫佳麗近分蟻〔一〕蚓螻蟈之宫，能不爲之飲恨而吞聲者乎？

校勘記

〔一〕「蟻」，原作「螘」，於義不協，當是「螘」「蟻」形近致訛。

廣陵蕃釐觀瓊花記

粤若稽古揚州蕃釐觀，即漢后土祠，成帝元延〔二〕二年建。《郊祀詩》「媪神蕃釐」，北祠后土，故以爲名。祠前有瓊花，甚似聚八仙花，吾怪焉。

其始則云植自唐人，而不知唐何代之帝也。相傳天下無種，宋歐陽永叔守揚州，作無雙亭以侈其事。予考之列傳，則又云廣陵蕃釐觀有瓊花，宋慶曆仁宗間移之禁中，及淳熙孝宗中，壽皇又移之南内，皆逾年而死。還之觀，則敷榮如故。而逸史則又云，自五代至隋，煬帝幸江都，值瓊花盛開，爲設酒寵之。忽大風起，則花悉飛，化爲烏有。帝怒，立斫之。

予甲辰至廣陵，復考郡志與江都縣新志，則又云紹興宋高宗辛巳，金完顔主大舉南下，揭其本，思移諸苑囿，復悉剪其小枝，妒其留種也，則花頓萎。未幾，忽復出三蘖，久之而婆娑暢茂，不異疇昔。及元至元世祖十三年枯死，種乃絶。三十三年，道士金丙瑞以聚八仙花代之。

而明國初揚州諸志及高宗本新志，則又云蕃釐觀一名唐昌，瓊花一名玉蘂。予遍考則其説荒矣。按唐昌觀在長安光葉坊，明皇女唐昌公主下降，因以爲名，而花則公主手植者，與揚蕃觀瓊花雲泥焉。

要以泛稽終始，則瓊花植于唐，又云早厄於隋，兩榮枯于宋，一揭于金，而絶于元，寥寥至今，而其中之絶而續、續而復絶也，儵〔二〕忽不可爲典要。予怪焉，則將妄意之。

自古植物之靈異者，其得於天地也既奇，則其死生榮悴爲應於運數者，自不與凡卉伍。夫瓊花之著于唐也，其在貞觀太宗耶？永徽高宗之初，開元玄宗之盛耶？抑元和憲宗、會昌武宗間耶？其間亦有遞爲盛苓者耶？則不可知。然其前煬帝斫之，而帝即弑於江都，則瓊花洵與好頸頭相終始耶？而唐人未植，更誰先之耶？

背唐涉宋，惜無可得述。但自慶曆間移之禁中，則逾年死。以予妄意之，則殆非無謂。宋仁聖主也，俾宋長得如仁宗者爲之君，則宋不亡。瓊花之死于慶曆者，仁宗大漸之兆也。自宋仁崩，而宋政荒。熙寧神宗也，紹聖哲宗、宣和徽宗也，則匡山之變故已胎之矣。至靖康欽宗而舉族北轅，則瓊花之死，殆爲是與？

且既死於慶曆，而紹興之揭於金主者烏乎來？將必有以也。且金主揭之，悉剪除之，而金主復弑於瓜州，則瓊花洵關於鬱枯之際也。予則又妄意之。三蘖茁起，其仍爲宋高生耶？當日普天左袒，競以中興名之。然宋高用秦檜而殺岳少保，卒成和議。自此二帝必不可歸，梓宫必不可還，燕雲必不可復。

嗟乎！康王構曷克生此瓊花耶？更妄意之，則爲淳熙生乎？孝宗鋭意恢復，則瓊花故宜復茂。然而移植南内，則仍南人歸南，江南小朝廷之兆也。第其時習射殿前，鬬弓傷目，此與越勾踐嘗膽卧薪曷異？乃符離一潰，遂惑於南北講和之説，吾以知趙氏之不振矣。夫符離之潰，賊臣邵宏淵爲之也。帝能立斬宏淵，堅任顯忠，如元和天子任裴度以伐蔡，則三軍之士不戰而氣自倍，黄龍府何難直抵耶？而不能，曷怪瓊花之復死耶？

然志復云至至元十三年枯死，種遂絶，則淳熙以後、至元以前，將已死而復生矣，豈區區理、度輩亦兆靈此花耶？夫當其時，襄陽繼陷，爲師相者日閉門鬭蟋蟀，十年中不發一援，而反以捷聞。日復一日，而中原之鹿，遂爲奇渥温氏羹，其時亦有應焉者耶？抑皇皇鉅宋，八葉之光，尚有蔭及瓊花者耶？然究以絶，豈竟無可先之代，而此花忽頑而不靈耶？抑生民以來未有其盛之聖人，自爾獨成開闢，不僅僅問枯菀于一花耶？

夫古稱此花有三異，予合之有七德焉：隨風而消，不屑落地，義也；服其葉，可以却厲，勇也；其葉之東西疏密，爲年之豐歉，智且仁也；色微黄，正中也；而有異香，聖也；隨時代而不測其死生，不可知之謂神也。抱此七德，而今不復一生，何德之衰也。抑亦自有謂焉，而洵不可知耶？吾怪焉！吾怪焉！安得一起瓊花而問之？

校勘記

〔一〕『元延』，原誤作『延元』。

〔二〕『儵』，原作『倏』，形近致訛。

舞偃月刀記 乙巳

憶幼時，塾師爲説史，至漢美髯公望見顔良麾蓋，策馬斬良萬軍之中，雄健跳蕩，時則刀環聲錚錚發紙上，即亦若手得上將頭者。自此年漸長，雖日習舉子業，私心竊欲立功封疆，每一念至，則已次身青海、紫塞間。嘗過日者相，或爲推算，不以戰功相許，即廢然而返。

及弱冠，與友人吕子辰讀書潞溪。吕曾得偃月刀法於小閬沈將軍，言將軍昔年征蠻，再征闕白，每大呼突敵，刀鍔所向，其縱横攪陣，如疾風驚震，目無全壘矣。而吕子刀法開闔，得所從來，則日習而神明之，即亦有横掃千軍之氣。居恒悶悶，或文思瑟縮，輒舞此疏瀹之，則廓如也。記爾時同習數輩，而予特别。每欲舞，必故取其刀淬發之，俾特銛，則光鋩閃鑠。而乃悉去其外服，體則幾露，令刀鋒盤旋回蔽，逼一身，颯然以度，其相去則容髮也。而他人且去之尺，則非獨懶漫不足觀，且授敵以戈矛所從入，則怯之笑之。

而吾母氏最喜觀此舞也。一日者，命予奏刀庭前。是日積雨初霽，土皮堅滑，予躍然思以樂母，輒爲捉刀奮起，劃然但聞刀環聲。方在舞酣，作鳳凰三展翅，跳彌高而投足闊，溜然跌泥中。而年少氣滿骨柔，旋跌旋起，則舞如故。老母遂大笑樂，賜予酒果，洵融融矣。計其時，尚在萬曆之季。

及崇禎六年，得濫名賢書，計偕，從廣陵走陸，而豪客多出南塘，行人戒嚴。予每當停轡，則隨試刀法，顧盼自雄。舞至躊躕滿志，觀者如堵，云即不見吾質，并不見所舞器，則無不跳踴惆悵，嘖嘖以封侯許，而惜予以文掩也。予時則戲謂答曰：吾獨不得出入將相乎？然入禮闈，則每戰輒蹶。憶癸未北征，舟泊南旺，值蒙山土賊數百夜發。幸泊舟時，予已早爲部署。賊至，則捉刀先登，氣之所及，竟以三百人不戰走之。此時同行靡不見推，予亦竊自負，寧思及今日者哉！

夫何甲申之春，乃至以蜉蟻撼泰華，鼎湖龍杳，山河忽焉凋敝。予向者之雄心健骨，不識何去，自此遂絶意仕進。然日行冰雪上，不禁爲飢所驅，乃傭書廣陵幕中，思負千里米以穀老母。甲辰秋八月，至自廣陵，泊舟郭外，則登高遠想，西望大儀，南眺金山，爲之蓬蓬勃勃，不弱昔年廣陵起陸時。同行語及往事，則索器授予。試舞偃月，尚能飛越自喜，然已年幾七十矣。及至署，每鬱鬱不得志，則寓刀於筆，日以詩文自豪，而八十七白之老母，時不能去諸懷也。念壬寅出門，忽忽四載，吳江越水，相去千里，欲得如昔日者，舞刀得跌，獲老母笑樂，遠莫致之，則爲之涕泗横集，又曷言猛氣思戰場耶？

因略憶其始終，爲之記。乙巳三月初五日燈下。

爬背憨記 時滯廣陵　甲辰

傷往事也，因事屬情，哀極反謔。

寒夜蕭森，羈情慘澹。既展轉而不寐，遂沉注以多思。鐵被在床，玉人何處？梅花帳夢冷孤眠，牡丹亭唱殘幾曲。那堪楸封秀骨，土葬雲鬟。言念從前，傷心在玆。俾牢騷之彌劇，洵神血之未寧。痛癢疇關，搔爬難倩。雖蔡經之背，已甘受夫仙鞭；而麻水之涓，則竟違其鳥爪。

而乃破涕爲笑，覆狂爲喜，語故荒唐，旨轉凄惻。痴情膠結，妄欲借四美之春纖；密祝纏綿，便爾告九京以夜意。屈爾入夢，晤我如生。卓文君暫弛壚政，西家子且輟浣紗。楊玉環無煩捧硯，王明妃莫撥琵琶。但得甲浮背上，應知趣逸愁中。沉沉者玉漏已稀，珊珊耶金蓮絶響。二十四橋盼彼明月，幽香魂斷乎鈎斜；數百千里來玆邗溝，風流望睽于楊柳。

噫嘻！予既已知之矣。嗚呼！彼且胡爲乎來也？年則六七十，何顔鶴髮之翁；數已或相萬千，自愧鷄皮之老。以此苦美人之遲暮，凄然傷賤子之傍皇。

於是乎放聲大哭，且哭且歌。歌曰：花落兮春與俱，歲不與兮日月其除。隔幽明兮私語問虛，搔癢處兮曲中惟汝。中道而棄予兮云何盱，恨老臂兮橛株拘，即翩然其來夢兮豈曰隔靴。

載爲歌曰：枕博夜兮墨墨，聽幽室兮冥冥。合生死兮泮泮，空痛思兮怲怲。

肉鼓吹記

杖下豈有好音哉？而天資刻薄者，且聽之好之，躬自行之。而酷吏李匡遠且曰：此一部肉鼓吹。嗟乎！備此鼓吹者，獨爲匪民乎？居恒嘆爲此語者，即太史公《酷吏》一傳，讀之慘入肺肝，無以及此三字也。

然則太古既邈，人幾化爲鬼域，不杖一人，即能以不治治之乎？朴作刑教，在唐虞已與五刑並列，然崔景賢至懸蒲不用，則蒲鞭示辱，尚覺多此一鞭，乃古來善爲治者。則又曰：『教笞不可廢于家，刑罰不可捐於國。』要以刑期無刑，則得情之下，即舉罪人撻之，其一往哀矜之意，中心達於辭色，在受撻者未嘗不深喻其苦心，而飲德以思，靡不蒸蒸起也。乃其始則故未有高談刑措，天下可得治也。

予昔者爲學，以爲苟出而圖吾民也，量力以治，則將學其次整齊之説焉爾。夫既欲整齊之，則又安得不杖一人，而婦人其仁者？然予既自當田夫，不復以仕進爲事，每讀元次山《春陵行》，輒慨然以爲當今之世，得次山數十輩，散爲牧伯，則萬物吐氣，誠有如少陵所云者。更自悼晨經夕史，不得一行厥志，以出民湯火，窮途多俊異，古人豈無謂言之耶？

辰、巳之際，偶在廣陵陳太守署。環署皆官廨也，自卯至酉，或至子夜，所聞惟鞭撻呼號之聲。予既羈旅飄泊，有傷深情，且自來甚不得已之衷，每一刻則百端交集，而復曷能堪此。一日者，見一人方杖，則高呼曰：可憐肉鼓吹也。予聞之，不禁撫膺嘆曰：嗟乎！此上天聖帝好生之德，與古今鉗網鷹鸇之酷，鬱勃于兆民之胸，特假此人以出之者也。而世之吏則爲之不厭，聽之不倦。

夫爲吏者，與爲火，則寧爲水；與爲父，則寧爲母。不則，我實爲水，必不得已而濟以火；我實爲母，必不得已而兼以父。此良有司事也，而吏則不能，驅百千良民以徭役税斂之繁，納諸飢寒困苦之阱。而於是民也，或則不能供上，或則干犯爲盗。乃執禮義以責之，曰若者汝違律令也。夫斯言也，使其稱心而發，稱罪而施，萬舉萬當，在仁人君子尚將哀矜之不暇，而吏則不能一以爲權要之請托，一以爲暮夜之璧金，一以爲聽斷之糊塗，方且借禮義律令文致而鍛鍊之。階前盈丈之地，杻械交加，箠楚叠下，敲擊之聲，滿溢四野。斯時神號鬼哭，鳥避其庭，血墳爲山。

嗟乎！備此鼓吹于前者，獨爲匪民乎？而乃以此爲鼓吹。僕故傷心人也，畏聽傷心之事。《詩》有之：『我生之後，逢此百憂。』念及此詩，即潸焉出涕。嗟乎！兔爰爰而雉罹罿，可勝悼哉！兹者來此繁華之地，以傷心聽之，則管絃絲竹，無異悲號，而况以悲號之肉鼓吹，慘慘乎盈耳哉！特爲此記，維以告哀。

蘇杭偶記　乙巳

吴閶風俗，每歲必擇一日，各鄉社出土穀神副像，爲宴會，迭賓主之。方欲赴，則疾走一人，探主會神作何扮，必取齊焉。

偶甲社，探得乙社主者。是年，特蘇意，止戴單紗四方平定巾，高四寸而縮，著眉公履，服則石青機紗，乃褻衣也。甲社已悉爲肖，駕已發。忽復報乙社神，鬢有茉莉一朵。甲社耻之，芒芒啟土穀巾，乃簪一花，神故雕木，花莫從入。又半途，急不得錐，即取一頑鐵釘疾敲之。神首既無多，入之遽，入則入矣，首則判然。一人急脱手帕爲神結束，隨爲神書一柬辭會，曰：有首疾，不可以飲。乃不果赴。

乙巳，予飲廣陵署中，語及此，競爲絶倒。武林一友嗤然笑曰：是未見吾鄉也。吾鄉每新年，則出關帝，拜關帝也。當帝君駕，將及彼帝君廟，一人手擎帝柬疾趨，高聲報稟曰：清波門關老爺拜錢塘門關老爺。至答拜亦然，地地然矣。時一座轟笑，無不頟濡案。此以爲蘇杭矣，並記之。

記　夢　癸丑

夢何足記，而斯夢不能不記也。癸丑十一月朔，夢有使宣予至一殿，則有衮冕者以素甆捧茶賜予。予拜受跪飲，爲叩首鳴謝。覺時，芬洌在口也，因爲記意。

夫人無能知夢者也。予自甲申後，處身晦晦，在憂所不堪，自分體骨不時，於天地疣癀二十餘年。山榛隰苓，歌思渺渺，抑予之游於人前，在人初未嘗有我，而我則爲未嘗值人也。豈非我實遘夢也與？仲華寂寂，正平淵淵，夢求者抑實難耳。司夢者曰：汝醒也。吾與爾六夢之一。夫古來達人，皆能以醒爲夢。夫誠以醒爲夢，則莫必其夢以爲非夢也。然則夢中之茶，何必非夢中之醒，煌煌乎衮冕而臨者，故非縹緲不可質也。昔者，晁文元迥，天禧間草詔，帝命坐賜茶，蘇端明便殿進講賜茶哲宗，〔一〕以至王岐公設位賜酒，皆爲人臣異數。故未有至尊而手錫甌香者也。乃若李白徵就金馬，明皇如見綺皓，以七寶床賜食，至御手調羹以賜，牙管呵凍，朱絲闌醉，與予之茶寵，皆千古也。則意者其果非夢與？

予又將以記夢者，爲記醒也。若是乎兩腋清風，蓬山不遠也。

校勘記

〔一〕『哲宗』二字本非小字注文，然從上則句法不協，從下則主語混亂，亦與史相悖。王岐公即王珪，其『設位賜酒』事見宋錢世昭輯《錢氏私志》。其書述此事雖未明言哪朝，然據中『明年中秋，公已參政』，以王珪神宗熙寧三年（一〇七〇）十二月拜參知政事逆推，知此事或在當年中秋。故知王珪事在神宗時。蘇軾便殿賜茶事見宋王稱《東都事略》，亦見《宋史》蘇軾本傳，正哲宗時事。因疑『哲宗』二字當係謄抄時將小注闌入正文。

山陰陳氏家廟碑記

嘗讀《易》，至《渙》之《象》，而知立廟之旨深也。昔之帝王以孝治天下，如《舜典》則受終文祖，於廟爲始事；《武成》則治定告功，於廟爲終事。《傳》曰：君子將營宫室，則宗廟爲先。推原其義，有甚合乎祖烈孫謀、傳世相引之緒焉。宜乎自天子以下至士庶，無不遞有其廟，以展其報本追遠之思。

故廟者貌也，貌先祖而不死之也。作廟者思也，入廟思敬，又非博不死吾先祖之名焉已也。有閟之宫，神喟然居之，先祖之靈爽，吾子孫之思有以靈爽之也。古人將祭之日，思其飲食，思其居處笑語，進而求之，直欲以吾之身行吾先祖之身，因以不墮吾先祖之緒。試觀廟貌一開，蹌蹌濟濟，駿奔對越，此時爲子孫者，與先祖相見冥莫之表，初非灌獻薰蒿，足以竭其孝思也。疇昔者，先祖以《詩》《禮》呼庭，忠孝傳家，吾欲使上下陟降，神罔恫怨，思之思之，神故通之。以故入廟之時，父與父言慈則思，子與子言孝則思，兄與兄言友則思，弟與弟言恭則思，而後乃今吾先祖將坐而鑒吾之思，因以安吾之廟也。

陳氏吾邑之華族也，自昔鳳卜兆祥，代翩鳳羽，殊不可記。下自後晋諱乂者，以進士起家司空，其弟昭武郎，自姚之歷山，徙居山陰之下方。十四世至侃齋公，遂推爲近祖。至今又十世，而文學貞一先生之子惟道特爲立祠，其繼序思不忘者，洵不負傳世之茂也。只今衣冠相望，文章德行，藉藉鄉邑，無不從此祖廟之靈，陶鑄而得之也。乃知不愧乎先祖，而後不愧乎子孫。不愧乎子孫，而後能作廟以寧厥先祖，而并萃厥族主，群昭穆而得其倫也。《詩》曰：『子子孫孫，勿替引之。』又曰：『永言孝思，孝思維則。』陳氏之子若孫，有以深其義於斯廟矣。于是乎記。

吾園記

吾園者，維一老翁齋前地，約其縱趾，趾數尺，横則二丈有奇。中植花木數本，綴以小景一二盆，是未可以言園也。以吾言之，則曰吾園也云爾。於斯聊寄遠思，亦時以浩歌發興，既不足以供外人之游觀，而爲富貴人所不屑有，遂以成其爲吾有也。

嗟乎！遠而雒陽看花，金谷題詩，與近而諸富貴之名園，類皆邱墟鞠草，甚者不克辨其故址，即或偶有存者，如郵傳逆旅，其易改主人者，不知幾何也。慨想及此，則吾園又豈真吾園哉？庶幾吾不自棄其吾，則園即長著其園耳。雖然，忘其吾焉而已矣。

漆園叟曰：天地蘧廬也。是窮天地以爲吾園，而不足據也。然則斯園也，又蘧廬中所謂觸氏、蠻氏方百之苑囿也與？因笑而誌之。

有國於蝸之左角者曰觸氏，有國于蝸之右角者曰蠻氏。時相與争而戰，伏尸數萬，逐北旬有五日而後反。

小園記略

庾開府作《小園賦》，清新絶俗，不留摹仿之端。予園非庾園，文非庾文，而輒亦記此，則曰：我自有我之園、我之文也。初不效顰，聊以自娱云爾。

槐曲浣雲潭之東南隅有小園者，維一老翁之日涉也。園三畝而縮，乃其趣則無窮焉。初無琪樹瑶草，亦乏池沼臺榭，短墻四圍，小徑一灣，斤竹千个，分秀輞川。間以香椿十數株，苕苕有八千之勢。掘笋帶泥，味爽截玉；采椿得腦，芬助茗甌。菜不擇種，而四時弗乏；樹堪托蔭，而六月能寒。烹龜儲材於老桑，飼蠶更宜於猗女。□□〔一〕聊歸葱肆，無勞畜婢以作絲；遇客即當剪韭，適亦冒雨而增韵。種蒜慕郄〔二〕孝子之休風，拔蒜挾王秀才之雄略。豆蔓棚以代彀，粟載路而垂珠。任不删之菊，小錢既亦馨馨；縱籬笑之花，稠錦施其熳熳。立石望屋後之青山，抱甕灌舍旁之流水。地處不争，圃可自老。傲雒邑之名園，笑金谷之勝地，謂别有蓬島也。

校勘記

〔一〕據對句而言，此處疑脱二字。

〔二〕『郄』，原作『郗』，誤。按此即指晋人郄詵，事見《晋書》本傳。『郄』又作『郤』，轉誤爲『郗』。

曝日小記 戊午

憶萬曆戊午歲，予正弱冠，雖寒甚，不思挾纊。每酸風射眸子，向雪中摶雪作獅子及彌勒相，方融融有熱趣。在今之戊午正月二日，雪後坐窮簷，乃知曝日之暄。既嘆吾衰，且以自樂，不能向人獻也。因記。

鼠梯杖記

有宦於西南者，貽予筇竹杖，節稜起，入握作爪甲響。余八十尚未之用，倚齋之隅。群鼠鼠梯焉，以下上壁閣，每火滅，即落落有聲，罔有忌也。夫杖鄉、杖國，杖之爲名甚尊，其爲器故重，不偕吾以拄蘭上之青峰，而鼠得竊焉。是未之前聞，感而記之。戊午正月二十八日大風雨，曲轅老子。

潞陽淳熙古社元宵供評小記

供也者，備物以誌祈報也。供意爲上，供物次之，故祈報初非物之所能盡，而精意激注。又每取人情之忭踴與雅人之鑒別吾物者，因以卜吾之當神意者，倘有可信焉爾。

吾社盛自宋孝之淳熙間，則曰淳熙古社也。其神亦姓王，昆季十人，皆爲社稷主，則不知其同臨沂之傳與非同臨沂之傳也。吾族戴爲宗公事之，與尊而不親者有異。神則以誠極著靈，吾儕則以靈極生敬。故當其賽社，苟於力之所能致者，無不竭力致之。凡夫山海之錯，華美之觀，剪綵爲花，聚盆成景，燈連星斗，爆挾電雷，火樹立空而迭燦，飛走雜沓而争鳴，鼎彝黝異而留古，尊罍凝素而匪今，匾額標靈，柱銘頌德，家貢其奇，人角其勝。四方之來觀者，布散絡繹。自正月十三日至十七日，漏斯涸，日夜以盈萬量，而士女之數參焉。其一時評賞，慧鈍不同，詳莽亦别。計其識而能奇，確而能韵，合士女各數人則已矣。

蓋評供者之辭，與設供者之苦心雅思，皆於物外相遇，則觀者評供，而觀觀者遂有以評其評也。方其未始入廟也，跂廟而浮趨；及其既始入廟也，則對筵而茫顧。若以爲盡獵其艷也，與其艷而未之得也，我不敢知。其不知者，或誣珍異而漫指尋常，亦或誣尋常而輒駭珍異，繞筵三匝，評無一肖。

而其女之真能評賞者，神貌都雅，即其釵鈿珮履，插戴結束，與士之衣弁魏峨，瞻視軒舉，已有一種賞識浮動乎庸俗之上。當其循筵而走，未忍輕移咫步，而流盼凝睇，意之所入，悠然瑳粲，顧語女伴。此既目商，彼亦首肯，即不必其音之入吾耳，與評之此與彼，吾能知其深有當焉者也。吾見其遇古松怪石、寶鼎素甆、華燈方物，他人所略焉遽過者，若或三嘆致意焉。而士之秀傑者，其識賞既略相等而上之，特留意於文章。其於四壁題名，畫胸抵齒，一如其品題嘉植，摩挲古鑄，與諸精精也，蓋徘徊不能去，第覺滿堂歡静，異聲合嘆。此一時也，潞天一角，日迂御，風媚聲，月思下，草木欲言，如尹永新甫當登樓撩鬢，已足靜勤政樓下億萬之譁，洵勝會也。

吾乃知古今勝事，惟麗人才子成之。而麗人心曲，不合才子之文章，無以發聰明而格物；才子筆端，不挾麗人之雅俊，無以題風月而撰良辰。即在設供者，不能得麗人才子之欣賞，即羅山竭海，呼雲邀月，催花勸星，無以開神面而來格饗。而今也淳熙古社竟於元宵獲之，是不可不記。惟時起而記之者，社之人王雨謙也。戊午正月十八日。

歲暮記言 辛西

辛酉冬杪，南村有諸老人，曝日簷際。一老人忽曰：歲則暮矣，日月棄我，吾輩暮年，何以免西山之嗟？一老人笑曰：子亦杞人之憂墜於天也。歲之暮，歲歲則有之；人之暮，未必人人能有之。歲之暮也，日窮于次，月窮于紀，星迴于天，甫十二月而忽復代新矣。短之乎言暮也。人之暮也，不可以年其年。甘谷之中，以七八十歲爲夭。夫積七八十歲之暮歲，以成厥一人之暮，則人之暮已迴越乎歲之暮矣。況進而求之，且坐伏羲五出之龜，遡伊祁丙子之曆，則籛鏗、趙逸輩，彼且爲嬰兒。此皆以有紀之暮，成其無盡之暮。故歲甫新而欻暮，人合暮而略新。如前所言，諸忘其年以成此大暮者，欲取其年而更新之，曾不知何歲而謂之暮年，謂之新年也。吾與若，直聽之則已矣，而乃戚戚然嘆此暮年爲？

竟以不老自居，不暇以歲與天。

何往記言

維一老翁每飯後，則出里門，思有所往。既而四顧，則思何處是劇孟家，得言心，斜前路日乎？次而崔戢、李封，在當日已不多得，况兹闔門謝客之時。即偶有一飯之雅，自念品不能如杜杜陵，正不易以此身爲飲食之人。

維時則復入門，發架上書，延古人與語。節豪忠孝，環槐曲而爽爽也。且也取諸懷抱，有心知者，鱗鱗就予，急研墨索筆，作古文一篇，或詩數首、長短句一二調，自信滚滚有奇致，悉我友朋也。云徂何往？

行野記言　壬戌

《詩》曰：『我行其野，芃芃其麥。』《詩》曰：『我行其野，蔽芾其樗。』人而至于行野，非甚自得，則甚不自得也。謀野則獲，引經而鋤，枝杖聽田間水聲，千百人而一人也。乃若不得志而行野，寧特芃芃蔽芾，昔之抑鬱誰語乎？維予所遭，既不忍此路去，因而設常關之門，守日涉之園，於城市則面墻立也。心之憂矣，聊以行國，不能同人於野，則爲我行其野而已矣。

壬戌之秋，八月既望，病起，舒嘯東野，覩竟野禾黍。昔所云實穎實栗，繁實而垂末者，皆苕苕孤上，隨風而飄舞。且求其隨風而飄舞者，每本得數莖則已矣。莠草争竊，穫幾粒穀，便爲合浦寶珠。誅厥所由，則以夏四五月大水，無麥苗，悉過時而播種者也。嗟吁哉！國既無歲，民喪厥天，知戴髪含牙者之不爲螟賊乎？聞當事者亦以飢荒告哀，甫在拜疏，而所在胥吏輒向比里履畝索輸，乃許登册。朝廷赦書未降，又將計其所赦而分取之。然則向之大水，天既以水厄吾民，而獨以水福此輩也。是此輩之以水深水，豈徒助天爲虐乎？我思民之得生，不以豐凶爲歲，而以朝廷守令爲歲。守令之不淑，則胥吏蔽之；朝廷之屯膏，則又守令蔽之。一時天下如終風曀焉。行見吾民之筋骨爲野，父曰南而子邙北也。

吁嗟哉！我生之初，方在萬曆間，禾黍油油，黄金布野，外户不閉，梁無君子，比閭絃歌，翔步樂郊。爾時農忘帝力，士會風雲，聲名文物之盛，下登三而上咸五，爲樂可勝道哉！今也遭此，趾趾荆棘，目目蕭條，將昔所云烟火萬里、雞犬相聞者，胡然而一旦失之乎？於是僕本恨人，乃遘恨病，思以散恨于中野，不謂中野之彌作我恨也。心之憂矣，其誰知之？

顔碑記恨

昔有論李唐盛事有四：畫至吴道子，詩至杜少陵，文至韓昌黎，書至顔魯公，而天下之能事畢矣。予生平極賞此論，然道子真筆已必不可覯，杜詩、韓文皆得服膺讀之，乃若顔書，晚年八十餘歲，幾有劉邕之嗜，深嘆筆墨，亦有遇合。吾於魯公之碑，自今追憶，其得失去取，約有八恨。

憶萬曆間，甫童子，見魯公《麻姑碑》，初搨尚多，然不知賞鑒，又以先輩每略字學，遂鮮珍襲。至崇禎中，此碑竟爲李賊焚裂，其時流傳初搨固已無之。予竭資購求，得斷碑，已推僅有，視童年所見，即抱今古之慨。雖銀鈎鐵畫，如星斗焕燦，仰諸輕雲薄霧中，非崔季圭雅望可代捉刀，但遥想當日曾入龍宫，竟不能携一墨寶，則恨一。

憶在弱冠，得魯公《送劉太冲》一叙，奇崛奔逸，於魯公又成别墨，甚愛之。然年少空多泛愛，又不能竟學，適以慢藏盗去。後來所得，止是文氏臨本，即遍游諸嗜古家，亦不克一見初搨，則恨二。

憶崇禎七年，得《顔氏家廟碑》，令人肅肅起敬，自顧筆力庸弱，不可跂及，學之但得板板，悚其如笑比河清，亦如顧侯在座已伏，中懷不能堅守之意，遂爲友人婁雪瓢力請充贈。後雪瓢一旦淹逝，帖亦遂亡，則恨三。

又憶曾於雪瓢座中，一客持魯公《東方朔畫像贊》求售，碑大方丈，其筆畫既已嶷如斷山，復自矯若游龍。時見之狂喜，輒不惜直。而雪瓢癖愛《家廟》，力以己見沮人，一時爲所惑，因不果，則恨四。

自此留心廣蒐，遂不復遇。忽於大含叔氏處獲見此物，然已零落剥蝕，間有完善，亦如排沙簡金，往往見寶。而鄙性不免有求全之癖，而藐此不請，後即覓此而不可得矣，則恨五。

更憶崇禎末，於城市酒家見魯公《磨崖碑》，字方廣五寸許，規天矩地，號哭鬼神，非復人世揮毫，乃實貼屋壁。揭之，初不爲吝，無如堅不可起，塵土穢積，不能如爨下桐遇賞中郎。而友人祝子虬獨藏得此帖，聞之往觀，心心注之，而其勢必不可得。又乏米南宮據舷顛奪，徒爲一嘆而已，則恨六。

更憶戊午秋，客武林，於市上見魯公《争座帖》，自是新發於硎，若魯公甫在目前，脱腕紙背。回視予素所藏，相去奚翅泥雲，躍然購之。而同行馮長民以爲家有藏本，方此尤勝，當爲相贈。售者即携去，而予正在渡江，走取且隔數里，輿人又促不能待，匆匆遂行，因致兩失，則恨七。

方抱七恨，而友人朱漁賓昆季過予，云歲試有行賈持魯公《明遠帖》求售。明遠者，鄱陽校蔡明遠也。魯公絶糧江淮間，明遠以粟相濟。魯公憐其意，爲作書遺之。筆既遒媚，書款復錯落入古。二人一時乏三百錢，竟悵悵不可得。在予正以文宗按臨，賈人鱗集，希得意外實墨，乃竟抱疾，不能扶疾濟其癖嗜。命兒輩留意覓之，終以隔膜不專，帖緣未至，不知更落何處。夫無之則亦已矣，而獨有之；不知則亦已矣，見者則偏向予嗟嗟不已；不囑兒輩覓之則亦已矣，囑之而我獨不遇，則恨八。

乃思經生鑒賞不精，喜好不定，求索不堅，幼固不知，老復不及，事後空追，徒深憶悔。蓋魯公墨迹，奪舍鍾王，不肖形似，包舉百氏，別自成家，一派太和元氣，流宕萬古，令倉帝復起，亦泣後來居上。兹予所藏，即或略具九種，如前所言，或存或亡，初刻翻搨，復亦相間，欲如《畫像贊》《磨崖碑》《明遠帖》，卒不可得。嗟乎！書至此，而魯公之書之能事又畢矣。

記謝家盆松

松高而縮，其本虬引而上，若懸蓋。別一枝下走，忽起，如怒蛟急竄，復延首顧望其侶。龜蒙《怪松圖記》未必借材到此也。

記姜氏兩水亭盆景

剖珠母之半，邊幅屈曲，如鋸齒，方廣二尺許。粵人云：但如此，則遂寶珠盈升。兹附海上榕樹一株，高尺五，怪石蟠其根，互争隱突。蓋海濤噴沫變成石，石拔小峰十百，謁天指日，若風帆斜駛，樹葉三片，發於踵，精精照人。俾昔年成楮葉者爲之，當費九年竭作。在小景中，亦梯仙别景界矣。

望下馬山偶記

昔始皇求神仙，南巡至會稽，移山鞭石，欲作橋度海，觀日出處。曾駐蹕此山，遂名下馬也。世俗遂呼蝦蟆山，即指山上黑石，厥形維肖。因嘆古今事每多附會，在史傳正亦不少，恨不得起始皇質之。然山川則在，皇帝何存？則神仙之求，當日將無人情乎？俾後人身處其地，未始無此一往也。

碩薖集

山陰王雨謙延密先生著
會稽壻俞公穀康先手定
外孫俞忠孫祖臣傳録

萍史序

今夫史，記事與言而爲稱也。而稱萍者何？蓋記此者，不可爲典要，且不可責以倫次，如萍然，泛泛乎流於湖渠，而偶相觸，每有會意，則躍然記之也。然而天地既大，益以今古，自倉階鬼哭、龜龍好事，自此事言浩繁，書續乎書，記不勝記。是集之在墨林也，不如礨空之在大澤乎？保殘守缺，與酸措大，枕秘帖括，僉長笑於大方之家耳。乃僕自信有不然者。

吾輩自當博讀全書，而又忌夫熟讀死書也，視讀之者之略也。蓋真能讀書者，有神行乎其間，神之所觸，非多寡可圉也。如一事也，深思夫未始有事之先，與既始有事之後；一言也，即一言而作數十百言之思，旋尋夫一無有言之初。故讀以窮其際，則無書而可遺也；讀以逢其源，則遺書而書出也。臯陶稷契，何書可讀？矢其音爲帝者謨。惟能讀不字之書，爲其自我作書者，則已矣。後世儒者，局局筆墨間，而傴而僂，而循墻走，彼且步趨之虞蹶，曷克有意外之獲哉？古今大慧心書生，乃有嬴氏政，立無字碑，下焚書令，其遇書者别而窺其奥者真矣。後來惟孔明獨觀大意，淵明不求甚解，是皆有以役其書，而不爲書所役也。

僕之質也愚，既不能一過了了；而僕之志也鋭，又不屑自負其腹。竊自取夫三丈夫之意，居恒率其猖狂，取古今之事與言，屈伸而去取之。其不謀乎予之胸，與熟謀乎予之胸者，皆傲然迸棄。至若神悟所及，即振筆直追，而讀書者與作書之意識力量，遂相遭於筆墨之外。而兹史以成，蓋如句踐狥軍入吴，魏公子奪軍救趙，汰其老弱，遣其不欲軍者，而獨留精鋭，將吴、秦未接而氣已吞之。則讀書與用兵，皆有神略存焉，未可爲俗儒道也。今者即有嘲予者曰：此大澤之礨空也。安知大澤之足以窮至大之域，而礨空之足以定至小之窟哉！則予自此且進，而讀不字之書矣。是史也，其真糟粕也。夫其真，非糟粕也夫。

明詩通序

吾言詩，吾言思也。思之所發，徑山凌谷，靡有不通，而我性未發之奥，遂悉出而與天下覿。有識者因以定其氣節勳華，而一代之氣運，即因是以降躋焉。昔者聖人删《詩》，俾《詩》之位與《書》《易》《禮》《樂》《春秋》鼎，而儒者尊之曰六經。以是知詩之爲詩，故未易言也。混沌開闢，閲唐虞而文章熾茂，蓋惟此爲昌期也。舜皋喜起，明良迭賡，渢渢乎風雅之章，肇於此矣。降及五子有歌，悲傷怨亂，其至誠惨怛之意，肫肫逼人，乃其音楚節促，亦已開三百篇之變風變雅也。然則詩故與天地相始終，而三百篇特包今古而發響也。第聖人未删，篇章浩繁，不可紀極；删之乃僅三百，不以爲刻也。覯夫盍旦、唐華、倩盼諸什，舉皆逸之，則删定皆有深心大力，足與作者相通，而因與千百世後東西南北海之作者相通。

予故謂一代詩人之興，每關氣運；一代真詩之傳，必繫選手。無論千萬人之詩各分瑕瑜，即一人而各分瑕瑜也。選詩者不能立乎其大，而使真僞紛投，莠好易位，無惑乎詩日作而詩日亡也。何也？彼詩必傳，而我選其或不傳，是舉能詩之人棄爲不能詩也，而詩一亡。彼詩未盡可傳，而時或有可傳，我不能選其所可傳，是舉可傳之詩而棄于不能盡善之人也，而詩再亡。以不可傳之詩而直選其不可傳，以强之傳，以徒選其不可傳而并訕及其必可傳，是舉不能詩者而反謂之能詩，舉能詩者而反謂之不能詩也，而詩再亡。然則詩之亡，選詩者亡之也。

吾欲選詩以存詩，仍以存詩者選詩，在乎提詩人之暮氣而已矣。提暮氣，則必先作其朝氣。朝氣者，發乎性情者也。性情生則習氣死，習氣生則性情死。使今之詩人，必上取三百篇，下及漢魏六朝、四唐兩宋，銖銖吹之，咫咫步之，不能獨出其思，以行于古今之上，吾恐學之甚肖，則去之甚遠，而責其以詩傳，責其以氣節勳華傳，惡可得乎？是則選詩者之是非取舍，可較然自斷矣。

惟我太祖高皇帝之有天下也，江陵謂唐虞至此，乃混闢之再。愚亦謂天下文章莫大乎是矣。故以言乎詩，則皇明故自有其一代之詩，而未嘗學步於異代也。即如高皇帝潛龍勿用之日，矢口成篇，天地之大，星辰日月之華，皆以供其吐納。其後采石駐師，方在鐵馬金戈，而帝王將相一時唱和，悉極風雅之盛。此其雲漢爲章，菁莪造士，則又合千百世之風雅爲一代之風雅也。

然以予言之，論詩於明，約有三變。其始一變而爲初明。初明意味淳樸，力洗勝國窕音，矜矜慄慄，謀厥雅馴，而鴻聲亮節，謙讓未遑也。再變而爲中明。二李、何、王諸子，光明俊偉，非不奕奕一時，然盛在聲色，習氣已多，所謂神奇古奥，澹遠清微，謙讓未遑也。三變而及明季。隆萬已來，詩學大興，而我越徐文長偏師直擣，實爲風雅之倡。明之詩，季乃稱盛。然而竟陵、歷下洎公安，則若水火，以此喙喙争鳴，心心有向，則盛之極、衰之極也。曷衰爾？衰以盡人而爲詩，盡人而各自爲詩，且盡人而各自選詩也。嗟乎！詩質死矣，詩統裂矣，詩壇亂矣，詩教墜矣。讙讙然各守一先生之言，以矜於世，曰：我言是，我言是。我言豈真是耶？將併其守以爲是者而不克似也，而乃欲於詩教中擢滅性情，惑亂耳目，而違之俾不通。是充塞風雅也，將使真詩妙旨沉入九淵。是非深心大力者宎入其阻，負之以出，昭昭乎揭日月而行之，無以振興詩學也。

然而難言之，竭我心思，起衰濟溺，則在坊其五遁，奪其四借，然後真詩得出也。何謂五遁？詩家之病，膽薄遁倚，腹薄遁襲，理薄遁詞，詞薄遁句，句薄遁字，遁彌多則風彌下也。何謂四借？借意不創，借格不宕，借古不靈，借同不奥，借彌多則風彌下也。選詩之病，厥有六殉。何謂六殉？殉式得葸，殉奇則誕，殉耳得影，殉好得恕，殉情勢得蕪，殉門户得邊，殉彌多則選彌下，而風亦彌下也。坊遁，奪借，去殉，而還以一是，是則通。通者，思之塗也。思者，詩之馬也。思之思之，鬼神通之，必有見所未見，發所未發，而詩質存，詩統合，詩壇治，詩教行也。氣節動華，無不於詩焉徵之矣。

予選通，昉自己丑夏五，迄今已亥季秋，聊云成集。雖蒐羅不爲不多，而入選正自寥寥。竊謂天下之大，後先之遥，人才之盛，目力未及，敢曰無賢，要以寧寡毋濫、寧精毋博。寡而能精，則待之愈尊，而傳之可久。即或四海之内而或見或不見，一人之詩而或見或不見，以吾所選之詩與吾選詩之心通之，自可以一人之詩通千萬人之詩，亦可以一人已見之詩通一人未見之詩也，而詩則全矣。蓋曰：吾之選，初不可爲典要也。凡作詩者，思能拔俗，明能合變，是以謂之通也。《易》曰：『山澤通氣。』夫山澤則誠通氣也，而俗以爲山自山、澤自澤也。則詩之爲詩與通之爲通，洵未易爲俗士言也。予則自言其意云爾。

虎史自序

人之不能殺人者，不能生人者也。人之徒能殺人者，即其不能殺人，而亦不能生人者也。不能殺人之人，孔光、胡廣、馮道之流是也。徒能殺人之人，衛鞅、嚴延年、周興、來俊臣之流與歷代之諸權奸是也。人如是焉，我則安取？夫殺人以生人，非大聖人與大賢人則不能。舜殛四凶，伊周誅桀紂，孔子戮少正卯，後之賢者誅鋤匪類，無不代有其人，則謂之真能殺人之人也，吾惟恐不見其人也。惟虎亦有能不殺人者乎？有真能殺人者乎？夫虎即不能必殺惡人，但其不妄殺善人，豈不曰殺人以生人者乎？吾見其徒能殺人者也，則皆其不能殺人者也，非真虎也。

唐虞以前，類多異虎，其變化必有不可測者，故周公、孔子取虎變以極推大人。使其如後世之碌碌無奇，周公、孔子其何由取之？雖然，後世之虎則亦有足稱者矣。然初不能殺一元惡大憝，以懲創天下之亂臣賊子，而其所殺者皆庸庸不足殺、殺之而無當於勸懲者也。朱全忠白馬之殺，傷心駭目；爾朱榮殺朝士之出迎者二千餘人。吾無取焉者，謂此輩正庸庸不足殺。不足殺而殺之，則爲所殺者故庸庸，而殺庸庸者亦庸庸也，無異於世虎之殺人而希一飽也。

予十三傳中，類多世虎，不足取。惟墻頭虎與齋虎激烈强毅，知進退，幾幾可造純氣之守。倘所云真能殺人者非與？夫虎則輒與龍並，故《易》曰：『雲從龍，風從虎。』然未能入變，則龍、虎僉可爲人所制。關尹稱聖人，必曰爲龍、爲蛇、爲虎、爲鱉，乃以全其變化。自周、伊、孔子而下，往往有正人君子，非不人中龍虎，然欲試其殺人生人之略，亦或反爲世虎所殺，則爲龍而不能爲爲蛇之龍，爲虎而不能爲爲鱉之虎也。故龍不能蛇，不豢則屠；虎不能鱉，不柙則射。欲求真虎如龍之能變焉者，豈易覯哉！而又况乎人中之虎。

雖然，夫亦難其御虎者耳。方國家開創，一人飛在天之龍，名世協從風之虎，猗與盛哉，炳炳乎耿虎臣焉。故自來大有爲之主，未有不善御虎臣，而能遥制萬里者。慨自世主用世虎以殺真虎，於是若狐若狗，争得假虎以嚙人，則遂有眈眈虎視者，從而恣其吞噬，其殺人又可勝道哉！居恒念及，輒爲痛哭流涕，立髮裂眦，即欲持此以告世人。世人無不唾予爲狂者，有中心自悼而已。

《虎史》之作，言虎也，而非言虎也；言真虎也，而非言真虎也。蓋諸傳皆得斯意，而予之苦心，尤悉於亡是虎傳中出之。惟斯傳特言古虎，略爲原始要終。其事自開闢始，下迄宋元之際，未能即悉，其間雜引經史稗官，以渺茫之筆寫胸中五嶽。一篇之中，時人時虎，時詳時略，時衰時盛，時譽時嘲，時笑時哭。時真時幻，亦即真即幻，時莊時謔，亦即莊即謔，如太史公《滑稽傳》，言之口者如是，而所以言者未必即如是。又如三家村文措大談往事，紕漏牽合，李公張帽，偏覺鑿鑿可質以成此書也。嗟乎！世降人愚，誰堪莊語，爲謔而已矣。其愚人也與？無莊而不謂謔也。其慧人也與？無謔而不謂莊也。我則聽之矣。

襄陽嚴子飛繩光曰：一篇中奇奇幻幻，特盡文章之變，小心放膽，兼而有之，非明眼慧心，不能得也。

張毅孺弘曰：此是作者一生大學問、大作用。

選録史懷序

讀書而不得作書者之心，不可言讀書；讀書而不見見於書者之人，亦不可言讀書；讀書而不能自成一讀書之書，尤不可言讀書也。故古來無可易讀之書，而讀史也爲尤難。

竟陵鍾先生，史才也。《史懷》一書，書中日月也。蓋先生之目，如二曜經天，窮崖幽谷。當其照者，無所逃於天地之間，而古人之貞邪成敗乃傳。且舉貞邪成敗，其行於經權常變者，此中之深氣苦心亦與之俱傳。若是，則古人未嘗死也。輪扁以齊桓所讀之書爲古人糟粕，夫豈真以糟粕視書哉？蓋謂讀書者之識略，能生古人於史册也。然古人之神，不生於連篇累牘，而生於一句一字；且不生於一句一字，而生於無句無字。始知鍾先生《史懷》有生古人之識略存焉。

昔者孔子成《春秋》，而亂臣賊子懼。惟能取亂臣賊子之肺肝，昭昭乎揭日月而懸之也。故聖人不得大奸雄之術，則聖不大；奸雄不得大聖人之術，則奸不雄。其機鋒故相向也。雖然，《春秋》爲古今奥書，不得胡康侯傳之，即孔子之懷不出，而讀孔子之書者，其懷亦不出。知此則可與讀《史懷》也。

予於《史懷》一書，居恒敬而讀之，爲必出吾之懷，以逆作史者之懷，因以逆作《史懷》者之懷。其一往深苦，每獨知之，未敢即以告人。不意俞子康先、史子齊百遂取吾所評者，更爲録成一編。觀其删削去取，正如漢高取天下，所屬意惟在關中也，則不特能讀《史懷》，而能讀予讀《史懷》之懷者也。吾且與二子者，共起千古古人而悉鬚眉之矣。

廉書序

書以留今古於我也，而亦以留我於今古。如是，而書已不易讀，況言編乎。余故以讀書自樂，竊謂不立群書之上，不能集百家之成也，不破百家之壘，不能成一家之書也。夫所謂一家之書者，屈伸六籍，進退千秋，筆削稗野，包舉囊括。於時笑而讀之，不能使書能欺我，因以成吾編也。

泱泱乎大風也哉！兩間之書，既富且繁，讀之者惡能廉？吾編書而特以廉名之，蓋曰吾博觀而寡取，不以救霜儉而以救淵博也。世之自矜淵博者，洸洋汗漫，上焉溺不能出，下焉窺不能入，卒無一言之幾於道。是淫也，非博也。夫爲書淫，無寧爲書廉也。丈夫擁書萬卷，不特與百城伍。時不我與，天能俾我不得志於世，不能俾我不得志於書。得志於書，而行其權於著述，則手目既悍，放取復別。彼作書者，既深思乎入是書之人與入是書之事，而吾編書者，又深思乎作是書之人之心，起古人而復生之，以快吾生古人之識略。廉之爲言，蓋其富哉。世有讀是書者，遂使腑膈中芒角射注，分辨同異，爲古今得未曾有之人，則未嘗不有得我於前者，見古今得未有之奇，則無復得有隘我之胸者。而後乃今不負爲讀書，不負爲讀書而成書之人。

故我讀書，則謂古今惟漢晋兩男子真能讀書耳，漢丞相諸葛亮讀書略觀大意，晋處士陶潛好讀書不求甚解。不將有起而議其疏者，然卒未嘗負其所讀之書，不有廉取而大用之者與？余自甲申即苦心著書，杜門絶客，深歲月焉。背冬涉夏，劚冰於硯，雨汗於編，書之外未敢過而問焉。《廉書》之爲廉，故不在字句篇章之列較多寡，其出入果决，即古人當之不罪我。我蓋以是書養我之廉，又將以我之廉養天下後世之廉也。

辛亥秋七月立秋日，日臨曾泉，題於山陰之浣雲潭曲，曲轅木隱王雨謙。

廉書驪山冢誌及小序

三代之下，若始皇者，蓋皇帝别出也。渺渺之躬，極古今未有之事，思獨創之。更欲希迹神仙，一世萬萬世享無窮天下。誰謂方始赫濯，忽乃争臭鮑魚，止得驪山一冢，而又即爲人所發。故不若蔓草拱木，墳如纍如，得與青山曠野共老千秋，爲九京安宅也。

故予於始皇，自其初并天下，循至沙丘，略記大端，而終之以驪山，隨及後來諸公卿侯王之冢，并及一切，或存或發，總付茫茫。則以爲人生得意，極六合八荒，止一冢也。而造冢之豪，即流金驅石，究一毁也。

吁嗟乎！匹夫布衣有求之不可得者，况乎壽莫若殤、夭莫若彭，又况乎天地可棺、雲霞可裯，岡陵可枕，昭昭乎揭日月而高卧者，何羡度久不滅之魚燈哉！則更爲此言，以告人之生求不死、死求不毁者，覽之而知怛也。

廉書桃花及小序

古云桃花可以消恨，予對則恨彌深耳。蓋歡怨交集，不特對花爲然也。每讀陶徵君《桃花源記》，乃云『不知有漢，無論晋魏』，即不禁憮然。而漁人載訪，迷不得路，合以仙姝送行，二十惆悵，則此一桃源，緒有百端矣。及讀唐盧綸《同吉中孚夢桃源》詩，便如路暗花紅，置身碧水潭中。

乙巳，歸自廣陵，又讀倩俞子康先《桃花飯》傳奇，則感念亡女士安，手種耐園桃花，尚有可飯吾女當厨無烟，每以桃花樂飢，而飯花人竟長逝不返，則傷如之何。兹著《廉書》，至任彦升傳，見所云『桃花米二十斛』，將猶勝落花紅雨，亂飛瓣瓣。録畢，遂旁及桃花事十七則，則覺此中真無所不有。無論歡怨，皆將竭紅泪，酬灑碧桃樹下。深情者披之，知予爲古之傷心人也。

游初録序　壬戌

吾讀《南華》，見老聃曰『吾游于物之初』，則憬然有得于讀書之奥也。今夫天地一物也，推而至於語言文字，無非一物也。作想於未有天地之初，自必有所以爲天地者；有所以爲天地者，即有所以爲語言文字者。俗士執天地以論天地，則重濁清輕止成虚器；執語言文字以爲窮天地之妙，則究爲塵垢粃糠而已矣。曷覩所謂初焉者而游之哉？吾故欲讀書者深會此意也。

河雒未開，天地不得不托靈於聖賢以發其覆；圖書既出，聖賢不得不復命於天地而會其初。然則未始有書之先，則故已確乎有書矣，乃忽洩而爲書，此書豈易讀乎？既始有書之後，則別有杳乎其非書者矣，而適忘其爲書，此書豈易讀乎？吾故於讀書時，常作是想。既與俞子康先有《廉書》之選，蓋亦無非發明此意；而更別即所讀者，時有句段之録，遂亦漸以成集。將無正所云塵垢粃糠者與？吾則曰：誠已游於物之初，而尚見其爲塵垢粃糠也，則非特作書者死矣，而讀之者安見其生氣遠出乎？故神于讀書者，將游於書之所不得遁者而皆存。如女偊之言聞道也，九進而極於疑始，至若副墨之子、雒誦之孫，尚屬一簣之覆。則吾之録，且將超玄冥參寥而上之也。

夫載籍極博，生平每恨不能十年讀書，一窺中秘，又何況瑯嬛謨觴，遍及神笥鬼藏。第是即吾之所見，與吾意之所會，覺亦有游之而恢恢乎有餘地者。一以置身於未始有書之先，若與古之人，共舒其我不見古人，與古人不見我之恨，以之樂飢，以之代禄，以之送窮送老，則猶龍氏故有以教我游也。《道德》五千言，首載『有名萬物之母，無名天地之始』，則所言游於物之初，斯言豈欺我哉！

讀全書，自然是吾輩事，於字句間讀出全書。噫！是何可與俗儒言乎？維一老翁又志。

古今詩選自携序 辛卯

『一卷冰雪文，避俗嘗自携。』此孟東野冰雪句也。予朝夕誦之，因取『自携』以名吾詩選，明夫爲詩者與選詩者貴有冰雪之骨，謀諸自，不謀諸俗也。古今唯俗不易救，而天下惟自有可尊。是詩也，自選之，仍自携之。夫復何言，而乃讙讙乎其言之，亦以知吾選之之意，始終從冰雪上行爾。

大凡詩造其極，約有三合：太上合經，次合子，次合史。其色樸而茂，其格高而古，其言簡而遠，其旨和而厚，高懸厥墨，萬物仰則，此經合也。静深博奥，發所未發，敢所不敢，卓然立爲一家，此子合也。敷陳詳覈，顯微闡幽，即其言之所及而思其所不及，即其言之所不及而思其意之所及，蓋雖歲月時日，草木禽魚，入吾諷咏，較然陽秋，此史合也。

第此三合者，不可以强而求，而在乎以致而得。予曰：有立品而致之者。夫品不卓則性情濁亂，其爲人也多逢迎、工倚附，其詩必浮靡而寡真。藐大人以完其氣，貞飢寒以勁其骨，然後性情正，性情正則思慮清，而後有以見萬物之情狀矣。予曰：有博學而致之者。學不博則見聞孤，其爲人也習剽竊、亡原委，其詩必寒儉而不貴。多讀古書以老其識，多讀異書以孤其氣，然後聞見奇，聞見奇則意趣别，而後有以合天地之變化矣。乃若品立而學博，則莫亟於奪世俗之僞聲氣，革世俗之僞虚心，闢清虚之舍，破聲格之拘，而審氣候之自至。

蓋自權門槐柳，墓門匍匐，而《風》《雅》之什，徒爲吮舐衣食之資，甚且强立門户、互相獎借，朝爲斷金、暮成聚訟，欲借此輩而與之鼓吹休明，則自喪而聲不起矣。聲起於自者，苟一言之幾於道，雖歷百千困抑，而自信者必不可奪。聞一譽言，則神動而心死；聞一謗言，則意汩而氣喪。將奉一先生臭腐之論爲齊、韓、毛、鄭也。吾即甚虚心，爲能實諸所無乎？况詩之爲教，既在實諸所無，而尤貴空諸所有。居恒陶情山水，寓意翰墨，寄興茗酒，而清虚既闢，則神將來舍。吾以神行而不以迹求，則漢魏六朝、初盛中晚以及陶、謝、李、杜諸名，悉可不立。故爲詩者，第有躋今開古之力，斷無摹古束今之法。是以始於沙獵，繼以推敲，終乃割棄，霜降木落，自迎其節，情之所至，詩亦至焉。即鍾竟陵所云寧選而後作，無作而後選，非入詩之奥論也。何也？選而後作，則機不在我；作而慮選，則權不在詩。寧知天機所迫，即撚鬚落眉，刻燭擊鉢，縱其神之所至，而《大雅》咸興矣。嗟乎！識此而得所爲自，即得所爲詩矣。

予選兹集，自三百篇以外，始于魯孔子，止于國朝之魯監國，其中人不盡詩，選不盡人，集取偶見，得一當百。既以《風》《雅》爲宗，而總有以報吾心之所安。其有不安於心，即古今人之卓卓不群者，斷斷有所不取。至若巧進乎技，則人不廢言，不敢不爲天地寶惜精華，亦以見詩道甚廣，尊選者之權與識也。嗟乎！予之自携者如此，自言者如此，安敢出而問世哉？他日者或携此集，登泰華之巔，搔首問青天耳，安敢出而問世哉？

碩邁集存偶自序

憶予幼時，學爲聲律對偶之業，及弱冠，彌尚駢麗。未幾，忽厭之，讀盧、楊、王、駱與近體詩，則輒棄去，惡其偶也。故予於四六，如子雲自悔雕蟲，雅不欲以此爲筆墨厄。壬寅北游，不覺所作四六，忽乃成集，因選數十百篇，題曰『存偶』，始悟偶之時義大矣哉。

蓋自混沌一剖，而天地即教我以偶矣，故世則何往而非偶也。不偶則不化，不化則不奇，奇奇變變，乃從偶出。既雕既琢，則復歸於璞，然後知予向者以偶視偶，不知以非偶視偶之爲偶也。舉文家所云嶔崎磊落，屈曲危險，幽奇空幻，偶之中皆足以藏之。以故兹四六也，方其獲一佳句，而無以偶之，正如一手獨拍，雖疾無聲。若或鹵莽取足，則兩語相配而優劣不均，是驥在左驂而駑爲右服也。即欲棄去，則終置無偶，是夔之一足，跉𨇤踔趻而行也。

故偶無奇響，文乏異采，碌碌麗辭，昏睡耳目矣。必俾理圓氣肆，迭運奇偶，節以雜佩，如英雄然，既生瑜，則復生亮，愈偶愈奇。斯時罄心渺慮，則不特對句堪賞，即前所待對之句，亦開引人勝地之妙，然後知對偶聲律之中，如斯乎其神奇也。神奇所至，口不能喻之手，父不能傳之子，儻然其來，忽焉以止。譬諸兵家，如鄧艾縋兵入蜀、李愬雪夜襲蔡、韓淮陰背水拔趙，皆以險絶爲工，死處得生，其誰識之乎？其誰識之乎？

白岳王雨謙題於古秋廬。

逸才小序 戊戌

子瞻文其猶龍乎？ 今夫尊視龍者，神而明之，則曰神龍矣。 吾不舉其全乎龍者神之，即其稍分乎龍者，而龍之爲神也，故不可測，奚以言其然耶？ 昔有人方大暑，會賓客，私以龍鱗一片，沉盆水，置諸中庭，客皆陡動寒慄，至挾纊而寒始定。 更聞之，握脱龍牙，則思入風雲，當機對局，輒稱無敵。 然則龍之神其用者，洵不在多也。

吾於子瞻文，其鴻篇鉅集，謂宜銘諸金華殿中，何啻尸而祝之，社而稷之乎？ 玆復選其詩與小品，彙爲集，而題之以逸才也。 正如片鱗脱牙，龍之全體未必在是，而龍之全神未嘗不在是也。 蓋公故曠世逸才，其一咏一落筆，絶不作牙後慧，佛氏所謂得未曾有。 故沐其一字，勝乎悟壁十年，豁然大通，麻姑擲米，悉丹砂也。 然其天機之動，動輒入神，神奇之極，乃歸平澹，則又方平所云『姑故年少，吾了不喜復作此狡獪變化也』。 噫！ 進乎技矣！

戊戌六月十一日，走筆記於山陰潞溪之采真窩，識字田夫雨謙。

讀書會心序

作書務去其既言之言也，讀書務得其未言之言也。 他人言而我復言，牙後慧也，拙極矣。 所言在此，而所以言在彼，忽神遇焉，非誦數能得也。 我故謂書不易作，尤不易讀，目及神行，未許舌宣，則爲舉其郛廓。

夫一篇之警句，正不誇多；一句之警字，初不嫌少。篇得句而壁壘變，句得字而骨節靈，記一事而留萬古之神，評一字而通六虚之想，此未易一二爲俗儒言也。古今能讀書者，惟兩男子，孔明獨觀大意，陶淵明不求甚解，則其會心者自别也。彼俗儒者，拘牽文義，即博極群書，然存爲書肆，發爲説鈴，一遇此人而作者死矣。方其匡坐冥心，對人抵掌，尋行數墨，亦必有空中鬼哭也。

予不敢以讀書自命，然每當讀時，羞雷同焉。乙巳，落魄廣陵署中，蕭蕭槭槭，惟有書可與語，則假以移吾手目，且移我情。每披一言，未嘗不以超忽入之，以踴躍繼之，以惆悵終之，以筆墨寓之，而隨于寤寐化之。蓋嘗逢於不涸之原，以游乎浩淼之鄉，而得其不踰之矩，以故隨讀隨記，即記即掃，薪傳火，火不留薪也。後薪非前薪，後火非前火也，而未嘗非前火，未嘗不於薪得之也。讀書者其有以會之矣。

三和棧游詩自序 辛丑

今夫爲詩者，以見吾之不可見者也。夫人抱不可見之思，上藏九天，下蟄九淵，載撫四海，止極而變之象，亦變極而止之體也。故善言詩者，必言其變；不善言詩者，第言其見。夫見亦見其變也，而世之言見者，究不能言其所不見也，而後知詩之爲用深也。

張子棧游十三詩，夫亦即所見而言所不可見者也。予讀而神往之，飄飄乎掖我於連雲之上矣。然予非讀其所見，而讀其所不可見者也，則謂張子非棧游可也，非棧游詩可也，游心于物之外也。故予不特讀詩也，而遂有讀詩之詩；不特一讀已也，而更遂有讀詩之詩，而且必依作者之韵。何也？將以窮其變也。窮其變，而彼之不可見者與我之不可見者，靡不見也。則謂予非讀棧游詩可也，謂予非作讀棧游詩之詩可也，游心于棧之外，并游心於詩之外，而後游心于讀詩之外也。

故以十三章而變爲三十九章，又以三十九章合張子而變爲五十二章，又於其中而變爲二百六十韵，是皆合異以爲同，復能散同以爲異，而吾之所不可見者，且萬變而未有極也。要以游乎無端之紀，而處乎不淫之度，則各有所見者也，各有所不可見者也，各有所見以見所不可見者也。噫！爲變而已矣。夫吾與張子各游于萬變之塗，而世且執一先生之説，而曰詩如是，是所云刻舟以求劍，索叔孫敖于衣冠中也。哀哉！

碩薖集自序

予非能詩也，而非不爲詩。予非常爲詩也，然少而壯，而已偶爲詩。予不自量，以爲聲律對偶之技，不足自留於百世。詩之作與不作，非所問也，故讀書未嘗讀詩。然嘗誦三百篇，爲應世業，固已沐《風》浴《雅》，美哉渢渢矣。第予之應世，不屑以名之得與不得亂我心曲，故雖甚不敏，力謀所以自留，以不怍百世之上，而有辭乎百世之下。蓋或對人甘受鄙樸，而反而內顧，則常不改其不自量之氣若骨，終不屑以記誦爲事。故予于千古讀書者，特喜兩人，如孔明獨觀大意、陶靖節之不求甚解，則嘗以兩人讀書，合作一題，咏五言古風一章。中所津津者，則極推其出師討賊，而靖節以晉處士，卒不愧《綱目》書。追想爾時，即聲律對偶不克盡諧，第慕二賢之爲人，不識其所以爲詩也。

予之志不在詩也。然又不能工阿世之業，見知當世，年幾三十，落落寡合。獨遇文節胡老師，以奇士相賞，于癸酉得虎鳴一薦，躬逢烈皇帝之明聖。時四方多難，流寇內訌，天子平臺召對，廷臣鮮能稱旨。則竊不自量，私念得宰相一薦，附召對例，妄欲云云，乃四走春明，竟無一言之合乎世。目擊時勢，以爲必有甲申、丙戌，退作《邊憤》八詩。自知以予才之淺，遘當世之變，及遇合之艱，意必與功名無緣。爾時自思，於孔明正可效《梁父》之吟，在靖節則猶可守處士之局。自此則稍稍以詩文自娱，因之放浪山水，陶鑄翰墨，而尤溺志於詩，則又惟恐爲聲律對偶所束。

癸未前後，得詩三百有奇，三存其一。自爲評註，於焉推擴其旨，則爲拗僻之論，而名之以筆陣。又自爲之序，言論風旨，則猶有横槊賦詩、上表討賊之意。值戊子之亂，又爲豪客掠去，頗爲矜惜。及甲申、丙戌，而處士之局定矣，則又成《我歌》一集。雖悲喜留連，志別有托，要其詩皆不足觀。自此益知詩之奥渺，非浮氣疏胸可幾而得。己丑夏五，避亂入城，取平日詩悉火之，迸絕塵務，役志古詩，博蒐百家，四定詩歸，國朝諸名家與一時俊彦，拔其氣骨出人者，彙爲《自携》集。平心闊目，屈伸進退，妄欲自成一書，不屑爲鍾、譚、王、李瞞過。於時踴躍爲詩，而自恃益堅，落紙日繁，雖窮愁顛沛，舉一切可喜可悲、可褒可刺之事，孤吟浩歌，一以見之於詩。至其詩之合與不合，不能自知也。而又不屑急索解人以自白，且自題曰『碩薖集』。既以就正諸名公，更復嚴爲陶汰，所存者十得其四。然其所存，非爲存其詩也，聊以存吾志爾。

嗟乎！予之志，蓋在詩中，亦盡在詩外。竊不自量，敢以私淑乎晋處士之踪。百世之後，倘有見吾詩者，論吾世、逆吾志，而予之功名在《碩薖》一集矣。碩薖者何？《詩》云：『考槃在阿，碩人之薖。獨寐寤歌，永矢勿歌。』

秋日曉望詩序

己丑九月之朔，予曉起。疏星三五，日色尚隱，乃東方則漸白矣。見舍旁隔岸諸山，青鬱疊峙而半露其巔。山水之氣，合東皋野色，綿亘數里。陌頭山趾，一望渺渺長白。去地二丈而遥，則復寒光澄碧，萬樹交枝。山東北則海氣縹緲，雲影天半，忽作三山鸞鶴之想。時雨後，予屐步秋原，佇立對之，變極始還，是安得無句也。

攀髯怨序

每於秋夏間，見滅没雲際者，則龍也。今兹初冬，龍不我覯矣。聞收藏家有所翁畫龍，輒嘆奇幻。然張僧繇畫龍樂安寺，點睛即飛去，而所翁畫至今聽人舒卷，得無畫龍不畫骨耶？嗟乎！握脱龍牙，尚能思入風雲，况飛龍在天，利見當何如耶？嗟乎！我不見矣，抑果不可見耶？作《攀髯怨》。

理木香序

予手栽木香花，草堂藉此增馨。未得十年，而戊己所謂義士，忽致毁傷。辛卯，偶爲扶理，對花有喜。然方諸茂時，則今所謂盛，昔所謂苓也。益信桓宣武種柳漢南之語，故屬深情。有心人處此，其何以堪。撫景流連，既爲留句，因復識之。

梅山十三咏序

巫山居予舍南，曷言乎梅也？以漢梅子真而梅之也。子真憤外戚擅權，累疏不納，棄官學仙此山而逃名焉。夫逃名而能與山以名，且舉此山遺迹，悉藉以不朽，人哉山哉？山哉人哉？予往來龍蕺間，必泛梅溪，自記登覽，甚寥寥也。疇昔羊公癖峴，則曰魂魄猶登；劉百壽登嵩山絶頂，則手記七十有四；程去羞慕靈峰之勝，越千里赴之，致剪爪斷髮，埋諸峰巓。以梅之景物幽澄，高人邁迹，而予不多至止，我則陋矣。雖然，終日登山而不能見山，即見山而不見山之人，即見其山之人而不見其山之人之骨性，猶勿登矣。予兹托之咏歌，即景記事，得古風十三篇，亦以誌吾之登之也，異乎人之登之也。

南岥序

南岥，平原也。石梁渡自蟾峰，達岥里許，群山蜿蜒，川陸苞瀦，吸山水之靈而隱秀一方。去我里，則一里而遥。壬辰四月八日，予得葬先子於越勾踐棲會稽時所謂古城之八叠塢。背夏涉秋，乃躬營幽冢〔一〕於岥，而元配朱孺人則先之。自思予萬曆間人也，不可無誌，封之，崇數尺，略具短垣，而樹之松柏。囑兒輩，我死，爲立一石，則書曰明處士王雨謙墓，聊自誌也。嗟乎！死生自古矣。儻然而來，則儻然而去，見之而喜可知也，則將效司空表聖與梁國兒，牽飲而放歌其上也。

校勘記

〔一〕『冢』，原作『家』，『幽家』於義不協，當是抄者不慎，形近致訛。

商宋内外義士歌

義士之爲俗慕者，名耳。舍生取義，誰則慕之。世鼎革，義士闃然取生，復能取義，神矣哉。其所以取之者，義乎不義耶？殷宋亡，有内外義士歌，曷言之？内義士者，周代殷，既以歸乎周，恐殷之旋興也，而不敢應周之舉，曰：我以吾義。及殷之興，不可即，則悔不克需，有圓辭焉。其圖進也，百千之。外義士者，既以逃乎元，而偷生于海，冀有興宋之後者，則將起而附之名也。興宋者不即得，則進退維谷矣，於是乎遵海而盜，所爲者皆不義之甚，而自以爲義之甚、士之甚也。斯二者，其爲義一也。代爲之歌，暴其情乎辭。丙申閏五月二十有一日。

下馬山言始皇詩序

山在舍東北，去潞陽二里許。昔始皇游會稽，下馬此山，蓋訪蓬海而不及矣。田夫曰：始皇非真欲爲神仙也，欲以神仙而爲皇帝也。即其所燀赫一時，與茂陵劉郎洵皆奇天子，但胸中先懷一不死皇帝，不知隔仙幾千里也。予故咏之曰『神仙安可求』，非謂必不可求也。割得皇帝下，立地得仙矣。割不得，安可求乎？方其詔除謚法，曰：朕爲始皇帝，一世二世以至萬世，傳之無窮。此時一意爲皇帝，尚無神仙入其胸中。及一言神仙，即思除去傳字。向所謂無窮者，將以一人享之矣。故推始皇之心，即得不死藥，并不能與扶蘇、胡亥服也。

讀牡丹亭代爲杜麗娘鬼門關逐夜望秋月詩小序

壬寅之秋，予入燕。前一夜，憶與姬人隱娘別，時指庭前月爲予言：燕越遼闊，但各對月，即既覯也。言畢，各欷歔。別後，至秋九月，而隱娘殁，自此每月出即神傷。甲辰暮秋，客廣陵。月下聞鶴唳，慘然不樂，展讀《牡丹亭》傳奇，感鬼門關逐夜望秋月之句，因托以寫懷也。

答晦山師贈詩序

予悲眇焉七尺，飄逐紅塵，浪度白日，奈世腴彌濃、靈根漸削，不識本來面目，何處着脚。昨晦山師投我禪偈百首，超超元旨，邈邈真詮。披讀再過，忽覺如夢初醒，心骨灑然，是熱鬧場中一服清凉散也。予雖不能作出世事，時存出世想，使素心勿昧，庶幾或脱火宅耳。不謂非晦山津筏也。聊賦十韵，以述己志云。

龍石子修族譜序

族有譜。譜，族之涣也，涣必授之以萃，其義蓋昉於宗子之説乎。《周禮》宗子有五，大宗子一，小宗子四。百世不遷者，大宗也；繼禰[一]之宗，繼祖之宗，繼曾祖之宗，繼高祖之宗，五世則遷者，小宗也。皆所以主祭祀而統族人，如有國有家之重者也。然則明乎宗子之説，而譜不可不重也。

溯族之始，自一世二世即至十世，靡不斤斤其明，殆歷數十百世，而或以爵氏，或以地氏，或以謚與字氏，漸爲東西南北之人，姓氏遂泛泛然，若萍之游於波而不可連也。則爲子若孫者，起而篤親親之誼，不得不代有事于族譜。譜修則統正，其恃源而往者，如江河從西極達于東溟。中國之大川也，其餘百三十有五，是爲中川，其千二百五十有二水，斯爲小川。循源而求之，則皆水族也，而河與江其祖也。

夫族亦然，無不始乎合而卒乎散，至卒乎散，乃有慨然思《行葦》《既醉》之風，而嘆《角弓》之騂騂也。則將族其非族，而以他人昆、他人兄者，其在人，則何異芻之篡蕙、蕕之篡薰？其在我，則何異橘化枳，而莪伊蒿乎？大哉狄武襄之不附梁公，而我高皇帝之不祖考亭也，益以見譜之不可不謹也。然通以大共之言，《西銘》則曰乾父也，坤母也，民吾胞而四海兄弟也。擴之將無不可合，彼亦實有義焉。開闢伊始，則五帝三王，不外乎一家也；即今之萬姓鱗鱗，亦不外乎一家也。

然而理有所難格，勢有所不能，則不得不據其確然爲是姓者而族之。如我王氏之始於王子晋者，吹笙而祚以長，自此而瑯琊、而太原，又其後而分杭、分睦、分越，以布於四天下。而吾潞水一派，則來自瑯琊，爲右軍正系。昔丞相茂弘之南徙也，卜於景純而吉，曰：淮水絕，王氏滅。故王氏之繇繇，若椒聊之遠條，而碩無朋也。不有譜以合之，自此則散而無紀，而系日以亂。

吾宗龍石子携族譜而屬予序之。予觀其譜，自元至正洎國朝洪武以後，始與吾家異派，其前則皆臨沂也。夫爲譜者，其同者不能强别之使異，及其異也，亦不必强合之使同，同同而異異，則其同也確矣。昔太公調詮丘里之言，而曰：合異以爲同，散同以爲異。其散同以爲異者，如吾宗之源遠而末分也；其合異以爲同者，即吾宗之不强異以爲同，而其初之同者故彌確也。今龍石子上溯子晋，至三十一世，而復以子春公爲一世，而光禄玄通，而正，而淮南守曠，而右軍，世系炳如也。至其徙居潞水者，復以道得居士爲一世，而迄於今。其于吾家之譜，近異派而遠同源也，以是知其確而可信也。夫可信則可親，可親則可久，如江河既入中國，而別其名與支也。譜之時義大矣哉！

而予觀於此譜，有六法焉：詳世系，端水木也；紀爵，誌發祥也；別良，示勸也；不揚惡，存耻也；分士農，敦本業也；載遷徙，冀來連也。人曰王氏之族譜，予曰王氏之《春秋》也夫。

校勘記

〔一〕『彌』，原作『爾』，形近致訛。

孫氏世乘序

古今忠臣孝子、才人志士與夫名公鉅卿，皆天地所誕生而還以華其天地者也。然天地能生之，而不能自華其所生。此其權一操之國史，一操之世乘，而世乘正國史所從出也。則嘗論之，人物遜申甫之英，無以尊嶽降；而文章乏燕許之筆，無以重賢豪。予讀《孫氏世乘》，而嘆忠孝之發祥，非諸家所得望也。

孫氏自後唐明宗時，三司公岳明德克昌，越十七世，至忠烈公燧開望族于姚江。方其在棘圍，與胡世寧、王守仁二公，聞絳衣巨人，作好事之唱。既而寧藩告變，則胡發其奸，王平其難，孫公則以忠貞殉節。而伯泉公堪隨以至孝名動京師，膺至尊寵錫。其傳世之顯，在先朝諸大賢傳誌碑銘，與孫氏諸金玉行狀，皇皇喬喬，予曷能更贅一言？而竟不能已於言者，蓋不徒尚爵禄、崇才略，特慕忠臣孝子而更能世有令德，夫然而爵禄才略益增忠孝之光。

余故詳觀此乘，而益嘆天之報施忠孝，無艾期也。夫疇見一門之内，文爲儒宗，武爲將表，玉策書名，金甌卜相，益以橋梓棣萼，曾雲群從，爲皆聽履蟬聯，節烈接武，即一時言之，齒牙作七日香者哉！昔王筠誇七葉之傳，名德重光，爵位相繼，人人著集，依稀差可伯仲。其餘前代所云博陵崔、汝南應與城南韋杜，即富貴頡頏，鮮忠孝之敵應也。余故謂孫氏之世乘，即國家之敦史也。

嗟乎！余觀贈言諸賢，無不爲一代人豪，千秋椽筆。然使膺其文者，稍無以望朝野之腹。諸賢即阿私所好，力爲延譽，有不能一枉其是非者。夫中郎碑記，止於《郭有道》無愧辭；韓昌黎文高山斗，時賢嘲其諛冢中枯骨。而此乘則不然，蓋昭昭乎若星辰日月，璧合珠聯，更如嶽瀆公侯，流峙定位，非徒足世俗之觀聽也。予故不憚辭之重、言之複，嗟嘆之不能已，俾後之傚則忠孝者，有以覽焉而奮焉興起也。

送李源常游天台序

天台，仙都也。讀興公賦，則仙仙神往，恨予爲塵緣所戀，仙路凡封。友人李源常割棄所戀，經山凌谷，問渡石梁。予醉之，齒舌乃騰。

夫吾輩以儒爲歸，而吾謂論仙業者，則歸儒且儒，而仙將更遠也。仙則曰：勳名戀戀，安得長生爲？然則仙人者，固已爲夭壽所囚矣。予聞絶迹易，無行地難。儒者則念及之，故儒者以勳名氣義壽，而夭壽之見迸焉。爲能激烈慷爽，割世所不能，而壁立千仞，雖身在廟朝，而其心逌然適然，要與山樵野農無異。東方朔竊得斯旨，因避世於朝廷，而列名乎仙籙。予故謂大儒者流，其胸有仙都者哉，則山水又其郛郭焉爾。

源常血性男子，予敢以千秋盟。天台之游，其別有所得，洵不在瓊臺雙闕之粗，將使劉、阮諸人尚墮九點烟中也。予既愧不克從，爲序於箑，倘得携之往來五芝八桂間，山靈不吝，定惠我以餘馨也。

送張焜煌歸三江序

於越，一大都會也。稽山南鬱，而千巖則分折東西走，大海獨浸其北，輔合成環。胥、曹二江，復穿夾左右，忠孝之流，朝宗于海。以故清淑之氣發于流峙，江表代産偉人，烺烺争史牒光。

予嘗登蓬萊之巔，俯眺三江故城。城既扼山海間，而三邑之水，萬壑一門。前太守篤齋湯公則跨山截海，爲應宿閘二十八洞，潄之以節宣乾溢，兼遏海潮。每當洪濤氾濫，縱流出閘，則龍吼雪戰，星河影動，而於越之朦悉吐納乎三江，輒思此將有偉人崛起。從前即富貴甲郡邑，未足當之也。

己亥春，則有焜煌張先生者，來自三江，隱吾里之鄉塾，一時無有知之者。予以甲申之變，遂杜門絶迹，未嘗妄交一士，亦不知有焜煌也。一日見其詩文，則如見其人，乃始嘆曰：茂陵劉郎日向蓬瀛員嶠問訪神仙，東方歲星近在身側而不知也。予於今日乃知先生，予則陋矣。即肅衣冠造之，則相與語天下事，慷慨流連，進退古今，令人莫或測識。茗話間，定石交焉。自此每得瞻仰風度，快讀其著作，虛而往，實而歸，惟先生之室則然。殆思而不能去也，必風清月朗，乃思玄度，即隔幾許三秋矣。夫何則將舍我而行，而贈予以言。

展讀其所贈，則皆相與警戒之意。金石聲中，凛冽多冰雪，蓋喜予之不集菀而集於枯也。先生洵知我哉！若然，則讀先生文章，予與先生則未嘗別也。於先生復何言？惟先生堅此勁骨，寄身玉石間，即不知，定有知之者，無徒以富貴爲世輕得之也。

送姜汝皋分教昌化序

昔韓忠憲億夢巨碑金字，有韓維姓名，故持國不應科舉，公亦不强，謂當自致遠大。李文饒卓犖有大節，不喜與諸生試，有司以爲良馬不入隊行，吉甫遂聽其以蔭起校書郎。而二公父子，皆爲唐名宰相。今以汝皋之才之年少，即以明經司鐸，而京兆定庵公亦聽爲之。夫定翁方重蒙帝眷，行將以竟太老師箴勝先生金甌之卜。何汝皋之遇與世系，與韓、李二公有若相符者？庭桂産芝，瑞不徒出，吾未有以量之也。於其行也，爲序韓、李盛事以送之。

雪瓢詩序

在昔貞奇窮者必有奇骨，負奇骨者必有奇音。故士之能詩者，窮愁而詩益工，窮愁之極，天之所以開《風》《雅》也。獨異窮愁之士，當其據槁而吟，擊欬而歌，聲出金石，響動衆山，向之所謂窮愁者，至此忽不知其所往。乃始驚其從來者甚遠，挾持者甚邃，其蹈舞以出之者甚奇也。

雪瓢叟子，少負奇骨，博極群書，於藝無所不精，而尤精於詩，然世人鮮有真器之者。當日棄家遠游，凡十五國之域，轍迹所及者七。其於山川，若岱、若華、若衡、若峨眉、若九疑、匡阜之大且高，若黄河、大江、洞庭、震澤之淵且險，皆有以餐其秀而納其怪，而且碑搜秦漢，文選郭郭聖儀、葛葛震甫，當世之士亦鮮有爲婁子所器者。倦飛而還，則爲足疾所苦，而於窮益堅，而詩亦日進。時際鼎革，遂杜門不出。雖其足中有鬼，而乃筆下有神。

予以窮愁得交婁子。前後讀其所著詩，其在壯時，則雄奇磊落，筆鋒所向，驅除廓清，使見者眩怪反走。嗣後漸老漸深，藏古於拙，藏靈於樸，使見者藐其華而棄其實，若麻姑擲米成丹，方平了不喜作此狡獪變化。吾謂婁子能至此，則愈不可及也。居常慕西漢兩司馬，腐司馬則見詩於史，悉發其名山大川之精，而渴司馬則見詩於賦，發天子飄飄凌雲之氣。而婁子則見史、賦于詩，以一身合兩司馬之骨，而亦兼有其腐與渴之窮。然讀司馬遷史、相如賦與婁子詩，窮則何負于人哉！

禹會橋關帝祠會序

今夫浩浩乎塞天地而鼎峙者，氣而已矣。氣充而品立，品立而神爗爗然留之，留之而時代盛衰不相格也。古今神之稱盛者，唯關帝莫京。

方帝之嶽降漢季也，阿瞞眈眈漢鼎，是時群雄駭鹿，四海瞻烏。帝孑身徒步，慨然以天下爲念，精鑒朗識，得先主於風塵落魄之中。火燥水濕，流就不爽，卒之百戰定鼎，而臨邛火井，熾然炎上。吾知帝之苦心，俾先主者得續四百五十二年火運之光，則亦已矣。寧知千百載後，谿王晋帝，有社而稷之、尸而祝之者乎？然而帝之氣，固足以取之也。在昔丞相亮之答書也，有曰：孟起資兼文武，雄烈過人，一世之傑，未及髯之絶倫逸群也。則明許帝以萬世之傑矣。惟傑出萬世，故信義之極，異姓而同氣。《春秋》之奥，微顯而闡幽；正閏之統，吞魏而略吴。

其生也，力能立人爲帝；而其爲神也，復能取尊於後世之爲帝者，而致其身自爲帝。且夫人立身今世，見有人者能具帝之一體，靡不肅然起敬，何况古今之如雷奮地、如日行天，若帝者超超以完人稱，能不相率而洋洋乎上之、左之、右之，則禹會祠諸君子之聿新其會也。吾疑冥寞中有帝焉，聲靈其間而復杳然，謂之非徒襲香火氣也。然則諸君子之與帝相見者，廟廷其蘧廬也，衮冕其介屣也，黍稷牲牷其嚼然世味，而非馨香之至也。夫亦曰吾善養乎浩然之氣，則惟帝其居歆之。

己丑三月上巳，潞陽王雨謙。

陡亹張神殿改闢戲臺募疏序

己丑之春，陡亹張神殿有僧無量，以殿前堂廡甚隘，每當婆娑樂神，則士女雜稠，遂致人神相逼，而戲臺三面距河，其北則與殿陛蟬聯，地難恩闊，非所以廣民樂、暢神休也。意欲出身募金，從舊趾之南，於騰波迅急中爲空中樓閣，蓋亦割天補地而吐納衆生也，遂以募疏邀予弁之。

余初不以爲急，則何也？以神之靈爽素著，自宋涉明，繇侯及帝，靈濟今古，爲洪濤砥，且其爲國家禦災捍患，而覺悟黎烝，不啻其子若孫。苟可爲斯世造，則窅冥中，應不惜神力，何羡乎演生扮丑、引商度徵，媚一時耳目？且其聰明正直、福善禍淫，較然不爽，倘使平日爲不可告神之事，而欲以區區聲色轉移魁柄，祓眚邀惠，神豈任之？故以愚之初意，則以爲世之敬帝者，不在戲之演與不演，更曷問臺之闢與否也，矧其慇民力之困竭乎！

雖然，神則如此，在我人而曲致其敬之之忱，非有所藉，則每恨無以將之。且戲之爲言，象悟聲教，舉古來忠臣孝子、文章節義，靡不本之真懇、出以慷慨，能使觀者翻然勃然、拍掌解頤，甚至泣數行下、不能仰視，即有演及負心悖義之徒、風俗頹靡之事，則莫不立髮起鬚，恨不磔其肉而飲其血。由斯論之，則演此以敬帝，其激勸懲誡之意與帝賞罰之權，故已力答氣應，則戲固未可頓革也。戲不可革，而俾觀場無地，下民不得受激勸懲誡之益，則人之意不暢，而帝心當亦鬱然不樂。夫敬帝而致帝不樂，非所以敬帝，併非所以勵俗也。然則募金改闢，以曲致我人敬帝之忱，以曲展帝鼓舞我人之雅意，是或一道也。造作雖艱，其烏可已哉。

謹爲之序。

倫鐸序

人安得盡書焉讀之哉！删定贊修以後，則六經皆孔子之書。讀孔子之書，而人倫之極立矣。然予讀《論語》，其於《尚書》《周易》《禮》《樂》，皆偶一言及；至請討陳恒，略著《春秋》之義；惟《詩》則驟闡其奥，而盛言事父事君，《周南》《召南》爲不可不學。則《詩》故人倫之至，尤爲深切著明也。試爲之歌《鹿鳴》《卷阿》，而景君臣之泰焉；爲之歌《皇矣》《嘉樂》，而慕父子之隆焉；爲之歌《關雎》《麟趾》，而嘆夫婦之懿焉；爲之歌《常棣》《杕杜》，而羨兄弟之莫如焉；爲之歌《伐木》與《谷風》，而樂朋友之和平，與大德之不可忘焉。則惟其關極倫常，有以振鐸萬世，出聾入昭也。昔者衛封人一見孔子，遂定之曰：天將以夫子爲木鐸。猗嗟！匹夫而爲萬世師，一書而爲天下法，鐸之任，其重矣哉！

吾兹讀宋先生《倫鐸》，而敬其立言之正，寓意之深且遠也。而予則更有謂：倫本諸性，人則具焉，曷用于書焉求之？其不得不於書求之者，則運會所致也。混沌開闢，神聖遞興，倫常之教，天地已息肩于神聖，於時並游枝鹿，渾渾爾，淳淳爾，無煩有以鐸之也。積漸以往，倫與世爲汙隆，則書亦于世爲詳略。因提、禪通、循蜚諸紀，無需紀，亦無能盡紀。今者棄其荒渺，斷自唐虞，次及明世，讀者知爲泛海斗杓也。特是人倫之書，非盡倫者莫克成之也。故堯舜之世，任一司徒契，提振德之鐸，教以人倫，而人乃不近於禽獸。獨是鐸也，古今賢哲每兢起而分任之，在上則爲君相，在下則爲師儒。君相振鐸，則以立政；師儒振鐸，則以著書。著書不能爲立政之助，此其書皆可燒也。吾見此書博大精詳，其立言持世，有不得已之苦心焉。

夫世之越裂於倫者，不待貶之而知其爲非也。惟是似倫而實悖乎倫者，不可不鐸以正之也。彼夫河陽召狩，兵諫自閹，曰爲主矣；偏玦致命，官物奉養，曰爲親矣；生子未言，不嫁稱女，曰守貞矣；娶美讓兄，兄弟不娶，曰友愛矣；刎頸許身，焚妻借交，曰聲氣矣。凡若此者，鮮不爲世俗所繩許。然不登于明堂，不可以入堯舜之道，則更有似反乎倫而苦中乎倫者，不可不鐸以闡之也。乃若阿衡放桐，博陸易賀，戾忠蓋與？武違服事，璀不父隱，紊箕裘與？喪耦鼓盆，泣槽不養，棄伉儷與？破斧呼鴞，析居擇豐，削手足與？伍申議楚，管鮑分財，背同心與？凡若此者，幾亦爲世俗所驚惑，然不負於肝膽，直可以質無罪于鬼神。

今先生此書，故欲使愚者跂而及，尤欲使智者俯而就。故慶常者無失其爲常，尤能亮變者無失其爲變。入其屈伸，如威鳳之文户焉。且引而伸之，觸類而長之，舉其有繫於國家，樹之風聲，無不旁通而表著之，使覽者會其苦心，則一部《倫鐸》，在在有若而遒人，以木鐸狥于道路，亦世世有一删定贊修之孔子，振木鐸于杏壇之席。吾故謂倫以書顯，而書以人彰。議論正，則政事發而載籍尊；人品端，則筆墨馨而綱常立。先生義烈徽猷，爲舉世望，竟不及大展當路，無寧以著書老。然先生之爲先生，於是乎日躋而不删矣。則此書故希聲之鐸，而無斁之倫也。猗嗟！六經既定，得此鴻編，知子雲《太玄》，涑水《潛虚》，尚無得于倫之一字，矧伊紛紛説鈴也哉！

陶庵勒越先賢圖像傳贊序

於越擅蓬海稽山之勝，其休徵之氣，代鍾偉人，爲萬世所想望。友人張陶庵雅負氣誼，慨然思傳其風采，走諸家，請其所傳畫像，延妙手合之，即躬爲傳贊，以鐵筆壽諸紙墨。

曲轅王子見而拜賞，乃不禁振筆有言，則以自古經濟、理學、忠孝、節烈，與夫風流大雅、豪宕不羈之事，總在天地一氣陶鑄洋溢，任所謂偉人者，無問男子女子、公卿韋素、荆布翟珈，入焉恣取，還以復命天地，而裔皇今古。孟夫子謂直養吾浩然之氣，則塞乎天地之間。然亦第言其塞，未及言其爲天爲地者，悉藉吾浩氣貫之。故天地人皆空際一物，而此氣升降呼吸，時有相似之意。

今觀陶庵所圖而傳贊者，男子自陽明以至某若而人，女子自某以至某若而人，則不知其爲矜慎而去取之與？爲博求而鮮覯之與？要以其心甚苦，其求之有年，而得不得尚亦有不可必之數，乃即今所得而勒以不朽。夫所得入此集者，上之載在國史，次之采入郡志，又次之藏諸家乘，何嘗不昭回雲漢，然而無其像也。人情既已敬之慕之，則一聞其名，恨不得親炙其面。今兹合而爲集，不幾骨而肉之，如同堂親炙，不更爲詳快，而大發其事業之隆與潛德之光乎？

蓋勒之者與爲所勒者，皆往來浩氣中。浩氣所收，略覩文文山一歌。而此集又爲圖書之府，盡得其生也有自來，出也有所爲，即其死也，爲能以氣作山河，騎箕尾而比列星。然則冥心對之，則即子休所云豨韋氏得之以挈天地，伏羲得之以襲氣母者也。斯又吾與爲之者獨喻之矣。

鴻溪張玠庵二月春風畫餘序

鴻溪張玠庵能剪深青紙，爲山水、花鳥、人物、諸器具，彙成册，見者驚猶鬼神。予題之以二月春風也。夫唐人曰『二月春風似剪刀』，則歸天工於人事矣。今以張子所剪，豈不曰與其爲似天地，寧作我耶？

古人技術之巧，如棘端母猴與宋人楮葉，出兩腕而鬼神之，直能傾動當日諸侯王。然而予議之，則以一窮於請削，一拙於三年成一葉也。今張子所用者剪，剪盡人而有之也；其所成，咄嗟而辦，又奚有於三年？而彼且曰：此畫餘也。而予則奇之。

夫古今以畫稱神，則未有不假筆墨成之。倘當日授以張子之剪，而命之曰吾欲云云，則未有不剪舌束手者，而吾更奇之。隋宮剪綵爲花，巧奪四時，然竟不能黝然筆墨，隱躍紙上，屈伸尺幅也。杜少陵思以并州剪刀剪吴松半江水；李賀欲剪湘中尺天，不顧吴刀之澁。詎庵入雁蕩，謂有剪刀峰，分開千仞，欲剪青天者。其游洞庭兩山，惜其坡陀童墳，欲以巨靈胡賁詔入台蕩，亂剪數十峰，增其花山縹緲。然此皆設爲大言，快其痴癖，非能實有運剪之事。

而後乃今，駭有張子之剪。方其冥然運動，熟視不見泰華之形，静聽不聞雷霆之響，凝神定氣，正復手舞眉飛，而峰岫崒嵂然，而水波漣漪然，而花木蔚薈然，而蟲鳥蠕動然。噫！進乎技矣！　夫張子以詩文世其家，爲人豪舉跳宕，語及不平事，輒欲飛劍斬仇人頭，與其沈深柔細又相反。乃以其氣誼出而爲詩文，以其詩文出而爲篆刻，以其篆刻出而爲畫餘，則總以極其文心之能事，而幻其才於徑寸之鐵。噫！進乎技矣！抑吾之不能盡張子者，有如此二月春風矣。

玠庵圖書印譜序

篆非吾所知也。非吾所知而强論之，正如生而眇者，告以日如槃，日光如燭，遂爲扣聲捫形，至聞鐘揣籥而謂日也。以予論篆，眇焉耳。

然竊嘗以今之書法，推而至於倉帝之初，則今之書故胎乎古篆，歷幾變而高曾之矩不變也。今之楷書，所謂銀鈎鐵畫，平横直縱，安在篆不具之？今之草書，所謂如騏驥暴怒逼其轡，海水窊隆揚其波，如蛟龍投竄，登高而回顧其類，安在篆不具之？

今觀張子所勒圖書，悉彙成譜，凡有稍不自得者，即盡人譽之，必磨去，革之又革，不造極則寧已。其登譜者，遂能包舉今古，得未曾有，如彼周冢玉文、玉鏡竹簡與誅蛟雷文、抱犢神書諸篆法，爲叔孫、稽、江輩所驚顧而奇賞者。張子第握七寸鐵，縱横徵召，離奇部署。故其圖書，在天則爲星斗光怪，若墜若閃，而纏次不亂；在地則爲五嶽突峙，亦奔亦屼，而公侯定位，而所譜遂爲天下冠。即舉世所推三橋、雪漁，瞠乎其後，不啻齊魯之視邾莒，則世競以《圖書》尊吾張子也。夫抑知爲此者之隱乎技術，故不得以技術測之也。

張子懷奇未試，周覽四天下名山大川，以蕩滌其雄心大略，乃其中實有所大不得於天地間者，縈紆鬱悶，因以七寸鐵當三尺水，搜剔抉畫，成不朽文章，散布名公才子書畫卷幅中。吾知當世之名公才子，定有即所譜以得吾張子者。若浣雲潭王叟者，則故已知之深矣。

碩邁集

山陰王雨謙延密先生著一字明霖，號白岳，更號維一老翁
會稽壻俞公穀康先手定
外孫俞忠孫祖臣傳鈔

毘陵龔升璐詩序

今夫才子之詩文，無不以爲必傳矣，而予謂其間有不足傳者也；即其有傳焉，而予謂其間有不足尊者也。則以凡若此者，蓋亦美而多蔽焉。吾見其摛詞富矣，體則蕪穢而不治；吾見其命意高矣，識則模稜而不果；吾見其標格奇矣，聲則瑟縮而不起；吾見其設色妍矣，骨則柔脆而不挺。則不足尊也，不足尊，則不足傳也。凡若此者，厥病吾能言之，則以其爲人也，肝膽則詭隨而不注，學問則流遁而多迎，兼以饑寒困頓之亂其胸，王公大人之折其角，是非毀譽之奪其氣，而中有所蝕之也。如此而欲其詩之傳且尊也，難矣哉！

毘陵龔子升璐，天下士也。即其玉頭磽磽，神寒骨重，是不忝天廟器，如吾家子春公，三十内望爲公輔，未免作此寂寂，耻鄧仲華笑人。然以才大，一時莫即器之，因投棄世務，懷奇走四

天下，思得其意中之所期與意表之所遇者，而蕩滌之、塡篪之，取以傳吾傳、尊吾尊也。

壬寅之冬，與予偕至燕。始與吾同古庵也，落落穆穆，一目則已。既而長揖，既而齎刺交拜，既而論列古今，稍稍言及詩史，遂恨相見晚。自此寒冬午夜，浩酒狂歌，一往劇談，至大笑樂，不覺冠額漬盤案，而氣誼激發，或至繼之以泪。竊謂慶卿、高漸離擊筑歌泣，留俠燕市，今古敵應也。

夫何居未幾，則忽思訪孫鍾元於蘇門。孫鍾元者，以孝廉高不仕之節，而隱於吴者也。行前一日，咏四律言別。予見既爲黯然，復爲撫脾，與毅孺、子威咸次韵將之，仍盡索其篋中詩，於雪夜呵凍品評。每讀一篇，俾予忽然呼，儻然立，急浮大白，爲酬詩物。若是者何也？則以升璐之學問、肝膽，有以負之而出；而所云飢寒困頓，與夫王公大人、是非毁譽，不得入而荒其體、移其識、束其聲、挫其骨也。故其爲詩，美則備而蔽則革矣，有典誥之質焉，有《風》《雅》之澤焉，有規諷之旨焉，有悲怨之辭焉，有壯凉之氣焉，而亦有詭異譎怪之致焉。蓋其爲詩，峻不絶物，廣復能周，令人求之漢魏、四唐而不得，求之漢魏、四唐而又無乎不得也。噫！龔子遠矣。

嚴橘國越游草序

楚襄城之棗邑，有嚴先生者，名繩光，別號橘國。繩光云者，慕子陵之爲人，其曰橘國，則别有天地焉，而自國其國也。起家南瑞兵憲，崇禎間，躬敗流寇，斬渠魁龍賊馬前，乘勝復二十八城。時執政以其出自明經，竟不得見天子，大展其所學。甲申後，遂不復仕，以咏歌山水隱。然則山高水長，又一嚴先生矣。

己亥之秋，則來游吾越，予遇諸郡城之亦獅林，相對則温伯雪子也。飲中論及詩，則大相得；稍稍論天下事，及崇禎間，相與感慨嗚咽，默默者久之，乃始别。别則携其所著《越游草》讀之。吾爲遺其字句，獨尋其心之所至，則比物連類，悲歌流連，其於君國之事，真有每飯不忘者。如當年杜少陵詩，雖在流離貧困，而《述懷》諸篇，無不有涕泪受拾遺一段苦心，載之以出。

予蓋古之傷心人也，則曰：是可與言心也。乃敢以所著《十年書》往。而先生讀之，則靡不高唱許可。予意以先生之才若學，予言豈果有當者？其亦原予之心，遂不致投諸溷中，而且固留之，且日携之，往來瓊臺雙闕間。先生果以孺子爲可教與？抑心之同至者，裴回不忍釋也。蓋予兩人讀詩，皆字字聞若血腥則已，初不在聲律格調間尋行數墨。故地雖楚越，而詩則肝膽也。

然先生多病，或以其爲痒於山水，而爲詩則每欲嘔出心肝，曾不知其牢騷鬱悶，别有所寄。讀楚三閭《離騷》《九歌》，合兹集讀之，則先生之心，與日月争光可也。世人不知，而予則知之。予故謂先生棄家三年，於名山大川靡有不到，而絶不寄平安一書，即其磊磊落落。其爲咏歌也，匪以爲咏歌也；其爲山水也，匪以爲山水也。蓋思得遇其心之所欲見者，以報其心之所自安。此先生志也，亦予敬先生之志也。故予每披先生之詩，則時若命駕而游於襄城之野。

金陵何德峻詩序

多言而躁，無才士焉；甘言而澤，無真士焉。以此相士，當百不失一，亦百不得一也。壬寅，予客燕，飲胡恒山宅。座客不下二十人，一時皆四方士，則見議論飆發，神情矯舉，沓沓蹲蹲，罔不自謂名流，各相陳結。予皆未即心可，流盼之下，兼亦竊有陽秋，則見有頎而髯者，獨兀兀如木，蓋終飲不出一言，心故異之。然予於時亦終飲不出一言，飲畢別去。予私之，則金陵何德峻也，名煒。

未幾，主人挾予有恒山之游，及就道，則毦毦中有何子焉。然在塗偶叙之外，亦絶不多及一言。及至恒，且得同舍，鞅掌之暇，敘及出處，則知何子遭甲申之變，即棄博士員，絶意進取，遂遨游四海，周覽名山大川，與予正相合。我兩人因厚相期許，定交簿書之間，即援筆書少陵詩於壁曰：遲暮嗟爲客，東南喜得朋。爲恒陽得交何子也。自是相得日深，嘗與俯仰今古，籌斷世務，靡不當幾中肯。坐而言之，起而可行，僅僅文士，洵不能書何子也。

然何子雅以世外自許，即懷挾者故自有素。在世之王公大人，既莫能器之，而一往蔚跂之情，磊落之概，不得不於咏歌發之。故每當風號月苦，鳥啼花落，水緑山青，遇物遥嘆，舉生平不得於世之故，無不發之於詩。爲詩不傍門户，不有烟火，即一言一字，沈心念之，則上自混闕，下迄來兹，凡世所不得不有與未曾得有者，其詩咸足有之。與予倡和者期月，而紙墨遂多。且不以其多也，而必以真氣相索，蓋真才而知己者也。昕夕相對，以當憂心悄悄，一切人世欲割欲殺，與中心所不能告人，并不能告何子者，惟何子則已知我。

嗟乎！予二人豈特以詩相倡和者哉！自念身沉一幕，爲有道耻，甲辰之春，遂棄此而行。因略叙其合離始終，書其集首，非序也，永以爲好也。嗟乎！何故研都，予豈皇甫生哉？然予與何子則更有言。予則行矣，努力加餐，倘異日者得訪何子，把臂登鍾山之巔，慷慨話舊，述既覯之喜，則載携此集，同李青蓮《金陵懷古》篇於青天外，望二水三山，搔首問碧翁而晤對，真曠世也。

陸鑒曲詩序

愚嘗謂論士者，以不自掩者爲真。夏后氏之璜，不能無考，考所以尊其爲璜也。孔子惡鄉愿，惡其著瑜掩瑕，無所往而不爲瑕也。如是者，學術功名皆無所用之。吾讀鑒曲陸先生詩集，即以學術而定其功名也。

鑒曲之集，諸公叙之詳矣，然第驚其河漢無極，無一言不爲頌辭者。而予則不然。予與鑒翁比鄰梅陰，相知甚素，則得之也深。爲人磊砢英多，亦復樸茂無緣飾，見之詩歌者，其外符也，而隨以得其内符。試觀其詩，慷慨壯凉，委曲悱怛，其忠君愛國、悲天憫人之致，無不膠結筆端，誠不徒恃其風流跌宕，區區出其才華，以賞江山而貴紙墨也。至性一往，務以流其中所欲言而止，句摘字櫛，悉所不顧。至于入大三昧，集不必多章，章不必多句，句不必多字，如排沙簡金，往往見寶，又如涇渭流合，各走川靈。故予之賞鑒翁詩也，不特專取其瑜，固從不掩其瑕者，而能得其爲瑜者也。吾又安知鑒翁之所謂瑕者，非即鑒翁之所謂瑜也。

向俾習爲世俗所尚，熟古詩三百首於騷壇中，掩著而鄉愿之，則將如東鄰之矉，使見者望之而走，堅閉門而不出，又奚以見其浩浩落落，上窺青天，下極黄泉，大含元氣，細入無間，與鑒曲之爲鑒曲哉？惜其早以鷹揚奮翮，不克大展其猷。然即其轉漕足國，已足窺蕭相、韓滉一斑，而吾又以爲蕭、韓鞠躬王事，未克如鑒翁之兼有其詩也，遂爲特誌數語。

林異卿詩序

詩所以聲其人也。聲其所以爲人者，其入微在無聲之際。此爲上智之事，未可以世俗之心入之也。予故謂詩不可以無心爲之。以無心爲之，如有物焉，浮于江湖，泛而莫之必，和平温厚，既失其所根，曷從而得之齒牙後乎？然詩又不得以有心爲之。以有心爲之，則趨名附響，輒希風雅，如小兒之摶土爲人，隋宫之剪綵爲花，未嘗不刻畫似之，究之土、綵不可爲人與花也，其生氣槁也。

真能爲詩者，每於有心無心間得之。謂其無心，則未嘗不嘔心死樹，以絶力推敲，其用心非世俗之可幾也。以爲有心，則刻燭擊鉢，斗酒百篇，嬉笑可得。彼其縱心而出，又非世俗之可幾也。古之以詩鳴者，得之天授，又加學焉，博極經史，取之性焉，實其腹，虚其心，卓其品，養其氣，無門户，無摹仿，而後乃能躋其詩於風雅之壇。

三山林子異卿，其爲人也，卓然行于古今之上。驟對之，令人鄙也消，將無非詩人也，而乃不愧詩人也。爲詩能不傍門户，不落摹仿，非徒不墮竟陵、歷下、公安之習，推而上之，即漢魏、四唐，皆有不屑過而問焉之意。其歌咏甚富，要以寫其心之所得，成其爲異卿之人焉，而心斯慊也，何暇與世俗之儒同唱和哉！

嗟乎！盡人而言詩，盡詩而非詩矣。則今日者，能起詩人之溺而振拔詩教者，必我林子異卿也。讀《躋古集》，可蹶然興矣。

毛大千綵衣堂詩集序

予過蕭，則必徘回四顧，嘆其地靈秀多壯氣。蓋蕭邑扼吴越之會，彼新都信安，洪流湍悍，右合胥江，以朝宗東海，若西南諸山，隨腋奔濤赴治，蕭長山嶷然枕海屏障之，其東南則群峰落落，斗聳相亂，而最高峰則越勾踐所薪膽而甲楯者也。

竊謂邑之科名熾茂，尚不足以盡之，意必有文章卓絶之才，争十斗於今古，以報厥地靈，則果有毛子大千，與其仲氏大可，崛起江表，直將與三蘇公枯眉山草木者。吾聞其高自期許，所與結納，盡天下賢豪長者。不謂忽於子丑間，前後以《綵衣堂詩》錫我蓬艾中人。予敬讀之，則其詩蒼古隱秀，力反正始。推其心，即在漢魏六朝、四唐二宋，絶不屑踵獵聲容，作甕頭鴝鵒，又何有于歷下、竟陵，分立門户，以各怨一方？夫大千，故大可兄也。予向選《詩通》，博觀嚴取，如越子入吴、魏公子破秦，其軍必悉汰老弱，稍不克於騷壇自立赤幟者，不得一登絶句。而大可入選，如《焚字》《誅征袍》《下馬引》《秋千辭》諸作，靡不苕苕孤上，疏宕瓌奇，字字挾壯凉之氣。今以合于大千，則江表偉人洵伯仲間也。

夫詩以聲其爲人也。大千爲人，今即逍遥吏隱。當其艱苦備嘗、負米抱薪之際，則萊衣姜被，百折不間，以此蔚爲孝友文章。要其傷悼時俗，則哀致凄霜，平章風月，復逸情雲上，大約不離次山、浣花叟者近是。然則如大千者，曷得以詩人測之，而亦何不可於詩中得之？昔在周盛時，召康陪法駕而賡《卷阿》；漢武柏梁成，必工於咏歌者乃得上。倘以大千當之，豈不喬喬皇皇，推大雅之宗哉！今將確論之，以聲諸衆曰：其風尚在千古，其聲氣在四海，其綱維在人心世道。試爲游居寢卧于伯仲之詩，知於斯復有二毛公也。

諸良月詩序 辛卯

爲士不可不知詩也，而尤不可僅知詩。不知詩而詩尚存，以僅知知之，而詩不詩矣，則詩於是乎亡。何者？彼方守其中之所偶窺，以爲風雅之章，不越我見得之，櫛毛髮於古人，而自黜其性情，尚將執塗之人而呼號以告之，不至以筆墨溺天下不止。此在國初諸名公不免，而今爲甚也。故予謂今日論詩與其爲詩，正當極盛極衰之候。每欲得沉博卓犖之士，與之進退古今、鼓吹奥渺，俾天下各見其性情，憬然如沉寐得寤，精神四達並流，則存詩之功，將笑毛、鄭、齊、韓分門户而支離其説也。

自我里有良月，始慶共扶詩教者，卓然有其人焉。蓋嘗與之言詩，喜其沉博卓犖、革去流俗之論。及讀其集，則自雲物川嶽、流連贈别、讀書懷古，與夫倨堂應徵，以至園池宫觀、草木禽魚、喜怒哀樂之所遭，靡不因事給情，搏空會質，與向者言論所及，復不得執其端倪。惟其詩不主一家，而亦不留百家。天地廓其範，四時流其氣，鬼神守其幽，日月雷霆發其房，故候至作聲，名之不可確也，步之不可及也，索之不可入也。每讀則愈變，每變則復失其所變。此非讀詩之有此，而爲詩者之有以驅其有此也，伯牙所云移我情也。詩至移人之情，則可與言詩也已矣。

庚辰之夏，妄欲竭吾才序之，而落落不敢下。吾俟之以遺其句字，句字遺矣，又俟之以遺其篇什，篇什遺矣，又俟之以遺其意旨。乃及辛卯七月之朔，忽索紙筆甚急。於時振筆追之，則見如有行於萬物之上者，而略爲述之也。

九煙亭詩序

嘗云詩可定品，則予之未始得交彭子而誦其詩也；亦云品可定詩，則予之既始得交彭子而知其人也。彭子居吴，予居越，山川間之，曷云能括？

自予甲申後，屏絶世務，然冷地熱腸，不禁爲翰墨邀，遂欲爲《古今詩選》。凡得一好詩，則性情所動，一往而深，即在千百里外，與千百世上，相去咫焉。乃知玄心繡骨，風雅絶世之士，嶽降鬼通，如火燥水濕，流就特别，鍾不易出，出不易遇，遇不易知，而知之真者，則不難得之聞聲相思、長揖傾蓋之際。

歲辛卯，偶得讀《九煙亭詩集》，吾知作此者高視千古，則已九點齊州矣。其吹影摩空，吾始讀之，栩栩然不知十五國中有彭子鴻叟也；吾既讀之，又以爲千百世中不可無彭子鴻叟與其詩也。斯時欲盡讀其生平所作，而恨不及矣。

爰至壬辰夏月，鑒水禹穴，爲彭子介，則忽從山陰道上行。予亟往晤之，始知疇昔讀《九煙亭詩》時，如操琴晤範，不待目擊，乃信人如其詩也。既得其人，更讀其詩，有《越游》二集與《萬柳》《拂蓮》諸作，則格益老而詩益進，大約皆于甚不得志時，揮其甚得意之筆。

蓋彭子之詩，得諸游者爲多，以故名山秀水作其靈，畸人俠士通其氣，晦明風雨鍊其骨而感其懷，遂使珠玉爲心，而金石擲響。方其陶鑄百家，而爲史、爲經、爲子、爲仙籙、爲佛偈，乃渾然以粱谿彭子之詩内之，而出以聲於天下。此其起衰濟溺，閔世垂教，豈不岸然詩豪也哉！

予與彭子以詩交，欽其品，益寶其詩，選入《詩通》者十三篇。其諸篇則特爲之集，兼爲之序。俾異日海内讀彭子全詩與我所選，如觀水然，卷之則我之津液涎汗皆水，其放之則之江、之河、之海，而驚怖其無極也。

耐園詩詞寄序

予嘗言：安得忠孝爲性，蕙蘭爲身，冰雪爲骨，珠玉爲心，雲霞爲貌，河漢爲口，金石爲聲，鬼神爲臂指，有一士焉，抱古今大力，攫此八資者，負之而走，因以成其令名，曰才子也。蓋懷此者三十餘年，一登騷臺，即上問青天，疾呼四海，以爲亦既覯止，非鑄以南金，則刻以昭華之玉，或發日之香，乃升其像於八寶之座，然後捧其著作，置之霜回几上，襲以龍綃雲錦，吾乃出其手，盥以薔薇露，薰以玉蕤，而播以蓮花之舌，日誦之千遍，猶以爲未足也。乃今誦俞子康先詩詞而遇之。

康先生而穎異，未嘗就外傅，惟受日斯公庭訓，其時即不屑爲苟合之學，取時俗名。予謂以彼其才，即何事不可爲，寧第於聲律對偶之場，分一席哉？顧乃奇於遇，當滄桑之變，與日翁逃名耐園，自稱耐園小灌者，而益肆其力於文章。平居所删定書，已多成集，其著作雖富，秘之不輕示人先生曰：平生亦略同此意。辛丑之春，與予讀書古秋廬，其於詩詞，絶口未嘗語及。

偶與爲之，則其風流跌宕，即有筆摇五嶽、笑凌滄洲之氣。而其中更有一種不能自已與不能告人之苦心，浮動於筆墨之外。予乃儻然自失，敬其才彌大而晦彌深，且不特深於自晦，而尤高於自處也。

昔者魏舒重厚不露，鍾長史一日見魏舒射絶倫，嘆曰：吾之不足盡卿者，有如此射矣。吾兹不能以詩詞盡康先者正如此。嗟乎！即止以詩詞索康先，則即有康先之詩詞，自不爲詩詞之康先也。試向日月池頭，耐園左月池，右日池，爲錢武肅王所作。聽若朗吟浩歌，尋其量之所及，豈非所云丘壑夔龍、衣冠巢許其人哉？而康先則固曰：吾爲此直寄焉耳。而世之不知者則猶曰：康先之詩詞，其高妙乃如此也。

俞康先東甌紀游序

予自束髮讀詩，至《大雅·卷阿》篇『豈弟君子，來游來歌』，知爲召康公從成王游卷阿作也。爾時輒拍案叫曰：泮奐哉！君歌臣賡，有唐虞喜起之風焉。大丈夫誕膺嶽降，日星河岳，羅諸胸次。異日者奏賦明光，如康公躬遇聖主，遂陟台鼎，陪宸游而矢德音，勒諸金石，爲千古光，則不愧復命上天矣，乃一游也。

降而爲紫馬太守，爲許掾[一]勝情，爲腐司馬名山大川，則以視卷阿之游而格一變。又降而爲尚平之願，爲宗少文之圖室壁，與關文衍之九華半臂，而游之格又一變。又降而爲俞子康先東甌之游，而游道凌夷衰微矣。

夫俞子有記以華其山川，有才以華其紀，游之格日躋，而予云然者，爲之惜也。以彼其才，不爲卷阿之游，而爲東甌之游也，則游之又一變也。特是游可變，至其游乎方之内，而仍游乎方之外者，不能變吾俞子也。

俞子曩讀書潞溪，與予平章山水，彈壓鶯花，弄吟風月，每有所賦，必作摩空聲。以故身之所歷，凡可悲可喜、可驚可愕，與可傳可題之事，無不各有靈焉。悉出其精華，以邀俞子翰墨，而俞子則皆有以給之。筆之所及，鏤塵刻影，遂爲一路董狐。

東甌之游樂乎！雖然，吾惜之。其逸情雲上，未嘗無天際真人想，其一往大不得已之苦心，縈紆鬱悶，則各有所自，即在跳宕欣躍之際，而憂從中來，不可斷絶。自昔屈大夫行吟澤畔，衛洗馬渡江言愁，茫茫今古，悵有同情。然則木猴、青龍之後，在俞子則較苦矣。而究不足以苦之者，則以心有天游，既以游自隱，旋以游自樂，蓋深有得於游者與？吾故謂此人曠世逸才，蓋其前注名山水籙中，今特發之以文章，安知無英天子者，讀其紀，則飄飄然有凌雲之氣，興恨不同時之嘆哉！

丙午中秋後一日，題於潞溪之浣雲潭曲。

校勘記

〔一〕『掾』，原作『椽』。此處當指東晋許詢，世稱許掾，『椽』『掾』形近而訛。

再序東甌紀游

蓋嘗謂游非難，游而能紀之爲難也。紀游非難，紀游而能紀其游之所及，而因以包其游之所不及者爲難也。惟於所及，而能包其所不及，則可令真能游者讀之，即未游其地，則如或見之。夫令讀者如或見之也，斯可留若紀天地間，因可留作者天地間，而古今江山卒賴是人以盡其變，則俞子康先《東甌紀游》其一斑也。

夫東甌之游，非俞子所願。及其既游，遂舉百千里之地，與四十六日之所歷，爲能悉出以與人相見。蓋俞子以不與人相見，且舉其生平千百端不能與人告語者，皆有以包之，而悉出以與人相見。蓋俞子以不世有之才，處極不得意之遇，時寫其極得意之句。故一有所觸，則文心悽惋，與興致飄舉，隨有以得江山之助。今試觀其筆鋒所向，時作血腥。當其東裝戒道，千里秋容，蕭瑟江滸，爾時鴒羽栩集，鶺舌悲鳴，對隔岸群峰，稜稜如劍鋩，割柔腸寸寸，然其風流跌宕，嬉笑怒罵，悉具今古。偶爲凴吊欣賞，則莫不有陽秋焉。彼其凴吊所及，凡夫興亡枯菀、生死得失之際，一經其筆，即有悲凉慷慨之聲，蓬勃乎記之中、記之外也。彼其欣賞所及，凡夫江聲嶽色、鳥啼花放、狂吟燕笑，一經其筆，即有舞蹈傾倒之致，洋溢乎記之中、記之外也。以故讀此記，已往來東甌道上也，已備東甌道上四十六日之凴吊欣賞也。是則記游也，非記游矣。

然予則更有質言焉。嘗爲游心於游之初，則見其高者出青天，下者入黄泉，大者含元氣，細者入無間，鱗鱗乎有以媵予也，此游者之量也。乃其中欲取一意以蔽之，則不離君親、昆季、友朋、伉儷間，纏綿悽楚，一篇之中三致意焉，則游者之骨也。嗟乎！如俞子者，豈遂浪游者哉？予特表而出之，俾四海之大與千百世之遥，其真能讀斯記者，皆有以覽焉，而見我俞子也，而因見我序《東甌游記》之人與評《游記》之評也。

丁未冬十月初十日，及雲山人。

廉書選詞序

六經者，天地之夏聲也，而詩與樂尤相爲表裏。三百篇洋洋秩秩，其於樂之元音諸體無所不備，而一以籟於天地者，發其不能自已之性情。乃詩一變而爲騷，騷再變而爲詞，曰詩餘也。則見詩量之大，而詞之根於詩者深且遠也。

莊周言庖丁之解，恢恢乎游刃有餘地。他日又曰：足之踸地者不盈尺，使削去其餘，則無有能行之者，故天下莫大乎能餘也。夫詞，盡人而爲之矣。盡人而爲之，盡人而僅爲之，不能得詩之全力而大用其餘也。詞起於唐，而詩盛於唐，而唐之太白又盛於詩，而太白詩餘遂爲詞家開闢，渾厚坦蕩，不事鏤刻，有鏤刻所不得及者，太白之詩量有以包之也。自世之作者，不能進窺其奥，則曰工於詞則害於詩，抑知詞之工正、詩之廣大而能變，恢恢乎有餘地焉爾。

日者與俞子康先共成《廉書》十集，而康先與季子岵即以《廉書》之意，間爲《廉書選詞》。

維時蒐獵既廣，而登選則十不得三。正如勾踐徇軍入吴，魏公子汰兵救趙，精而精之，無不一以當百。而予復從而進退之，於古今諸作者，寥寥不過幾人，而於幾人中，又不過寥寥幾闋。每一落筆，舉凡綴景言情，造懷指事，意真而不野，辭俊而不纖，意必極貌以寫物，辭必窮力以追新，以至一往深微，周周曲曲，淋漓慷慨。在一人所不能自已者，即爲古今人所不能自已，如心會而面商焉。世人慮之而不能得也，盼之而不能見也，逐之而不能及也，而得其解者，獨相遇於聲音格律之表，則詩之所至，詞亦至焉，詞之所至，樂亦至焉。竊謂兹選深合《廉書》之意，是可譜天地之夏聲，而取古今人之性情也。

庚申夏五端陽日漫題。

周顯臣竹潭詩集序

予嘗謂詩者思也。人之心不可見，而見之於詩；詩之格不可泥，而盡之於思。蓋惟思能盡變，以苦思而游心於何思之初，儻然而遇，曷識其所然，曷識其所不然？斯豈委蛇揣摩，觀世俗之耳目哉？杜杜陵曰：語不驚人死不休。他日又曰：晚歲更於詩律細。故詩家有所謂眉毛盡落，走入酢甕，死去樹巔者，則又有所謂舞蹈以出，水流花開者。以是盡詩之變，則揭天地以趨新，負山嶽以舍故，竟之明白入素，無爲復朴，體性抱神，勿斫其所爲何思之初則已矣。

乃今讀周子《竹潭詩集》，益信吾論之合也。周子翩翩年少，讀書懷古，在諸名公，繩不釋口，玉頭磽磽，推其爲天廟器，誠未易才。兹即其爲詩，而知其得天富矣。吾初讀其古，空靈淡遠，杳然躋我漢魏矣。載讀其律與絶句，則離奇超忽，復置我李唐，所謂初盛中晚，鱗鱗焉覩其陶鑄靡涯矣。

夫大聲不入于里耳，高言不止於衆人之心。吾幸得《竹潭集》，斟酌飽滿，問不自對也，則益以見周子之思之量也。周子之詩，不矜於同而矜于獨，楂梨橘柚，厥味相反，而皆可于口。周子以一本散之，散而復合，仍以得其味之初，則應於環中而盡其變也，此其奥在軒帝之張樂洞庭矣。不主故常，流聲其光，於是乎在谷滿谷，在阬滿阬。

夫詩樂通也，立於四虚之道，倚於槁梧而吟。猗嗟，游心其際，讀而不能接也，作者從此遠矣。予兹則又曰：有能讀蘇、李、陶、謝與古詩二十首，又能讀李、杜、儲、王，包四唐而吐納之，乃許讀《竹潭詩集》也。將無以予論爲不近人情，誑而不信者夫。

趙今至葉雲吟序

詩爲心聲，亦争氣運。自唐虞以迄今兹，先民遞皆有作，各出其挺搁氣運之心，見諸詩歌，今見者即其所作，以上遡乎古初之運，則非有振拔流俗之品，無以鳴其盛也。而鳴其盛者，竊以爲吾友今至其人足以當之。

今至與予比鄰，予從兄弟子書玉者，獲冰清之照，遂以分其馨洌，故于今至燕居質影，無不得其内符。而世之景吾今至者，猶第於其慷慨豪上者得之也，則吾亦與世言其慷慨豪上則已矣。豹變一斑，是可即《葉雲吟草》以窺之也。

今至童年穎悟，及長，而博極群書，尋常酬對，爲能開濟明豁，識者無不以公輔期之。偶以才大難器，久厄釁序，雖簞瓢屢空，而汲汲戚戚之緒，絶不入乎其胸。生平好游，遂棄家走四天下，於名山大川，無奇不搜，隨事觸境，無不賦詩以華其所至。其言風流藴藉，間以悲壯激昂。披其題咏，即以覘其懷抱。以故所至，公卿大人無不降心虚左，咨以當世事。今至則於茗酒間略參數語，無不劃然以解，往往爲一時定大變、造大福，在當日鮮有知爲我今至爲之者也。

而予謂從來豪傑之士，當其未遇，則後日所爲，無不以平日立言卜之。兹即未悉其笥篋鴻篇，《葉雲》一草，故已足備一代大手筆。夫『葉雲』云者，今至以自況其東西南朔，游覽無定迹，而今至之爲今至，則已確乎在是。然則斯集也，吾又取葉雲而别况之，如列御寇所云三年之葉，子休所云垂天之雲，其英英奕奕，喬喬皇皇，豈與耳目近玩，争一時良楛者哉！

張毅孺續游燕詩序 壬寅

嗚呼，游豈易言者哉？非盡人得語之也。夫世非無游之人，與夫游而至再至三之人，試問其游之所得，與夫登高能賦，比鄰天涯，不愧名山大川之靈，與夫異境異人，獲吾性命之所素，百不得一焉。則其游也，猶弗游也，又曷貴乎其續之？此其故在乎人之以游視游，而不能游乎未游之先也。

何也？游者，止之極也。吾儒潛處一室，隱几而卧，面壁而趺，冥心絶迹，以游乎物之初，此純氣之守而止之之吉也。其際覺我能内天地，而天地不能内我，故止也者，能游之至也。舉天地間可舞可蹈、可愕可駭、可涕可笑，凡夫得未曾有之事與夫得未曾有之人，身即未至，氣已通焉。若人者，胸具今古矣。其不游也，猶乎其游之也，而後始可與其游也。始與其游之至再至三，而獲其游之所得也。

我友張毅孺，自甲申後潛伏者有年。戊戌夏六月，則嘗游燕，得其《燕游詩》讀之，俾予居寢其中，則撫掌嘆曰：如毅孺者，吾惟恐其不游，且惟恐其不續游也。蓋毅孺之詩，非猶夫人之詩；毅孺之游，非猶夫人之游也。其於游之所遇，不對之以目，而對之以性，爲能用山川之秀與異人之文章氣誼，一見之乎詩，即以給乎讀詩之人，而讀詩之人隨以游乎其山川，并游乎異人之前也。吾故喜其游，而尤喜其續游也。乃毅孺則適續游乎燕，果有續燕游之詩，時則壬寅之夏六月也。

予戲之曰：子之游燕皆以夏，此之謂夏聲。夫能夏，則大之至也。慷慨以盡氣，磊落以運才。造懷指事，不求纖密之巧；驅辭逐貌，惟取昭錫之能。試以方之《騷經》，或朗麗以哀志，或綺靡以傷情，或懷詭而惠巧，或耀艷而深華，或標放言之志，或寄獨往之才。氣往轢古，語來切今，要其驚采絶麗，一以歸之大雅。噫！進乎詩矣！而予則更異焉。

壬寅之役，毅孺以六月游燕，而予方發棹。及予至燕，則同寓于燕之松筠庵。未幾，而子威亦至。自是而燕之名勝古迹，無不相與遍訪；燕之騷人雅士，無不比肩詩衢。以至風號月苦，冰欺雪錮，缾罄囊澀，人所不能堪者，予三人相與木然晤對，時捫其舌，詩則至焉。續燕游之詩，蓋鼎分之也。

一日者，予將棄燕而游齊魯之鄉，方思登岱嶽，拜闕里，觀蜃樓海市之奇，以開予蓬勃，而毅孺則授予以《續游燕詩》，且曰：予之詩，倡和惟子，子之知我也獨深，不得子序之，我則猶弗詩也，我則猶弗續游也。嗚呼！毅孺之詩，豈藉予之序之也哉！於其言也，則聊爲之誌。

自携閒句序

固哉，今世之説詩者溺其旨矣。夫説詩者而溺其旨，無怪真詩之不出也。太史之陳不先，海上之絃空絶，於是世之作者皆務爲貌象聲色，而貌象聲色果不足以相求。識者疾首蹙頞，以爲老狐戴枯髑髏，夜半禮北斗，即敢登茂先座，高談玄理，故不若持雙柑斗酒，往聽黄鸝聲，爲能吹詩腸而進其籟於天也。

夫爲人使易以僞，爲天使其勿克僞。天也者，推至性而出之，以與萬類遭於無何有之鄉。我有異思，匪以吹影；我有至言，匪以鏤塵。藏於不淫之度，而左右逢之，思烏乎往而不存，言烏乎往而不可，此大音與小音之别也。故性之所至，詩亦至焉；詩之所至，性復至焉。吾取其人之天，而詩亦各報其詩之天，則知思隱于小成，言隱于榮華。以是言詩，即欲附諸風人末流，尚不可得，乃欲以妄幾大雅，見草而悦，見豺而戰，皮之虎、羊之怯也。

予故謂千古善説詩者，無若司馬遷。遷之言曰：《詩》三百篇，大抵皆聖賢發憤所爲作也。此其人皆意有所鬱結，不得通其道也。然吾嘗讀三百篇，其中爲野夫、游女、羈人、戍卒者不少，而輒舉聖賢以概之，其亦有不倫者與？惟取其性之不遠乎忠孝貞良，則取周公、召公、尹吉甫之作，氣應精答，當之即無愧色，然則詩之不祧從可知矣。

吾讀鹿門李商梅《自攜閒句》詩，則以爲清新俊逸，質奥離奇，無所不有，而商梅不在是也。試觀其偶一折腰，忽而棄印組若敝屣，因之放浪山水，跌宕文史，呴吸翰墨，以生平所咏，録諸千巖萬壑之間，故非貌象聲色可得而幾也。夫既其文，不既其實，舉集中所詮次者，若樂府、古詩、近體與諸絶句，由今而進之古人，靡不可也。吾則曰：商梅不在是也。蓋其不可一世之致，遇物觸情，悲慨流連，真有大不得已於君父之地者。知此，而商梅之詩乃出，則不知其爲文與辭之詩與？爲性與命之詩與？

吾故讀其詩，始而懼，既而怠，卒讀之而惑，特遇之于無聲之際，此其説在軒帝張咸池之樂于洞庭也。讀商梅集者不可不知也。雖然，題句以閒，不戚戚于貧賤，不汲汲於富貴。其自言若人之性，與集成而止以自攜，則深悲夫世之割周鼎而寶康瓠者也。其亦顧山陰道上，有抱冰雪之心而讀冰雪之句者乎？商梅其許我哉！

陶式南詩文序

以文定其人也，不若以人定其文；以人定其文，尤宜以其所以爲人者定其文也。吾於陶子式南得之。陶子爲會稽華族，爵第蟬聯，蓋自石簣先生外，無論隱顯，皆有集於斯，秀傑絶倫。爲陶子者，正甚難耳，而陶子自幼竟以秀傑稱。

僕以性僻孤往，甲申後尤不輕交一人。然竊謂與天下光明俊偉、沉博卓犖之士，逕會隔、聲氣通也。丁巳春，以山游渡袁川，時陶子行游澤畔，偶然一揖。而後乃今得晤陶子，自此即得讀其全集，嘆其爲天下士也。然此一嘆也，在一揖時，則已心有此嘆矣。

始也以其人而定其文，既也即其文以定其人，且即其所以爲文，與所以爲人者，以定其交，自矜王子能相天下士也。何也？凡士一見而無以傾人者，外有餘而中不足也。一見而不即與人以可測者，中能備其有，而外能成其無也。僕與陶子，乍見而木木也，既别則思而不能去也。及見其文，則又以爲盡日言别，盡日而未嘗别也，讀其詩文而中有陶子也。

陶子出入經史，烹煉百家，然即以是論其詩文，猶之乎外之觀其詩文也。冀得其質，則不離忠孝正直者近是。至其設想之卓，守器之純，寄興之遥，以爲激昂蓬勃也者，則又以爲從容都雅，以爲嚴冷峻絶也者，則又以爲風流宕逸也。考槃獨樂，静俟風雲，有奇賞世外者，披其集，定如漢天子見《子虚賦》，將色然有恨不同時之嘆矣，則我言其先聲也。

韓子江城十咏序

昔有惠勒禪師，謂江山之氣，其奇麗秀絶，常爲能文者用，則江山正賴文人而始留也。吾邑韓子奇章，江城才士也。江城扼蠡城東北隅，奪千巖萬壑之秀，而扼胥江、蓬海之喉。山川之鍾韓子與，抑韓子之華山川與？

時有澄大師者，以詩鳴，取江城十景分題，一時名作蔚起，而韓子獨年少奪席。其詩則磊砢風華，筆端挾之而出，其才氣奚翅隱數十百人。夫登高能賦，古今難之。今此十咏，則字字有韓子也；字字有韓子，則字字有此江城也。蓋雖神龍片甲，固已包吸雲蒸雷動之奇。以此問世，定有範金呼佛，盥薔薇浩露而讀之者，寧僕一人所能阿私者乎？

弗爲上人吴越集序 丁巳　名濟祚

予每慨詩教之荒，有二弊，弊在盡人爲詩，而人盡拘於方也，名焉而已。昔者舉魯國而儒服，子休以爲魯少儒，及召而問之，其不愧爲儒者，獨一丈夫焉。蓋爲其名者，未必有其實也。吾輩游方之内，不能呼龍種瑶，即曰據槁梧，穿袖走甕，俾梨棗夜哭，於以叢閣飽帙，亦安能作摩空聲，九點齊州哉？然則爲詩而倚於方，徒狗其名，則咏歌之道幾乎息。方失而求諸方之外，無謂方内外不相及也。

丁巳二月，鴻溪有一客訪予雨雪中。甫解裝，即出弗爲上人《吴越集》示予。予于茗際快讀竟之，不禁呼案狂呼曰：此西來之音，不在詩以爲名之列。奚以言其然？弗師之詩，弗師之爲人者爲之也。師故廣陵世家，其尊公仕崇禎間爲指揮使，以力戰，伏劍殉國難。師遂棄家訪道，結精舍於龍飛鳳舞之鄉，因之探奇選勝，往來吴越間。意有所會，則偈録之外，溢而爲詩，日以成集。

今覯其詩，益令知其爲人，而因知其所以爲人，而後乃知詩非盡人可幾也。師所謂忠孝篤厚之士，非乎？一集之中，其於君父之思，朋友之誼，與夫蒼生之康樂疾苦，靡不三致意焉。杜少陵奔走秦、蜀，感懷開元、天寶、乾元、廣德之事，其忠君愛國之忱，靡不見之乎詩，識者推爲詩宰相。當日帝錫九雲，非徒然也。吾茲服膺師集，知其資之者深，發之者正，吸乾坤清淑之氣，而洩之爲金石聲。其舉要會宗，即清新雅飭，耀艷深華，未足以才之也。而後乃知以忠孝篤厚之人爲詩，詩必傳；以忠孝篤厚之人證佛，佛必果。

方吾鄉巨和尚得之，信爲法器，卓然有慧可之許。予故讀《吴越集》而知可與言詩，且不特起詩教之荒也，蓋如撫尸黎密之背，而不勝周侯之嘆也。

包肯仲明文選序

文章者，天地之心。一代之文運，主之者天地而非人也。然天地無言，入於人之心，以聲其所欲言，則主之者又在人而不在天地矣。子開丑闢，龍河龜洛，大力者直負之而趨，故天地軋而文人發，代有體裁風格，未得以升降論也。世儒局於聞見，謂文運代有升降，自有明每進彌上，必至誓誥謨典，乃稱極焉。果爾，則自我明以後，作者代興，望古漸遥，將不得有文章乎？昧乎天地之心，未能游乎無端之紀，而高踞作者之林也。抑文章有其量焉？此中之奇正華淡，有恢恢不易窮者。

故極天下之聖哲才士，以筆舌洩之，如神山一開，奇寶林列。至於英華已竭，則褰裳去之，而所謂英華之至，藏鬱于心者，未嘗不環相生也。《記》曰德盛而文明，氣盛而化神。於此悟文章一道，靡代不有開闢，而皆其量之所自藏也。故思宋必爲唐，則已失其爲宋；唐必爲六朝，則已失其爲唐；六朝必爲漢魏，則已失其爲六朝；使漢魏必爲戰國、春秋，戰國、春秋必爲三代、唐虞，則必至自喪其實，失所跂若者，焉用文之？

今將進論明文，則世俗之論，入焉而溺矣。蓋有明之文，卓然自爲一代之文，其可以高駕古人者，無論我不必强學古人，即在古人，亦自有不能爲我者。則時爲帝者也，自唐宋而進推唐虞，更推而下及千百世後之所未見，則文章之量皆足以包之。故論文於我明，而謂文之有遜於古者，不知明文者也。即謂文之克肖乎古者，亦不知明文者也。即謂文之高出乎古者，而僅舉宋景濂、劉文成、方希古、李崆峒、王姚江、王弇洲、陳白沙、章楓山、徐文長之屬，而謂勳業在是，理學在是，名節在是，文章即在是，亦不知明文者也。何也？未能窮其量也。夫我明先輩，烺烺光著作者，諸公各爲自極其量，乃爲即以極文章之量，則又不知其量者也。彼勳業、理學、名節之既見乎文章者，盡人能見之；而文章之克包乎勳業、理學、名節者，盡人而不見之也。

吾鄉包子肯仲，于癸丑春携所選明文示予，上自洪武，迄於崇禎，世世地地，人人格格，悉蒐而得之，若是乎喬喬皇皇，登明堂也。江陵有言，唐虞至大明，爲混闢之再。而文章亦與之爲混闢也。然則文章者，主世運者開之，乘世運者鳴之，而衡文章者振之也。此三人者，皆其自爲天地者也。倘必略近世而讓能于邃古，即不知一代之自爲邃古，與人心之自有邃古也。包子知之深矣，吾又告讀之者之知之也。

戊午浙墨全書序

古豪傑之士，其出而圖天下也，無不從其自獻于當世者，爲後日立朝輔世之符。故唐虞明試，必先敷奏以言，而乃登諸拜颺之列。降自漢唐宋，如仲舒天人三策，孔明分鼎一對，陸宣公《明水》《御柳》，一時頌龍虎榜。眉山兄弟，宋神宗讀其文章，以爲幸得宰相才，留輔太子，則皆以其所言者定之也。

自宋王介甫專以制藝取士，從以策論表判，而發明經術，則首以七篇爲要。蓋一晝夜間，逼之以時，困之以數，窮之以理，爲之獵其英華，徵其涵養，洵莫重乎其爲墨也。使其平日者不能陶鑄經史，沈酣理道，以通乎當世之務，而欲於此一晝夜間振筆直追，精神四達並流，驚其河漢而無極也，曷可得哉？

今者聖天子夢寐豪賢，特重才行卓犖、宏詞博學之彦，以爲南金竹箭，莫盛乎兩浙人文。特簡不佞，銜命馳驅，從季霖李公，爰董其事，冀得鴻儒俊彦，升諸廣厦細氊，經邦論道。及夫職司守令，參布中邦，以求厥寧而觀厥成，甚盛典也。

惟時鏁棘闈三試之。其未得之也，嚴爐鞴以冶之；其既得之也，挹天地浩露以濯之。而後乃今得六十四子之墨，因以得六十四人之才，一時梨棗生光，如荆玉得剖，瑚璉耀質，神絲就織，錦繡斯張。其發言有倫，循循然不敢以放言蕪論、離經畔道者，上負聖天子作人之意。或昌明博大，元氣渾芒；或磊砢駿發，精芒激射；或清通簡要，遂造深微；或秀色孤標，别成風韵；或沈心渺慮，快援牘倚馬之長；或風行電掃，蔚練都研京之藴。而其生平所領異於天，鑄才於養，與異日之受禄不誣，先資有自，皆於是書乎得之。

於是而喬喬皇皇，登于明堂，高懸厥墨，萬物仰則。一時譽髦才子，入樸棫之天淵而飛躍之，因以開一朝之風氣，而藹藹吉士，充庭翽閣，庶以告無負於楓宸，則又藉兹多士，黼黻皇猷，而光昭河岳也。

戊午浙闈行書序

文章有運會焉。不包舉天下之風氣，無以著一代之典型。故文章之有行書，有深乎藏而爲言也。藏之不厚，行之不遠也。國家羅士者十五國，而諸省鮮行書之選。行書之選，於浙爲盛。

夫浙故多才，上分牛女之精英，而下鍾江山之秀麗，故代有異人出而顯其功名。兹奉命試兩浙士，競競焉欲得沉博絶麗之才，爲熙世龍光。放榜之後，既取六十四子闈墨，精爲陶汰，幾欲烹天得滓，以矜國門之懸。獨是士在闈中，臨以國家之功令，則莊勝縱；範以先民之矩矱，則正勝奇；重以一時之得失，則揣摩勝馳騁。乃若行書，則甫一落筆，即有紫濤翠瀲，於以吞天浴日，呼吸魚龍，舉平日深藏之學，出家珍爲國寶，直俾賢照千里，較之棘闈中，故已横陳才略矣。故其一出一入，即甚規繩聖哲，兼亦吸闢乾坤。

愚謂論文及此，正有淵折而難爲言者。蓋爲文不尚其以同同，而尚其以異而同。牖下闈中，非截然有二義也，而實有截然者焉。彼平居爲文，拘拘一先生之儀的而縱送之，即千百揣摩，肖之彌近，去之所以彌遠。滅竈獨炊，不因人熱，出其振拔流俗之力，以發揚聖賢所欲言，傳不朽焉，徵作用焉，華宗廟焉，有各率其中之所必然者行之也。得此意以應世，則左之宜之，右之有之，如斛律氏較射，必撻其苟焉多獲，而賞明月之上獲中殺也。

是以應龍之聽非耳，帝江之歌非口，口耳之學，不可以出奥渺於重淵。行書之行，豈真欲世之操觚者跽跽而步之，銖銖而較之？非固欲讀之者，行於行是書之先與後，於以斟酌飽滿，卓然言之，蔚然文之，不鳴其衰而特以鳴其盛。以此邦之書，聲氣萬邦，而萬邦括焉。明春禮部一試，將即有覩其所已及，而先得其所及，即背午涉酉，復有踵是書而載起者。玉碏金鎔，寶光别出，則士人昔日羅宿於胸而嘔心席上者，爰副聖主之作求，有不喜英雄之入彀者乎？夫虞廷之皋，陳爲帝者謨；《卷阿》之章，矢爲王者音。行書之爲行書，洵非貫習馳騖，爲三年中一帖括事也。

葉解元稿序

古今之至文，亦云得其宜而已矣。所謂宜焉者，非騁吾才之難，而制吾才之難也。有才而不能制，則勢必爲談天堅白、軋茁聖發之僻。此其害，始焉中於文章，究乃中於人心世道，將有四出而不可極者。陸士衡曠世逸才，張茂先稱其文則曰：他人患才少，君患才多。然則能酌於多少之宜，而古今之至文出焉。

朝廷以五經取士，雖連茹彙征，而皇皇賢書，必推一人焉爲之元。其以純全之氣，一追渾噩，以經教被之四國，則吾所謂古今至文，仍不越五經而得之。其在於經，《易》嚴躁吉，《詩》崇輯洽，《書》嘉猷謨，《記》戒雷同勦説，而《春秋傳》吾夫子獨許僑也有辭。若是文章者，靖獻之先資，而運世之大經緯也。

然則今之制藝，猶即五經之義也。拔一元爲五經之魁，惴惴乎其難之。闈中於中秋前一日，即得葉子廣基。其文深厚雅馴，流于既足之餘，而發於持滿之候。兩浙即多佳士，爾時比肩量力，左右上下之，似無能出其右者。蓋葉子世家，其祖某公，與其叔父某公，皆成名進士，家學淵源，如魏文忠之有謩，與謝太傅之有遏也。才名推重，不特掩映就李，其在四方賢豪，靡不以得交葉子爲幸。放榜之後，得觸琳琅，正英英年少，一時晤對，覺雍雍大雅，四座皆有文章，不禁爲國家得人賀。既閱其揣摩諸篇，則清腴適均，奇正迭運。簡練其辭，則皆引繩而切墨；閎肆其章，則非泛濫而無歸。如超景赤撥，雖躡雲追電，而調良穩稱，中《采齊》而諧《肆夏》，即諸駿足，未易幾也。

吾故于闈中之墨成之終日者，得其縱筆合道之深；今復于家修之業積之經年者，得其涵養出人之蘊。於以卜其異日之入告我后者，必能弼帝王之謨典，而高踞金華殿中也。則予今所言，倘亦當之者無愧色，而言之者無愧辭與？

韓經魁稿序

文貴入古也，動則遵道式先正焉，競以爲論文之得其準矣，而予有議焉。夫今之所云先正，故當日之時髦也；而今日之時髦，即後日之先正也。然則文章之在今古，是時爲帝者也。

則士人之所以謀文者，時之爲義大矣哉！　第時之爲時也，包舉之量既大，則有奇突變幻以爲時者，則有峻整清削以爲時者，則有昌明博大以爲時者。　夫昌明博大，非醇乎其醇者不足以當之矣。

戊午闈中，吾得慈水韓子，爲風雅之宗。　既撤闈，悉徵其平居之業，澄慮而確論之，則《記》所云温厚和平爲詩教也者，唯韓子幾之。　韓子得先正之氣與骨，而運以行雲流水之姿，正不作刻舟求劍，以得其所爲先正者。　昔有韓生，能挹月光而貯之，後當風雨，則取杓而揮其光，遂使博夜如晝，此有神行乎其間，而韓子之爲文似之也。　根窅窅者以深之，而揭昭昭者以行之，未嘗升目於眉，種荷于山，藏火于淵，而理守其常，發中其會，抒吾胸中之確乎不拔者，游刃于有餘之地，皇皇正正，如國有大事，而冠劍大臣，挺立以議，亦若渴司馬奏賦，能令漢武之雄，飄飄有凌雲氣。　此非命于天者有異，本於學者有素，遽得左右而逢源焉，未之前聞。

夫韓吏部之文，子瞻稱其起八代之衰，而濟天下之溺，蓋謂其一掃六朝與盧、駱、王、楊之浮靡，而縣之以昌明博大之模也。　韓公子非則言之，畫鬼魅易，畫犬豕難。　則以真者，愚侗皆能論之；而幻者，即甚敏哲，不能質而是非之也。　韓子爲其真，不爲其幻也。　今試取其文懸之國門，即才如太白，當亦景而行之，思一識韓朝宗者矣。　夫韓嬰説《詩》，猶與毛、鄭同識，故即韓子書義，而益信其爲風雅之宗，不失《記》所言詩教者也。

史經魁稿序

今夫士之尊顯於當世，故將以其才也。然而非盡以其才也，有天焉以主之。天既爲之主其才，則所以寵是才者，每於厄之以寵之者，初若無意以寵之。有厄之而初非厄之者，此其遇甚奇，而其心甚苦。懷才之士，不可不堅忍其志，以領上天之大美也。吾兹於史子某信之。

史子自弱冠時，輒已名噪郡邑，奕奕挾問鼎文壇之具，使造物者即取一名以與之，則般般麟趾，聿踶郊棷，翽翽鳳羽，鳴盛高岡，無不可爲王家賓也。而天不欲以是嘗我史子也，將有以老其才而甚尊顯之。蓋嘗俾其若遇，而究未之遇者矣；又嘗俾其載遇，而仍未之遇者矣。是豈其所言之果未臧耶？吾知其所言之未嘗不臧也。

然而當日之公卿大人，鮮能一見得之也。一人是之，一人從而非之；一時偶是之，旋而一時忽非之。此非有堅忍不拔之志，其不廢焉而返者幾幾矣。然天之造之者未有已也。升沉顛倒以慨之，飢寒困乏以挫之，風雨晦冥以頹之，繁華富貴以淫之，而更爲嘯歌觴咏以寬之。若然，而史子之才老矣，而其志亦愈定矣。向使一不遇而盡改吾心之所誠然者，以阿世苟得，史子不爲也。

今觀其所爲文，莊莊乎其有矩矱也，恂恂乎其有粹養也，卓卓乎其言本經術而兼通時務也。而今也造物亦既許之矣，誠可以造之者寵之矣。國家得是才而登之，則虚憍既盡，醇厚乃來，爲國家養和平之福，於是人端有賴焉。《詩》有之：『豈弟君子，民之父母』，『樂只君子，天子葵之』。吾故考史子之文，而知恢恢乎爲王家賓也。

嗟乎！夫天下安有夢花吐鳳之業，如吾史子者，而尚得議揣摩之未成者乎？則吾且携其文，登吳山第一峰，長嘯而問青天矣。

汪經魁稿序

愚嘗謂文家之弊，莫大乎當極盛之日，群溺於貌象聲華，不能反而索諸性靈，遂爭取其人有亦有者，爲獵取富貴之資。初不知運當極盛，此其時已釀極重難反之勢，循是不止，則在我所爲性靈，轉爲習之所致，如地之高卑漸移，履之而不及覺者，盡人而然也。是必得卓犖之士，崛起而模範之，而文章之緒乃爲不墜。

予在闈中，皇皇乎有求而不易遘也。一日，得汪子寓昭卷，遂爲躍然狂喜，以爲一手獨拍，雖疾無聲，得是人而振起文運，洵不孤矣。放榜之後，急徵其向所爲文閱之，信闈中射覆，不讓象罔之索軒黄之珠，入千尺之淵而得之也。

夫汪子爲麟經華胄，其傳經有自。厥先甲第鵲起，而伯氏汪文老以浙魁成進士，已登論道經邦之席，而從群兄弟皆以名魁陟清要。然吾於此而甚爲汪子難之。世家之子，每安於富貴之習，類不克潛心經史，振鯤鵬運海之奇；處名公之際，壓於譽望之隆，類不克卓然首出，擅拔類離群之勝。今也不然，其於接武則鳳毛也，其於伯仲則連璐也。

今試觀其文，不爲流遁假借之辭，而清新卓越，獨抒所悟，以行乎諸家之上。蓋今之爲文者，理弱則遁辭，骨脆則借色。遁與借，人之文章，以彼其人，即俾詭遇倖獲。異日者見之行事，必其多轉徙，工模稜，次槐柳而神依附也。欲其爲國家著人才之盛，此實難矣。吾故甚許乎汪子也。

汪子學補三篋，而才修五鳳，由是而進諸蘭臺、石室，上之爲聖天子矢虞廷之謨，兼以奏《羽獵》《長楊》之賦，則今之所著，洵金石之先聲也。古才士朝成一篇，暮傳河朔，亭柱屋壁，如被錦繡，有汪子而孝綽可追也。然則汪子絶塵而奔，知衆人之瞠乎後矣。

懷明倪先生洎配許太君七十雙壽序

享年而昉二膳，頌壽而當偕老。人之大欲與大美存焉，而未易爲之頌也。頌其同而難之，頌其異而同者之尤難之也。蓋士有百行，女有四德，一堂之上，頌雙壽焉，此其同而難者也。男道成男，女道成女，此其異而同爲尤難也。乃今於懷翁倪先生與其德配許太君得之。

己未春王之吉，爲七旬弧辰，乃懷翁恰已後先稱觴，諸君子咸喜，以爲過此以往，不知幾揚東海之塵，不可無以頌之。△忝戚屬，以王命治軍閩海，未遑躬祝，則飛鶴觴，附諸君子而致之辭，頌其同而難與其異而同之難焉者。然欲言太君之異，無如即言懷翁之所以爲異，而曰嬪者，已如玉山高並矣。

夫懷翁，間世大儒也。始年名噪黌序，不特以文章世其家，識者欽爲國寶，必將出爲豐玉凶穀，以望蒼生之腹。竟以才大難用，乃始倡道東南，發揚性命之學，念臺、石梁二先生尊爲畏友。邑郡知名之士，群起師之。如王龍門講學河汾，所成多房、董偉人，而務本明農，又如少伯之才，著其緒餘於陶墟也。猗嗟！懷翁之去人遠矣，而亦難乎其爲配矣。

太君乃起閨房之秀，爲《樛木》之三歌君子者，而爲君子配，是真挾彤管而敵青史之華也。故吾頌之，如孝不衰於舅姑，敬不違於夫子，慈惠不替于幼幼下下，在太君已躬行而雅安之，尚不足爲之異也。乃若所異，懷翁婚甫踰辛壬癸甲，即講學遠游，遂以三日羮湯，代窮年色養，而凡懷翁之恢奇磊落，意中所欲爲者，皆氣筌而力助之。至若平居闡明果報，正誼而超出佛海，荻畫堇丸，母儀而比踪豪傑，肆紫曙、紫瀛，咸成天下士，以發藻儒林，玉立文孫，無不琢就圭璋，則克昌厥後，其安富尊榮，洵未可量也。

即如△也，雖遠在戎行，時爲遥想儀法，則凡事君思忠，戰陣思勇，未嘗不資二人德教而飲冰出之。是則懷翁與太君並古希也，而壽同，女子而不愧其男子也，則以異而同，是誠有足頌也，而載爲之歌。

歌曰：天上石麟誕輝光，一時和鳴占鳳皇，競謀令名著德芳。風起雒濂文景唐，郝鍾樊魏名位昌，即今七十齊雁行。舊耆邦媛老桂薑，榆垣媊垣星煌煌，青鳥白鹿瑞獻忙。萬年紫椹熟扶桑，遐齡遐福甫發祥，吾言可次十賚旁。

賞受之五十雙壽序

世之論壽者，大尊天而主數，若然，則得不得未可必之辭也。夫惟盡人，則天在人中，而數爲理奪，甚不得舉。耆[一]耋、期頤以年其年，而其年故自必也。子休曰：小年不及大年。年亦何小大之有，惟享是壽之人得其所以爲是壽之權，則所云黄耇台背，保艾維祺。將即其壯盛之時，舉大年以歸之，初不必飲菊谷之水、煮白石之糧以得之也。

庚申貞歲，爲賞君受之五句弧辰，諸君子驚其眉骨尊異，謂是挾山岳以凝精，招喬、佺而作侣，其所謂大年，若表影之相答也。予曰：固也，吾故近言壽理矣。今者頌受翁之壽，正亦近取諸身而得其爲人也。受翁少而讀書，遇天下多故，遂屏棄進取，退而市隱。居恒惟以孝友立己，儉勤理家，尊禮儒生，訓迪内外，視世所謂驚奇不羈之事，未嘗過而問焉。蓋其得於天者，質美性定，虚緣而葆真，則曷見有爲人如斯，而未克全其天篤者乎？彼上天者，亦樂得若人也，而與以貞固之體，而因與以享是壽之遇也。

今受翁年齒之茂，尚遠三壽，而乃霸陵得配，誕丈夫者七，女士者三，子孫蕃衍，殆未可量。而諸君皆已蘭馨玉立，孌彼閨秀，並足與劉孝綽之門楣敵應今古。吾見世有貴極侯王，求其履豐處順，益以家人之樂，不能無憾焉者。以方受翁，如泥之憶雲矣，而後乃知壽之天與壽之享，在受翁豫以身備之也。而後吾輩乃實有以頌之也。以是而躋乎大年，更取其進乎大年者以頌之，而曰此山岳之貞，而佺、喬之質也，非誕而不信也。於是乃咸進而酌以大斗，更爲頌《南山》之章，將見燦燦榆輝照我賞氏庭也。

校勘記

〔一〕『耆』，原字從『髟』從『老』，疑當是『髻』抄漏其下之『日』。『耆耋』『期頤』，俱見於《禮記》。《儀禮・士虞禮》『魚進髻』，鄭注：『古文髻爲耆。』

武林王延叔七十序

嘗按吾王氏世譜，則輒嘆右軍傳世之茂，而其人至今在也。蓋無論其風流識略，爲古今卓絶，令人追美之而尚有餘美也。即如尚書公諱筠者，在梁時，其論家門集云：七葉之中，名德重光，爵位相繼，人人著集，未有如王氏者。而則天《寶章集》，自右軍而下直二十八人。故沈休文爲四代史，其推揚王氏者，遠過安平之崔與汝南之應，而後之繼起者，仍代不乏人。

兹者吾宗延叔先生，篤行君子也，去右軍蓋三十九世。辛酉之秋，適其七十弧辰，在戚屬皆有以壽之，而吾獨無取乎多辭也，亦即其德能取壽者，有以錫右軍傳世之光，即深得其所以爲壽矣。延叔粹質性成，三歲失怙，事母以孝聞。當范觀公撫浙，以累世賢良華其門，劉瑞圖制臺綜其名行入省志，而邑侯梁公則褒及一門純孝。噫！是豈易以得之諸公乎？蓋其德行修潔，而雍雍肅肅，秩然成一家之政。且平居爲訓，以爲繩祖武必先敦聖學，是誠大儒之言，而延叔之成其爲延叔也。

有丈夫子二：長甫白，次貽白。皆以文行濟美。而長公尤藉甚士林，特爲康親王寵錫，叙其文行，至方之長江大河，寒潭秋月，洵不啻獻賦梁園、作相江都也。前者入閩，當事懃懃借鼎，而甫白以親老力辭，退而養志，一以著述爲樂。在甫白故性之也，然此足以見延叔成之之大，以克自完其不朽於古。

而今所享者，如静好之德配，元季之争難，與琳琅之觸目，皆上天保艾之應有，無俟吾之侈言之也。吾第頌其錫右軍傳世之光者足矣。然則世之所以年延叔之年者，誠未足以年吾延叔之年也。

蘭亭七十序

壽難頌也。非頌壽之難，頌而有當乎壽之難也。世競言壽矣。思所以誇是壽者，則爲洸洋之説，極仙人之不輕致者以祝之，謂九鼎之魚、萬年之椹，當有牽白鹿而獻之也。思所以班是壽者，則又爲堅確之説，極人世之不敢希者以决之，謂方瞳之候、金像之摩，行見乘紫氣而遘之也。夫不思其當是頌之人，而第竭吾頌是人之説，如中郎所言，不有彼我交愧者乎？言壽者溺其旨矣。

兹己未夏四月，爲吾宗蘭翁長兄七十弧辰，諸族人聚而謀壽於予。予曰：是誠頌之者無愧詞，而當之者無愧色矣。則無如其質言之也。蘭翁少失怙恃，爲能傑然奮起，確循庭訓，與其伯氏發憤讀書，究以不偶，遂棄去，竟以陶猗之術，因極素封。乃其負氣廓落，率履矜重，時復應人緩急，在鄉黨每多賴以舉火；梵宫道梁，動輒傾囊布金；至若解紛排難，漸致望廬悟人也。其訓迪子孫，既以孝弟爲本務，尤必敬延偉傑方正之士爲之師表，視其兄弟之子若孫無異乎己出。噫！此其樂善不倦，夫豈有心要譽，以貪冀天賚者乎？然帝心則眷焉顧之矣。

今其長公忠信篤實，先已克紹家聲。其間雖琴瑟偶乖，而懿德流徽，樛木蔭蘭猗之盛。即《蓼莪》廢咏，而福壤卜兆，梅門無鴞萃之嫌。見子生子，而子之子復生子。冢孫弱冠而游庠，東坦玉潤而冰映。

七十以往，知天之施報善人，耆艾昌熾，未可量也。昔杜少陵特咏古希，夫古希則誠古希也。白樂天以七十創香山之會，中以七十而列名者，則有張永州渾；潞公以七十而會耆英，其中以七十而輝映者三人張問、張燾、王拱辰。然則七十洵榮壽也哉。況以蘭翁所爲，晚年而慧深佛海，勤企道岸。火滅修容，德入恭而彌壽；財阜下澤，壽載德而愈貞。以是茀禄駢臻，小大具慶。今當筵一卮，安知非君山仙醖，而徒鬭洞庭春色耶？

弋廷翁壽叙 代陳必成

昔寇萊公以中書省出鎮天雄軍，人聞之，謂相公望重，何故不在中書？公曰：主上以朝廷無事，北門鎖鑰，非準不可。人謂其一時問答，而不知鎖鑰之任，千古所難。秉國鈞者，恒以不得其人爲憂。萊公蓋誠信言之，非譃語也。

余嘗歷數天下鎖鑰之地，古今不一。唐宋之要害在邊陲，故鎖鑰之任，重在西北；近時之要害在閩海，故鎖鑰之任，重在東南。姑就東南之險要，屈指數之，自畿輔而南，則東昌其都會也，故臨清一關，爲宋魏齊魯之衝途。繇大江而右，則贛州其津梁也，故大庾一關，爲甌閩百粵之要路。泝江淮而上，則廣陵其咽喉也，故邗〔一〕溝一關，爲浙直七省之孔道。循震澤而下，則武林其襟帶也，故北新一關，爲吴越兩地之通衢。統計天下南北之關津，則此四者皆其要害。向嘗以一人專司一地，未必稱其所使。今乃以一人歷此四地，而星軺所至，功績爛然，不易殫述者，則惟吾廷翁老寅臺弋使君之雄才大略也。

使君以木天偉抱，如蘇學士之先作監州，遂拜東昌別駕，臨清其發軔地也。後以卓異擢贛州司馬。章貢要地，鎖鑰得人，綢繆牖户，遂使聖天子無西顧之憂。而廣陵一關，爲南北舟車畢集之地，使君爲之，商旅帖然，國課富足。復以殿最，再榷武林北關，整飭△年，商民兩便。廉直公明，頌聲載道。近且遷掌曹署，晉秩大夫。

某月某日爲使君懸弧之辰，凡在知交，酌酒舉觴，爲使君雙慶。以余知使君最深，命余颺言，敢效嵩祝。余曰：使君年方踰艾，近膺内召，自當立致清華，而鎖鑰北門，不過爲宦途寄迹，不足爲使君侈言。第使君之積躬累行，神仙壽考，即此榷關之時，正自得其完備矣。

何者？春、秋《月令》，關與市通，大《易》象辭，旅與刑合。《月令》於春、秋仲月，日夜分，則同度量，鈞衡石，角斗甬，正權概。於是月易關市，來商旅，納貨賄，以便民事。《月令》所取，取其平也。《易·旅卦·大象》：『山上有火，旅。君子以明慎用刑，而不留獄。』《易象》所取，取其敏也。

使君榷税公平，人無遺憾，深得《月令》之意；而關無留難，商旅通行，又深得《易象》之旨。則是使君公平明敏，已兼司農、司寇之大要。而財用充足，百事具興，則司空之造作也。征輸不匱，馬卒騰飽，則司馬之運籌也。近且精遴試牘，月旦品題，務得真才實學而教育之，則又司徒、冢宰之藻鑒也。一身之中，六官之事皆備，入佐揆扉，自有奇績。而近在關門，倘有紫氣青牛，蹣跚而至，有若李老子其人者，敷陳道德，口授五千，則使君之壽，自應與嵩華齊高，不可思議矣。

是爲序。

校勘記

〔一〕『邗』，原作『刊』。按宋、明以來，『邗溝』或寫作『刊溝』。爲免歧義，故於此正之。

跋包四明先生傳

自昔天下之至人，不待傳之者而始傳也；天下之至文，必能傳人之不傳，而始以傳其人也。予讀諸君子之傳四明包先生也，而按文深思，合以善多陰行與尋常所爲，皆有契乎至德要道者，而知先生自此遠也。

吾見先生之爲人，有能言其可見者矣，有能言其可思者矣。吾而復言可見也者，是直盡于可見者也，而先生隱。吾而徒意其可思也者，是莫質其可思者也，而先生又隱。夫其鍾天地清淑之氣，而發藻儒林，蜚英上國，一時燕趙悲歌慷慨之士，咸喜得交先生。而先生非悲歌慷慨之可概也。言鄉滿鄉，言國滿國，言天下滿天下。

謙也既與同里，又屬在葭莩，居恒心竊向往，蓋樂得而稱道之。雖然，以予而稱道之，何異乎欲崇泰華而掬土以益之，欲盈江河而吹沫以足之也。故予亦有合諸君子之言也，予亦有異乎諸君子之言也，然終不能句指而章暴之也。日星偶遇其暉，冰雪偶遇其清，雲霞偶遇其變，松柏偶遇其貞，珠玉偶遇其朗潤，鳳麟偶遇其禎瑞，黄鐘大吕偶遇其鴻遠，優蒲伊蘭偶遇其芳冽，要以隨物鑄範，欽其竇，莫知名其器。我思其人而幾能言之，及其言之而失其所以言也，則仍爲誌其姓氏里居與仁人之有後，以披先生之風焉爾。

先生姓包，名應鳳，來儀其字也，別號四明，世居會稽之白蓮奥，補邑博士員，既游北雍，甲申後遂絶意進取。其捐賓客，數合梁木之萎。生男子二，女子三。長公允基，次公允堂，皆以孝友文章世其家。子孫蕃衍，登其堂，觸目琳琅也。

予之傳先生者，如斯而已矣，將使後之覽者有以遇之也。

跋三和棧游詩 辛丑

詩而限韵，不變之極也，而極變在是焉。今者限一韵，使十人爲之，而詩各變，千百人爲之，而詩亦各變。變則各以抒其中之所欲言，亦各能自取其不朽。故爲詩而不能限韵，與限韵而不即能詩，即名爲限韵而不知變，無取限韵也，無取爲詩也。

予嘗見韵之最艱窄者，喜依韵和之，而不憚其崎嶇也。然每當爲之，至意到筆隨，若有鬼神行乎其間，向之所云最艱窄者，殊不覺其苦也。是則兹苦也，乃其所以爲樂與？故世人以爲限則窮，吾以爲窮則變，變則通，通則可久。凡詩之可久而自取其不朽者，從變來也。不知者則云好爲苟難也。

予之爲限韵詩也，其曰是足不愧于爲詩也，予不敢知，然而亦自有其樂者存焉，則亦常以爲樂而已矣。他何知哉！他何知哉！

偶書南華

憶予幼時，偶讀《莊子》節選，稍長，見全部，妄意此書波瀾甚闊，畏不敢讀。自謂吾當博極經史，借此書蕩滌之。至天啟丙寅，年二十八，忽癖嗜，朝夕未能釋。厥後不必讀，但置几上，便栩栩若得莊叟晤語，不在章句也。崇禎癸酉，爲龍舒文節胡公所拔，初謁吴山道院，即握手問曰：子神治《南華》者，真令駭服。

跋謝子木洛神賦帖

書法貴以遒勁，運其娬媚。此帖正從《黄庭》《道德》外，别得右軍之髓。其風骨古雋，即就賦洛神者，會意見身，令人覽柳氏十三行，已慨晋唐相去。時論謂大令多媚趣，而骨力遠不及父，猶是師南而無北也。

讀兒易誌感

先生説《易》，以其能自爲《易》。先生不死，以其能自得死。

讀書偶志

讀書刺入處，如百萬軍中取上將頭，游刃恢恢而一軍大定矣。何在取棄甲曳兵者而盡殲之，乃始奏凱？蓋讀書者，行乎群書之上，古人書尚有得而進退之者，安在屈讀者之靈心，殉朽骨之死句？益知不得所以作書之書，即一覽十行，叢閣飽帙，未嘗讀得書也。其在作文亦然。

碩邁集

山陰王雨謙延密先生著初名清基，字天一，又號及雲山人

會稽壻俞公穀康先手定

外孫俞忠孫祖臣傳録

求倪鴻寶先生題徐文長字畫册書

昔坡老冠風流之彦，世争爲古人媚。及讀李奉常『不須浪飲丁都護』句，則信先生爲坡老敵也。間嘗自思，竊以不獲出門下爲恨，兼之天塞其緣，往來乖左，昨叩又不及晤。然居恒讀先生文章，則奚啻風流，兼飽節義，叨面命矣。至如假寵墨精，乞靈繪妙，但一落筆，鬼必啼工，蓋無往不與坡老敵應今古也。

兹有文長書畫一册，乃其晚年不得志時所作，故其牢騷不平之氣，旁若無人之態，無不咄咄逼露。則竊自思，俾文長得與先生同時，其孤奇磊落，必能激閽寺，揚清流，浩然特立，爲先生許可且亟爲引拔者。以故面其真迹，如面其人。則又思之，以爲草野之士，非得大賢人假之羽毛，雖凌霄之姿，鐵翮不起，況文長與先生又其氣答力應者，則快題此册，非先生其誰歸耶？

雨謙敢祈先生於興酣之候，縱題一二語，則淩滄摇岳，俾匣而藏者，如司馬遷遍覽名山大川，因之得力於文章。故不特龍蛇之迹，進泣倉階之鬼，而生平之私淑者，將於是乎在也，其復何恨哉！

附録倪鴻寶先生題辭 見逸譜

比于司空之論詩，所謂生氣遠出，不著死灰。

用天才爲思理，以無意爲有神。

寫枯如入萬花谷，文長以爲天下皆枯，我獨榮也。今人不知秋富貴，悉是矇漢，爲牡丹所欺耳。

天地得如此簡淡，亦不多時。畫者從何時急追此景。

蘆妙在勢，鴈妙在影，水妙在作，人妙在使力。

張文潜《題孫彦古風雨山水歌》有云：山前雨點大如拳，山下水湧危槎横。崩崖古樹老有靈，吼怒直與風雲争。似爲此圖寫照。

甯戚飯牛圖耶，戚不飯牛自飯，何也？或問何以知戚不飯牛。曰：牛未得食。何由知牛未得食？曰：牛尾掉，是飢求食。首角昂上，向戚口中望其盤盂，有欲炙之色。

振衣千仞岡，吹笛向滄浪。便是天池道人自作照子。

丹將成矣，以其鼻頷之間，暗形喜色，不然即是氣浮動，爐必敗也。

貌真天人，衣真五銖，《洛神賦》所不能道。獨愁天下應多好色情漢，安能散花著衣不留乎？

東坡有云：非神仙中人，安能知神仙之樂，而審于畫也。

橋激驚濤故怒，人怯敗蓋故懼。怒、懼二情，已盡雨理。

鋤芝得糧，承泉得漿，教人飲食之道。

老仙醉似愁，小仙飲似夢。

晝睡是睡，鼻息熾然。齁聲逆塞，從項徹顛。

不是竹，張果老投墨池，人道黑蝙蝠精耳。

足酒三斗，一吐成渭川。文與可脱靴，管夫人捧硯。

與周戬伯書

期叩乃成屢盟，竟以苦累取罪。然士有隔千里如晤者，敢謂僕與吾兄足當之。撰有《虎史》一集，居恒借以破悶，中亦寓有陽秋，自擬桓元子舞矟指向之快，以爲不得慧男子品評總不傳也。敬録呈，幸有以教我。

公穀曰：左太冲《三都賦》，劉彦和《文心雕龍》，必待高人評序。慧男子，著書人那得不想。

答周戬伯

所聞不必憂。淫雨失岸，憂在餓死。又怪此一貧子不肯將餓死作等閒事，滿面皮頑，未可一二爲人言也。數日内當晤悉耳。

與婁孺子

每讀時賢雁字諸作，多不滿，及見吾友張宗子十作，便閣筆不敢爲。復作一想，渠皆用典故，乃欲於空空處，山窮水盡，别出一奇，然懷此究不知力量何如，又不知於何日克副此願也。一笑。

答俞日斯親家

有司起文催計偕，諸公咸踴躍風雲。謙自顧不能，乃得來教，喜附同心，正如海水群飛，於中屼立雙柱。弟與台兄乃分有之，知越國男子雅有故步也。

寄願大師

讀《黄鶴樓》詩，不謂崔顥外别有大師。銅駝鐵笛，撑我胸臆，烟波江上，無所不有。掛瓢亂雲，始知惡歷歷聲，更爲棄去，尚自容不得一瓢。彼佛圖澄，即石虎可鷗，何至爲天地所規？吾故知師不可測也。

復顧松交父母

家貧親老，不爲禄仕。自昔稱不孝，今謙之老親喜膝下歡，雅不欲以禄仕爲養。南宫之試，手教諄諄，有銘膈不忘耳。草野倨侮，一時不及面謝，臨穎惘然。

閩中復仲朗

蒙薦備兵閩海，謙非其願也。部臺處爲我善辭，得遂，錫光多矣，兼謝厚誼。不一。

與周戩伯

雪中讀劉改之訪戴難之句，動無際感愴。然對此復想吾兄高卧，又喜清暉照人也。所寄包嚴老詩，復和二首，聊以就正，更求轉寄。非敢誇多，藉此送老，亦聊以接聲也。

贈大來弟女遣嫁

媛君于歸，一時無以爲贈，簡得磁瓶一座，聊以養花。更得八旬壽扇一柄，雖署款，然比之九世同居，則款扇仍一家物也。寒士之爲情如此，幸哂而存之。

答求薦畫某者

前見墨妙，爲目前所希覯。古人喻才，云曲彌高則和彌寡。通之書畫亦然。如來命，竊爲此人精氣全注阿堵中，瑟雖工，如不好何？即令渠偶然學一雅事，在吾兄正須先損清槖，多買臙脂。事竟，又未必一錢得看也。非敢違命，實亦臆言。

問友人借怪石供神

愕兒云宅上有奇石，骨貌争古，至貴齋而不及矣。急令畫其形似，即已幽欲生雲，當是媧皇煉成，天不得私留以歸君。兹敝社供神，筵上博求珍異，敢借一光，希幽中之悦。竊謂是物抱天地精英，宜令照耀兩間；久蟄笥篋，則抑鬱不伸，便恐通靈飛去。且敝社元宵，亦略備勝事，意此石未必不思一覯。若此請得遂，非特爲借石者，正以爲石主人兼爲石也，吾社神當分錫休徵焉。不一。

與燕中故人

別二十餘年，前幸足下南還，聞之振衣走晤，滿謂當得一顧，暢兹鬱陶。不謂忽復出門，入萬花叢中，恣取歡娛，偏於故鄉落落澹澹，洵亦世情所難。然追念疇昔周旋，覺有不能已已者。古云『相知同一己』，此言似又不可以據。想到君雲僕泥，此已且爲利刃所劃，則君之不來，又屬世情所宜矣。虞淵晷短，僕生世已八十五白，陰晴冷暖，歷之得悟。恐君不能悟及昔日，又不能悟及後日，且又不能悟及目前，特作數行，以足前所不得言者。展讀或亦依依否？河山邈若，無可爲侑。幸自愛，倘能相晤。不一。

與友人論葬事 公穀曰：山川而能語，豈便到此奇快。是論一出，四山應有哭聲

傳有記云：蓬萊瞰海凌碧霄。有時師遂納一冥伯於蓬萊絶頂，談堪輿至此，洵爲齒冷。然亦似造物者於酆都十八地外別築一刀山，補斧鑕所不及，特鍾此輩傳致，然否？

與友人求石

聞足下多怪石，近欲成一小景，即拜殺漣水城不可得。三日内思欲縱觀，當學楊次公一攫即走。爲足下計，正不如擇一至佳者，嘅然飫我躭躭，則此番殊惠，寧止荆山璞耶？一笑。

周戳伯曰：涉筆即趣。

與史華青書

不佞以望古希之年，背八旬有五之老母，浪游數千里，每感慨自思，一寒吹骨，即不禁爲飢所驅，皆因道力不堅，身膺不孝不廉之誚。更思疇昔周旋，茅舍青燈，良辰令節，得華青金友玉昆與壻俞康先，尚論千古，即二三豚兒洎孫輩亦能不失應對，相與喝月鞭雲，妻霞學木，浩酒狂歌，析疑賞奇，自謂南面王樂不能奪也。迄今思之，自齊百捐館，晋錫、式如繼殞，死生離合，邈若河山，言之潸然魂斷。

又思去夏一别，策蹇走烈日下，四十餘日始得抵燕，而乃落魄燕市，傷心離黍，竟以悲歌度日。背秋涉冬，又驚槐序。人生百年大齊，百年又百不得一。忍以遲暮餘年，供窮愁奔走，亶不聰矣。

慨思佳遇難逢，知己不易，幸周菊人以蘭譜故交，寒年不改。其外則有龔侍郎芝麓、嚴都諫灝亭，獨能以詩文意氣相賞。雪風相過，人中爽爽，真有誇向潁中之雅。其在儔輩，則有毅孺、子威、公完、祁子嶧生、謝子子黄、子銓、包先生介堆，日以詩酒唱和。自此每屬握筆，出入指甲，覺鏗然有聲。然每當獨行孑處，又不禁憂從中來，則顧影自吊。我生不辰，願與時違，上天誕降，竟俾與三百年銅駝，僉委荆棘中，竊自悲矣。

近賤軀屢困火攻，齒目苦不即安，所恃精神强固，風流跌宕，未即讓人。曾有據案索文，立掃數百千言，不加點竄；刻燭和韵，得詩數十首，爲儔輩驚許。或飲中群花爛漫，爲能拔尤獵艷，一時佳麗，左顧右盼，迭進巨觥，一飲輒盡，頗得宋子京錦江却半臂風致。而乃拍案長歌，響動雲霄，興之所及，似可忘老忘客。所惜荼雲泛愛，即偶一當意，求歌黄河白雲之句，正乏旗亭雅韵女郎耳。及乎月轉漏涸，主賓送别，青衣林立，列炬燭照耀鬚眉。爾時挺然老叟，牽最高騎，據鞍拂衣，一躍即上，身聳骨柔，輒揚鞭高揖不顧，視少壯輩尚多局促鞍鐙間，洵壓倒一時也。

雖然，此皆窮途欲哭不得，强爲豪語自誇耳。近家書洊至，喪妾喪女，天涯羈客，眼枯心裂。家徒四壁，力辦二喪，視故舊親戚，無可告貸。客中每一念及，即撫膺欲絶，百端交集，有一時紙上難盡述者。噫！可嘆也！

近者適爲恒陽之游，所喜者得一瞻北嶽，庶慰周覽之願。然此行約二三年得歸，當挹取恒山、滹河之秀，和以心血，濡以筆墨，積成《北游》一集。至家，相與泛一小艇，往來潞溪、猣湖間，扣舷朗吟，俾冰雪之音墮入流水，衆山皆響，而樂可知也。

謝評會課

僕少年時，閲文多觸時忌，况兹老廢而尚守别腸，即自以爲是，其誰許？幸謝，寧違命也。

答人求代作

前者已呈鼯技，兹復以金谷叟問責乞兒，正恐夏侯即雅望非常，失却捉刀人本色耳。來朝當勉成請正。

與陶式南

前得造高齋，又當台駕回宅，然門館肅肅，履此已消胸中柴棘。月明之約，乃幾閱明晦，吾輩相遇之難，何至是耶？寒士一寒，即人舟不易偶，而袁川一地宛在水中，又非徒步可至，深爲此翁恨事。輒欲於江文通賦中入此一節，兹以拙作小品二種請教，則即有潞陽一老生，坐蒔雲樓楊柳風中矣。

公穀曰：蒔雲樓楊柳，入先生筆墨，葉葉都奏風流，何况樓中式南。

答陶式南

前以日暮即别，殊怏怏。古有對飲終日不交一言，亦有一語三日夜不能已者，各爲世外相知。然吾輩暢叙，竊以爲三日夜不足多也。異日定當泛小艇，一果此願耳。尊作清徹入古，自然不朽。如雨謙小小卮言，深愧研都，乃蒙延譽，賜以跋言，俾藉以增重，正當鑄金呼佛耳。

所蒙問梁氏父子狀元，生平聞見確確，而令尊師云然。天翁葉天生也稱博物，豈有別據？然云因傳奇，後人乃立狀元坊，則梁氏舉動竟同兒戲，深恐未然。已于尊集書尾，頗盡其略，式南一代行秘書，所言又在尊師，僕安敢争執，但終日西向耳。

公穀曰：傳奇乃如許有權，立解至此，幾疑二十一家都是僞作。

又

每讀尊集傳記詩銘，無不傾倒，急欲得制藝一觀，快覩風雲之氣。自愧老腐不時，遂不敢請。忽瑶章來自天際，讀之驚喜，嘆目前安得此寶，韓元少又遭奪席人矣。頓憶少年時，睥睨一世，莫得奇士友之，自恨一手獨拍，雖疾不聲。倘爾時得式南者左提右挈，便當致我青霄之上，寧齪齪至此耶。諸作兒輩已熟讀録珍，父子兄弟醉德音者不淺。三詩清新秀雅，諷咏如在晤語，謹細評璧上。

公穀曰：直以一書起式南萬里之翮，何待看花走馬，始云置我青霄。

答友人求唐六如雪景

六如《雪景》，爲雨謙知友。寒對之温，暑對之清，飢對之飽，而渴對之潤，絶無輕別之會。然聞一身之外，皆爲附贅，况在友朋，車馬可共，何况一幀。君但能令予會意適用，無寒暑飢渴之患，即可著一小奚童持此畫去。

公穀曰：且懸向秋廬，俟《廉書》著就，賜公穀潤筆。

與張思庵

蒙惠古紙，益以寒香二種。文敏書尾之珍，靖節東籬之愛，一時獲之，顧德意何深深也。華誕在寒士不能雜錦綺珍錯之列，聊具一箑，書拙詩一律。仍令崿兒寫清風高節，與怪石爭古，常得與白玉麈時不去握，即暢我追隨杖履之思，曷敢言賀耶？

答爲許二府徵古文辭付梓

身隱焉用文之，且摭我華，不食我實，皆非所尚。許公祖一時名流，欲爲稽山鑒水收炳蔚之秀，故甚盛舉。然以愚覷其舉動，將無難竟此美意者。弟自落魄以來，紙墨未嘗不有，總之無當人意，而又頗自負，以爲吾輩知己當得之千百世，不必輒索解人以自白也。深荷惓惓，別當晤謝。

與何起震

久不到花徑，遂違古照。此去潞河三十里而遥，乃隔楚越。唐棣之華，曷可咏也？蘭竹一幅，以誌清馨。粗扇書里言四章，不特鳴意，得起震朝夕即同携手之歡矣。

又

自去秋一别，訂今年仲春過我，乃子既不來，即僕亦未能一至花徑。古人每一相思，千里命駕，僕與子皆有慚色矣。然尤恨子不如約也。兹秋風又復蕭蕭，紙窗槭歷，殊助離違之苦。頃思撥棹，坐平橋，一暢夙昔，恐重九例有塾規，何先生便收却無邊秋色，到何家嶺下散作春光融融矣。亦念潞水之陽，有徙倚夕陽吊影念故人者乎？

公穀曰：兩書用意濃至，竟以羽翼，生何子之身。

燕中與子璵書

蕙娘狂香浩態，爲平康别調。明日當携之餐西山爽秀。門翁倘肯出霍家女同往，即二妹亦藉吾輩生色。白雲明月，洵一時連璐也。其如約。

九日復周菊人諫議

昨蒙召，適一貧友携醉，棄彼趨命，則是就諫議也。遂敢辭，然已飲江海之心矣。兹復招就菊，足感寒交，豈可令籬菊笑人乎？

公穀曰：既見古心，尤徵雅韵。

與菊人借報

愁來不可斷，偶披經史，又不即竟讀。欲假邸報永日，迂闊野老尚昧時務，思得一知之。昔王介甫以《春秋》爲腐爛朝報，弟即以當《春秋》可乎？

删改謝絳游嵩山神清洞書

希深書兩見，互有佳致。一短一長，既難獨留，更費兼取，遂爲裁剪，去其冗辭，偶爲改句，彙爲一書，有苦心焉。竊以爲非謝子之書，而爲王子之書也。

近詔書遣告嵩獄，讀祝捧幣，府以歐陽永叔、楊子聰分攝。會尹師魯、王幾道至，相與出建春，宿十八里河。翌日，宿緱氏，閲游嵩詩碑，上緱嶺，尋子晋祠，陟轘轅道，入登封，至峻極中嶺，始改冠服，以從者各輕齎，遂行。

是時清秋日陰，晚花幽草，虧蔽巖谷。正當人力清壯，加有勝友談燕之適，氣豪心果。經歷夷險，腰輿芒屩輒相易，抵峻極上院。於是浣漱食飲，從容躋封禪壇，下瞰群峰，則向所跂望，謂非鐵翮不可到者，皆培塿也，邑居樓觀人物之夥，視若蟻壤。世所謂仙人者，僕未知其有無，果有，則人世不得不爲其輕蔑矣。武后祀碑故石，自號大周，當時名賢，皆不著名碑陰。詣盡東西頂，夕宿頂上。會既望，去月者咫焉，露冷透髮骨。

明日，訪歸路，出登封西門，縱望太室，觀少室之勝。會將事而去，猶冒夜行三十里許，馬上苦應接，則有師魯語怪，永叔、子聰歌俚調，幾道吹洞簫，能使一笑絶倒，忘道路之短長也。是行也，凡題名於壁、於石、於樹間者，蓋十有四處。自長夏門入繞崧轘，一匝四百里，可謂窮極勝覽矣。今既還府，便有塵事侵汩，急寫此奉報，先代一夕之談。

擬謚余若水晦節議

誰不以節與若水也者，誰得以節盡若水也者，其爲節則正難耳。以彼遭甲申之難，非不能也，而不即死而遁於荒。己酉歷變多矣，乃以髮膚歸。予素高其德，兼悲其志。當日武貞聞變，即爲懷石蹈河，乃若水則彌隱矣，謚晦節也。

擬謚純節議

謚云節者何？以節見也。節云純者何？不止以節見也。方變起甲申，時若水宰寶應，竟以不屈高鎮，遂棄官遁稽山之陰。至今之己酉，乃竟卒。予深悼其所以爲節者，而益思其行之純。嗚呼，節入苦而能貞，予於若水見之矣。

先生自記曰：兩議皆不用，謚孝節焉。抑亦以晦之有忌，而純之不能該孝也與？若水當知吾言耳。

山陰王雨謙延密先生著原名佐，字上臣，更號識字田夫

會稽壻俞公穀康先手定

外孫俞忠孫祖臣傳鈔

碩邁集

諭怒潮文

時潮不守度，海鄉板蕩。

諭東海潮：

蓋聞用物宏者其力盛，發源遥者其勢昌。維爾潮水東來，怒雪騰氣，奔雷散聲，而乃朝暮應期，曰名至信。以故元精呼吸，天隨氣而漲斂；溟渤去來，水隨天以進退。雖遲速消息之小異，而終不爽乎時期。而且沈蕩難稽，眩怪回惑。

讀《山海經》，則以爾爲海鰍之出入；按浮圖書，則以爾爲神龍之變化。蒙莊則以爲冰池焦釜之生息，抱朴則以爲天運高卑之消長。虞肇乃云日升衝擊，竇叔蒙又云月應盈虚。諸論紛争，鮮窺爾奥，則爾固開闢後一大觀也哉。

謂宜仔王贊帝，擾龍伐蛟。銀山崒嵂，逢迎日月之鞭；玉穴淵深，蕩滌乾坤之軸。雄臨嶼島，猛戰貔貅，大鯤凌化，六鰲駕洲。憶爾梁朱溫開平四年，欽武肅之强弩，濤擊西陵，爰勦捍海之功；宋理宗嘉熙庚子，聽張氏之移文，齋修黄籙，即遏浸杭之祟。不爲安州之三盈三竭，亦非瓊海之半東半西。大力至性，虔供爾位，則于爾亦復何求？

若乃挾術叱水，縱尹老以要姝；信佞投屍，任吴子之殲直。甚至三日不至，宋祚垂危，則荒墮厥職，將長笑乎溝渠。兹者殷憂啟聖，草昧開天，自當致河漢以朝宗，静波濤而致譯。而乃散無友紀，湍悍群飛，鯨鱷恣其吞噬，鰍蚖乘以出没，何以成坎德之翕張，昭谷王之揚激？嗣此爾其益蓋前愆，用張新伐。鴻濤移岸，策素車白馬之靈；駭瀲浮邱，高溟池天井之烈。則嘉爾浴日，表厥大風，望祭之典，永世勿易。不則蹴蹋泰華，岌岌東覆，兼敕精衛銜石，涸絶龍淵，水國凌夷，蛟螭咸腊，則嗟悔何及？諭到，其省懼毋忽。

嘲空倉文

識字田夫者，則有遺倉，歲以躬耕所入實之，聚而食其天者數十民，則歲以爲常。庚子夏五而空空也，田夫立其中，嚮答若甕處焉。因發言嘲之曰：子先我而枵腹耶？缾之罄矣，唯罍之耻，漢將有以論之矣。

聞之《月令》曰，孟冬，命有司穿竇窖，修囷倉，務爲積聚。季春，發倉廩以賑窮乏。則推食食我，惟爾倉是依。故夷吾創霸，策規倉名不涸；春申覃惠，名重均輸倉。常滿倉常平倉，埒明宣于漢室；如墉如櫛，誇斂積于周詩。嗣此社倉賑於唐世，而善制特詳乎乾道宗孝宗；義倉行自開皇隋文帝，而美意更踵於建隆宋太宗。惟今古之有賴，亦上下之無殊，顧名思義，從可知也。僕五斗惜腰，力民代食，取愧十千，貫悲三歲，豈其終歲勤動，俾予日不再飽爾。舊穀没自三春，新穀糶於五月。非淮陰侯之火燎連廒，千斯莫貯；即庾參軍梁庾域之詭題滿粟，豐儲倉多慚。外閣閣其相承，内虚虚而自恧。空哉倉哉，倉哉空哉！吾爲子耻之。

維時有在旁代爲對曰：識字田夫，汝不自嘲而嘲予倉也，其有蓬之心也夫？計子爲生：萬卷非殖貨之書，既啜塗羹，復營塵飯；一家有致窮之具，思求魯直，爰赴子瞻。且子牛圈罔過，鹿闌慵入。誦《齊風》迂談甫莠，疇來兩穗之禾；效史雲暫却尹臺，兼傾六斛之麥。潞溪水冷，魚走青田魚倉；曹氏書殘有書倉，煮乖白石。方悲李斯居廡之食，實乏晋漁開石之錢錢倉。伐輻徒清，牽牛難服。況值碩鼠食粟，黄鳥啄粱。供一征又供一征，横填東海之波；悲小東亦悲大東，莫飽西人之壑。邸閣私足用之積，巨橋擁欲腐之糈。汲長孺矯發而帝嘉，風斯邈矣；五仲謀第五訪賑飢以身救，今曷望哉？荀蘭陵有云：王者富民，霸者富士，僅存之國富大夫，亡國富筐篋。事已至此，夫復何言？子論雖辯，予慎無辜也。方愁鵠形鳩面，將登鄭俠之圖；雀魄鼠肝，謾朵何曾之箸。俟黄粱於赤手，三非徒陳；化白肉爲青燐，一瓢空挂。而尚讙讙然號于人曰：我識字田夫也。夫孰知識字苦字，田夫非夫？乃不自嘲而嘲予，子其有蓬之心也夫？

於是田夫仰天嗔目，喟然嘆曰：天豈私飢我哉？惟昔之富不如時，維今之疚不如茲，而獨如茲也，天其厚我以飢乎？允若茲，則倉且不易空也，而予倉可不有也，又何尤乎子之屢空？

樊將軍擲頭文

秦將樊於期得罪秦王而亡之燕，適荆軻爲太子丹策報秦，以爲誠得樊將軍頭與燕督亢地圖獻秦王，乃得有以報。太子不忍，遂私見樊將軍請之，於期即慨然自剄而擲以頭。王子讀史至此，作而嘆曰：樊將軍頭至今能視也。昔者豫章太守賈雍出界討賊，爲賊所殺，失頭，策馬回營，胸中忽曰：諸君試看有頭佳乎？無頭佳乎？衆泣曰：有頭者佳。雍曰：否否，無頭亦佳。唐花敬定單騎遇賊，頭已斷，猶跨馬横戈。嗟乎！此與樊將軍皆烈於存其頭者哉！

夫人即甚愚，無不力衛其頭者，然皆衛其一時，不衛其千載者也。至於甚智巧之士，未嘗不多方以衛其頭：爲之鐵室以衛之，而鐵室不足以衛之，則爲之賄賂以衛之；而賄賂不足以衛之，則又出其奴顔婢膝與吮舐之舌以衛之。究其頭卒不得衛，即或衛之矣，吾視之則無頭也。

且其爲有爲無，初不足以知之也。於期得荆軻一語，即不難以剄之者衛之，遂使壯士入秦，於朝服九賓之列，左手把袖，匕首右揕，俾秦王驚起絶袖，俾王環柱而走。即後斷軻左股，猶引匕首擿中柱，而王且目炫久之，豈不與博浪一椎，先後轟烈，走祖龍之魂，而天地爲之震動乎？我故曰：樊將軍頭至今能視也。而田横之頭馳三十里猶可觀，而且從以二客，又益之以五百。

然則古今義烈之士，其斷頭以存頭者，靡不千載下凜凜有生氣，則不特斷頭也。比干剖心，烈於存其心也；萇弘化血爲碧，烈於存其血也；弘演刳胸納衛懿之肝，烈於存其胸也；睢陽落齒，平原握爪，烈於存其齒與爪也；南八截指借師，烈于存其指也；顔常山鉤舌罵賊，烈於存其舌也；安金藏抉腹流臟，烈於存其臟也；景御史東門之步，退驚天子，烈於存其皮也。嗚呼！古今義烈之士，自存其烈者各有具，其凜凜有生氣則一也。彼李志曹余，奄奄作泉下人，即日行周道，其何以行之哉？我益思樊將軍也。

自祭文

維歲在庚子三月十有八日，識字田夫正襟危坐于古秋廬，忽念崇禎甲申三月十九日身即當死，而乃貪戀至今，不即引決，非托欲有所用未足，即曰親在，不敢以死自殉，奄奄汶汶。雖生之日，猶死之年。又念生死靡常，死不徒死，生不徒生，守死取生，心各可質。又念生老病死，時至則行，生前既無知我，一旦青蠅作吊，人不能祭。即俾祭予有文，又念既鮮真知，文終泛泛，則吾其吐之。於是以天地爲棺槨，日月爲聯璧，星辰爲珠璣，筆墨爲芻靈，經史爲牲俎，肝膽爲祝文，略效炎午之意，致祭于明處士王△之前，曰：

維爾派發臨沂，枝分槐曲。少長太平之世，晚老離亂之叢。生也何自，出也何爲？憶爾十歲能文，鄉塾有靈雨之論；十七爲詩，龍逢許萬古之生。識者謂一時著作，器堪天廟。況自爾祖徙居潞水，世有令緒。爾母孫，胎教性成；爾父康敏公，素勉忠孝。叔父環中先生，實維爾師，宏詞博學，正大端方，其塵垢粃糠，將猶鑄龍夔，而乃時莫能器。

二十九歲，丁卯，始見知于訥齋馬公，補郡弟子員。次年，見知于大玉史公，冠多士，因見知於李、蕭二侍御，受國士品評。爰及癸酉，則博庵黎公拔冠兩浙，觀場，見知于文節胡公，乃得登進賢書。嗣是四走春明，咸以不就時宜，發策無當，風塵落魄，誰問知我？

及乎時事日非，雖以聖明日昃不遑，勵精圖治，然有主無臣，權奸賣國，兕虎出柙，狐烏載道。爾則預料甲申之變，以樗言十策上守憲于公，勸其延攬豪傑，謀爲吳越王故事，保有江東，以觀天下大勢，竟不能用。不踰年，目擊燕都失守，北向慟哭，空成紀略，手無斧柯。及金陵再陷，大江以南，一無堅城。維時於越共推監國，草草畫江而陣，鷟帥建牙，庸宰秉柄，販夫皂隸，咸踞要津，忠臣爲之于邑，志士罔得建明。

丙戌之夏，臺省薦爾于朝，授爾行人司行人，爾則抗疏辭官，極陳四變。未幾而江水群飛，見龍無首，一曜收光。維時令守交辟，再徵不就。不能殉難，敢復求榮？土室小樓，苟全性命。衆謂爾生，爾實自死，白首甘窮，身難溝壑，緼袍披朔雪之風，大布御朱明之日。門可羅雀，技窘屠龍。

嗚呼！計爾一生志大才小，數奇氣上。讀書略具古今，較諸博物君子，則爾仍寒儉；作詩力追風雅，問之當世時流，則爾正雕蟲。兵法偶窺，胸非武庫；内典慵學，語亦玄關。孤憤褊急，而初非絶物；與波泛愛，而中亦自持。矢口無不可告人之語，就枕有可以質鬼之夢。資非上智，居不下流，獨惜從前攀龍髯而未追，厥後販駿骨以無從。書著十年，笑傳經之違願；河悲三渡，空灑泪之滿襟。裴回生死之際，枉負千秋；俯仰天人之交，難酬一恨。何如息庵永閉，先牽表聖之觥；挽句時歌，快合淵明之意。陋彼惴惴其臨穴，竟可大笑而出門。而今而後，試望山阿，萬事曷論？蠹攻烏啄，總歸象外之升沉；竹笑松呼，一任壺中之歲月。

嗚呼尚饗！

附挽歌四章用淵明韵

舊鬼急其侶，牽引一何促。此生無漏人，墮地死先録。得意方未幾，無端倚槐木。憶昔送死時，曾爲死者哭。時若壽無期，哭人罔自覺。備爲千歲憂，不復顧榮辱。期至無留行，一棺戢手足。

又

魂兮渺何之，靈床酒滿觴。何如陽關杯，生離尚一嘗。茫茫青草宿，芻靈空在旁。夜臺不復曉，惆悵負三光。幽明隔千里，渴欲一望鄉。哀哉未死日，安用鑿中央。

又

慨念自此去，膏液惠蓼蕭。恍惚亦有隣，壘壘滿四郊。貴賤同一門，疇問碑岧嶢。但聽悲風起，各自泣條條。窮泉暗如漆，黝窕齊昏朝。此日奈若何，我之一家人。誰爲伴此家，尤悲哭送者。曼聲愈若歌，將無此亦鬼，胡必山之阿。

又

嘆息此路去，無復別蕙蕭。胡爲生世時，遨游不四郊。悲風守敗楸，恍惚卧岧嶢。尚作子孫憂，善否空條條。詎知重泉人，別自成昏朝。別自成昏朝〔一〕，子兮奈若何。縱得賁育勇，莫一反其家。他人或永嘆，兒女直不歌。尤慮百年墳，無由固山阿。

先生自記曰：悲歌之不足，又長言之。

校勘記

〔一〕原抄本無此句。然王氏此章語彙、用韵、章法均擬陶淵明《擬挽歌辭・荒草何茫茫》，陶詩『幽室一已閉，千年不復朝。千年不復朝，賢達無奈何』，以叠句複唱牽合兩韵。王氏擬之，則必與之同，原抄本『別自成昏朝』僅存一句，當係謄抄疏漏，故補之。

陡亹文昌帝君開光明祝文

維神懸象斗魁，權司禄位，目上于天，聰明無尚。粤稽古迄今，罔或席聵枕瞇，僉仰矚乎文昌。伏讀《天官書》云：光色明潤，厥占符瑞駢臻。百職咸熙，神光所燭，欽明文思，萬里而遥。頃作廟玉山，面離麗正，以貌帝七十二顯化，金身奕奕，應卜精神糾結，激射眉顔。敬穀旦于差，爰駿發乎清盧。惟子開丑闢是似，厥雷電合章；尚冀帝德有融，日監兹多士。其勿作白，亦既作青；其勿曰蒙，亦既曰霽。藻之火之，沐日浴月。而乃西南得朋，錦玉貢華，陡亹有西、南二街，繼錦山屬南，玉山屬西。文曲聿臨乎天柱，天柱山在南方爲案。學海永流于艮市。海水東北當艮。聖作物覩，有賁其光。

某等扣盤揣籥，眇視管窺，無須擿埴。俾緝熙于光明，獲餐秀文炳文蔚，實耿帝則哲。是用肅陳醴藻，取文於心，以和平神聽，維帝其右之。

陳氏家廟告成彙祔族主祭文

蓋聞河九折而必問其源，山十驛而不改其祖。故《椒聊》賦其蕃實，瓜瓞追咏厥初。作廟寧主，咸倫昭穆，所自來也。

我陳氏其昌肇開飛鳳，下方分自錦鱗，金帛鍾靈，是生人傑。明清閱代，並著衣冠。啟我後人，矜孫謀之秩秩；爰思先德，頌祖烈以嗟嗟。用是聚族鳩工，作廟奕奕，以妥以侑，位厥先靈。隨令子姓弟兄，咸相依輔。將見於穆之地，猶然敦家人婦子之風；分至之交，更以篤零露肅霜之念。登斯堂也，生死存亡，莫怨具慶，發祥篤祜，誠有自來。

先祖是皇，祔主咸集。爲是絜爾牲牷，湘兹蘋藻，率我子婦，竭忱告廟。嗚呼！望望以求，愧一誠之未罄；洋洋如在，庶百世之來歆。

初後怪雜俎

我生之初尚無爲，我生之後，乾坤敝垢二字包盡諸醜，不可紀極。無小大，意到即書，咄咄怪事，罔有倫次，如雜俎也。

天開地闢，日嫣月皚。古今嬗令，混沌欲埋。極於無上，海竭陵頽。漸匪朝夕，突如其來。展轉入怪，濬哲罔推。三古之世，降及秦漢唐宋，變故不常，代有紀聞。我生以前，夫復何言。

我生之初，降自萬曆之己亥也，爾來七十有九年矣。憶昔童子何知，睢睢盱盱，以遨以游，樂此忘機。縱去邃皇，頗亦盛世。君臣父子，五常攸叙，文物冠裳，昭回天地。

爰及壯盛，風會日流，侈靡僭亂，險獪妄求。朋黨分門，諂佞莫羞，放逸之積，胎此百憂。豈云上無明君，實則下多惡俗。雖登進賢良，敷求民莫；而有主無臣，川岳改容。天傾地缺，托泛泛無楫之舟；厝火積薪，釀蠕蠕食心之蠹。疣潰癰决，魚爛瓦解。日旅圮敗，靡有泮岸。思之慷慨悲凉，言之痛哭流涕。

僕且雜言之，而君且清聽之；僕且妄言之，而君且姑聽之。彝倫斁而，紀綱散而。苟利於臣，莫或顧主；苟利于子，莫或顧親。視忠孝幾爲誕僻，語犯亂奉爲蔡蓍。我生之初則無之。

大道之浩浩，《詩》《書》之蒸蒸也。嬴政燔書，猶藏秦博；嬴政坑儒，尚止瓜谷。經史雖有，而乃燔之以帖括；奇文雖有，而乃燔之以滑格；卓解雖有，而乃燔之以説約。則舉世無讀書之士矣。誰云博雅，目迂闊以坑之；誰云卓犖，目乖繆以坑之；誰云師友，笑窶貧以坑之。而舉世無讀書之儒矣。我生之初則無之。

青蚨克飛，赤仄得位，權要擅獨，諧媚牽輩，投款中機，不目而眭，不脛而追，不手而携，不舌而莫予違。我生之初則無之。

朝爲痿瘁，暮獵榮華；俳優奴隸，幾化縉紳；狂悖愚痴，忽推俊秀。我生之初則無之。

言言賢聖，心心蹻跖；言言律法，跐跐譎猾。道學既虧，文之以講；隱忍方多，飾之以爽。

堯禹周孔，恃爲若識；忠信廉節，儼爲素得。我生之初則無之。

人人論文，士農工賈。煮一鍋之羹，户户盗名，旗額馬輿；族一身之疥，自以爲佳，互慶其醜。我生之初則無之。

纏綿繾綣，膠漆也，而捉影搏沙；玉帛杯盤，禮樂也，而利刃毒螯。入其局者，彼方以習慣而成其自然，我尚以昨是而駭其今非。我生之初則無之。

冶容耀艶，則狐媚婦粧；詖行無良，則虎皮羊質。女也遘禍，不難撥馬上之琵琶；士也無良，遂樂爲暗中之吮舐。我生之初則無之。

《百家》《千字》，尚未得解，而騷壇遽勒詩詞；《星卦》《雪心》，竟未窺門，而地理即誇曾賴。我生之初則無之。

三千律實不能通，四六啟絶無有得。已爲入幕之賓。白雪填膺，讀七書而莫句；騂弓在臂，量百步而無由。遂冀登壇之拜。我生之初則無之。

緑林竊扶義之名，自除牧伯；白寇挾投誠之勢，抗禮公卿。當事聊且以招安，此輩苟延而肆虐。我生之初則無之。

棘闈中嗟乎朱扆，痛哭矣名稱主試，批取中而難多；簾列分房，彀英雄而絶少。擡頭下皇天聖聞二格，運舌調宫商徵羽一響。角且兼騂，尊奴輩胥醫同一位，維彼犁牛，洵亦父以子貴；齒以成録，牽弟兄叔伯皆四海，如彼假虎，終爲畫反類狗。我生之初則無之。

屋峻佌佌，穀陳簌簌，才士多艱，善人無祿。一饜肉粱，一難半菽；一結鶉衣，一華熊服；一朝歌而夜絃，一隅泣而巷哭。我生之初則無之。

次槐柳而犯霜露，贊爲識時務之傑英；秉金玉而耿日星，斥爲昧推移之寒儉。冰炭迴別，南朔分馳。蓑笠可翔廟廊，袞冕恰墮污泥。我生之初則無之。

凡此鱗鱗，更僕難數。語怪至此，僕實有不忍言不敢言者矣。中有無數怪事。於時立髮裂眦，恍恍抑抑，拂衣而起，望空投筆。雞飛狗吠，悲風度隙，愁雲族空，鬼嘯幽室，將無笑怪怪者之適爲怪也。嗚呼已矣，夫復何言！

丁巳十二月初旬，曲轅木隱。

我卜

維一老翁兀守槐曲，貧病老，比周爲黨，困之不能出門户也。有客駭稱卜者追嚴、郭之神應，死生菀枯，自彼命之，盍往卜乎？翁曰：我以我卜，未嘗以人卜也。君平、景純，於我何加焉？

卜之云何？天地開闢，日月代光。上帝敷錫，於鑠八荒。萬物争覩，聖作皇皇。水火流就，下民之王。嘯虎興龍，立不易方。以我卜之，卜云其吉，終焉允臧。

父母生我，訓厥才良。置身青雲，萬民之望。行身不珍，負及彼蒼。兢戰冰淵，鬼神立旁。

偉人自擇，祛臭流芳。以我卜之，卜云其吉，終焉允臧。

師友豪賢，俠慕鄭莊。聲氣翕集，千里不糧。唱和一室，調出笙簧。彈冠矢志，鳳鳴高岡。丘壑夔龍，起奏《大匡》。以我卜之，卜云其吉，終焉允臧。

時地不偶，蹈滄集桑。掛瓢洗耳，巢許遁唐。金石錬骨，貌引雪霜。思咏苓榛，慨賦苞稂。蟣虱王侯，垂釣玉璜。以我卜之，卜云其吉，終焉允臧。

帝醉勿醒，罔思拜颺。勳華不就，業在文章。闔門著述，排奥發房。屈伸今古，迅掃粃糠。寶書獲就，懸國載藏。以我卜之，卜云其吉，終焉允臧。

凡此五卜，斷斷詳詳。用之得意，翔步廟廊。卷諸林下，游戲縹緗。守以純氣，復命高堂。質我友朋，釋兹愧惶。我卜定矣，云胡別商。

世　態

世有態乎？惟世焉而態自形也。杜牧之賦秦娥也，則曰：『盡態極姸，而望幸焉。』吾以是想世態之盡以望幸，而無所不至也。雖然，爲者自謂盡之，而世世相尋，態態相競，爲者竟未能盡也。

吾欲舉世態而繪之，將惡乎繪之乎？今夫至難繪者，水與火也，而妙手則擅之矣。古云：人不見風。然而風可繪也。波紋漣漪，草木之偃舞披靡，苟其繪之，則即以其態取焉爾，而世態則惡乎取？

吾將取諂笑脅肩繪之，則有拂鬚嗅靴者，更一變態矣。吾將取拂鬚嗅靴者繪之，則有舐痔吮疽者，更一變態矣。吾將取舐痔吮疽者繪之，則有出妻獻妹者，更一變態矣。吾又安能取思議所不能及者，盡其態而繪之？

然此皆以在我之態而貢之於人也。而我能貢之於人者，隨有受於人者之態，莫能以語言形似之者。彼其傲物自與，見貧賤則驕之，見富貴之下於我者則又驕之，其錙銖稱量，爲能輕重擬合，不去毫髮。甚有始焉爲我盡態以媚之者，忽焉失勢，非塗遇而迴車，則闕門而下關。更有得意巍坐，躬享瓊筵，進惡草以供客，牽駟馬而對食。更有富貴歸里，俾父母踧踖而改顔，親戚匍匐而畏懼。且更有人見爲婢妾也者，而丈夫也；人見爲周孔也者，而莽貨也；更有人見爲衣冠也者，而爪角也。

凡此變態，吾又曷能盡其態而繪之？蓋以態而出於世，在爲之者既竭心思焉，而曰吾猶有所憾；以世而窮其態，在旁觀者既竭目力焉，而曰彼則尚有所未工。故知態之所及者，即能爲其所及，而實有所不及；態之所不及者，即能索其所不及，而漸已別有所及。惟其真能盡態者，不期世之及與不及，而自能無所不及焉，以足此世態也。夫世態極而世情出焉，世情出而世變極焉，則吾且不特不能繪，將有不忍言與不敢言者矣。此謂無所不至也。

乃今篇

乃今知用真之自誤深也。世俗惡薄，應之以淳樸，是我背人也，一嘆而已。

乃今知時勢之驅人熾也。世俗言媚，譖端人爲饋遺，是我爲人贅也，一笑而已。

乃今知負腹之不可與明也。世俗鄙劣，對之以才傑，是我自内之溝中也，一訝而已。

乃今知疑謗之宜咽茹也。世俗鬼域，將無言而非阱獄，是我好辯，而以水濟水，謂之益多也，一自反而已。

吁嗟乎！荆棘滿前，藏身曷路？構我罔極，倏忽無故。《詩》云：『彼何人斯，居河之麋。無拳無勇，職爲亂階。』乃今思之，彼人其可相就乎？《詩》云：『此邦之人，不我肯穀。言旋言歸，復我邦族。』乃今思之，邦族何必遂臧乎？埋憂地淺，寫恨天遥，痛哭流涕，長大息而已。

鳴雪篇

鳴雪云者，當雪而有鳴也。物不得其平則鳴，况有雪以導之乎？

辛酉仲冬，雨雪瀌浮，七晝夜罔濟，惟一老翁凍守吾園，擊目皆凍矣。薪凍而桂，米凍而珠，徑凍而面山，客凍而冷轍，錢神凍于闤圈，日月凍於烟嵐。獨是臂中有神，筆不暇凍，但一飽墨，則驟馳陸海，爐韝千秋，一往情深，百端交集。如吾老翁，殆無時非雪也。和風甘露，景星卿雲，鳥啼花笑，水緑山青，我則雪耳。即彼六者，但一對我，幾亦效雪之凍我也。

走問嘗空齋寂坐，杳不知緒從何來，則取架上書，展卷朗讀，未及竟篇，則不覺廢書而走。走一室，刻可數里，則復和衣謀枕。枕未接夢，則蹶然起，思有所往。及啟户，則行行將不知何之。於時復半塗而反，即或偶有所就，則誕漫放言，究不得吾中之所存，而益以重吾大不得已之抑鬱。極之肉飯一餐，茗飲數甌，如是則歸矣。蘇端封戢，在杜少陵幸可載過，大丈夫亦何得讙讙焉引此，學飛鳥之依人？惟時則又不禁啞啞自笑曰：此曷非我雪緒乎？静念令人立僵。

因思方當壯盛，恭逢聖世，爾日讀書自命，飲冰映雪，方謂賦雪梁園，翔白雪之調，尚屬雕蟲小技，未當大用。上之來英辟雪訪，爲國家謀斷機務。否則效謝安石功佐中興，平居咏雪謝庭，而先憂後樂。又否則直言極諫，扶持正氣，爲韓昌黎挺藍關擁雪之骨。又否則方段頦四十餘日，割肉食雪，轉戰千里，斬燒何大帥，盡降其衆；李元直雪夜入蔡州城，生縛吴元濟，獻之闕下。又否則出使絶域，吞氊噛雪，不辱君命，如蘇子卿名重華夷。又否則如家子猷剡溪雪棹，訪知己百里外，而遄飛逸興。又否則時願不偶，如布衣王冕，當大雪直登潛岳峰，狂呼自賞。又否則如鐵脚道人孤懷一往，和梅花嚼雪，香沁肝脾。未嘗不可從雪中大顯其功名，激發其意志。

至若申王妓圍，國忠肉陣，種種豪華，謂是腐爛其軀於偎〔一〕紅倚翠、淺斟低唱之中，卑卑不足道也。而今若此，鹿鳴賓薦，既負鴻筵，鳴鳳高岡，又成絶響。煢煢向茅屋寒風之下，青燈孤影之際，思以欲殺欲割之筆墨，妄稱豪舉，躬自悼矣。一時將取史傳所得雪中逸事數十則，遍爲題辭，以雄筆陣。不謂甫及四則，竟以鶴語傷心，而聲遂遏也。聊叙數行，以誌吾意云爾。

校勘記

〔一〕『偎』，底本作『猥』，據文義改。

雒陽令開雪造袁安題辭

昔漢雒陽令，於隆冬大雪，躬自按行所部，見袁安户獨無路，遂開雪入，見安僵卧而無所干也，遂舉孝廉。王子曰：嗚呼！邵公之聲譽，施及雒陽令矣。

夫安爲冬日之日，晉安帝於百世後尚追稱之。乃其窮時，不能不僵卧於隆冬之雪，然身雖僵而骨愈起，雪則寒而節彌烈，爲之岸岸爾，蒸蒸爾。此中有人，呼之或出也。獨是世降道衰，群卿不揖客，守令不迎師，菁莪既見之喜，當世幾怠論之，又何能向鴻雪中問塊然一窮卧夫哉？而雒陽令於絶不相通之徑，開雪造訪，正如五丁之力，於蠶叢頑嶂，闢一道以孤行。固令之賢也，而益以景安之有以致之也。

孝廉一舉，遂登樞要。方章帝末，以天子幼弱，外戚專權，安與公卿言國家事，輒嗚咽流涕，所在以德政聞。然則邵公所謂冬日者，正從冬雪中僵卧得之，而我敬雒陽令，獨能於僵卧冬雪中，爲漢家捧出扶桑紅照也。

雒陽令洵千古矣，惜史氏傳其事，不傳其名也。雖然，邵公之賢，以令而著，雒陽之邑，以令而華，曰：雒陽令足矣，又何必藉名以名之哉！

王元寶暖寒會題辭

開元中，巨豪王元寶，遇冬日大雪，即自門巷掃雪開徑，躬立迎揖賓客，出酒炙宴樂爲暖寒之會。王子曰：嗚呼！富亦何負於人哉？人則負富耳。

昔者揚子雲作《太玄經》，有富人持千金乞得附名，揚斥爲富人無義，如闌圈中物，終不許。予謂此富人尚知有《太玄經》，更知有西蜀揚子雲也。當日指鹿呼牛，將無已甚，特惜其不能別有自立，而思附人以盜名耳。

若唐之王元寶，真巨豪也。元寶不豪於富，而豪於能用其富，又能不爲銅臭之司徒與輸邊之御史，取金錢而運之以馨冽，即從前猗頓、白圭，遜此一節豪舉也。夫大雪之際，綏綏棫棫，天地方以雪困人，吾不與天地以困人之威，集當世之賢豪長者，内之聲氣之中，與之鍾飲北海，浪化長江，慷慨繾綣，曲躬折節，誠有足景焉者。

嗚呼！元寶能與開元天子獨見白龍於百里之外，此其質有異乎常人者，幾由旬矣。今兹作用，亦何異明皇之宫嬪闌絲，佳人呵筆，至於貴妃捧硯，以綺皓寵青蓮學士哉？嗚呼！千古一人而已。

龍門賞雪題辭

錢文僖惟演留守西都，謝希深、歐陽永叔同在幕。一日游嵩山，自潁陽歸，暮抵龍門香山，登石樓望都城，各有所懷。忽於烟靄中有車馬渡伊水來，則文僖遣厨傳歌妓至，傳公語曰：山行良佳，少留龍門賞雪，無遽歸也。王子曰：嗚呼！錢文僖吾不得而見之矣。

憶昔年入恒山太守幕，去恒嶽百里而近，主人以宦情爲桎梏，止得於署中最高處延頸一望，每諷請而不可得。我其非謝、歐二公乎？其真無錢文僖耶？兹讀西京留守逸事，輒拍案起曰：嗟乎！吾竟不得文僖公而主賓之。

夫才士之懷抱，既自耿介磊落，正復纏綿悲楚；既能喝月歌風，更復裘霜衣雪。忽游心於神農、虞、夏之庭，忽睥睨于朝暮滄桑之會，忽[一]設想成補天浴日之奇，忽寄慨作枕戈嘗膽之苦，其各有所懷，可類充也。當日希深、永叔大雪登樓，即有所懷，世俗惡能尋之，而乃得之文僖。偉男子獨立兩間，菀枯富貴，總埒毛髮。特此意氣相期，則一飯之恩，隆於當厄，厨傳歌妓之奉，激於中曲。龍門賞雪一語，吾故知謝、歐之口不能傳者，文僖幾入二人之肝膈，而纚屬以酬之，固已揖山岳之德，而飲江海之心矣。

是舉也，可以蒸蔚文章，亦可以奔走豪傑，吾故表而誌之也。爲雪誌焉，爲幕誌焉，爲留守誌焉。要之文僖遠矣，安得起文僖于九京，取千葉牡丹一朵而進簪之？

校勘記

〔一〕『忽』，原作『勿』，據其前後，當是『忽』之訛，故正之。

南州橋下鶴語

傳晉太康二年，南州橋下有二白鶴，相與語曰：今兹寒不減堯崩年。王子不能讀也，作而嘆曰：雙白鶴則亦抱遠情也哉！

我思自堯崩至晉太康，幾千年矣，而此鶴於冰雪淒冽之中，不忘堯崩也，且識寒焉，其預參永嘉、建興與建武之兆也與？我不敢知。特是天地之大，今古之遥，寒暑迭運而不能無雪也，帝王代興而不能無崩也。

吾於兹則有慨矣。其爲暴虐者與，則無害於崩；其爲昏庸者與，則亦無害於崩。又曷取乎其崩之年與年之寒，而斤斤言之也？嗟乎！曾是堯也而竟崩也與？中天午運，於變時雍，而放勳殂落，適當寒雪之浮浮，將昊天上帝其亦不得而主之，仍不禁灑雪悼之。

而吾於兹則更有慨矣。堯之崩也，舜復堯之，虞復唐之，乘彼白雲，至於帝鄉，堯則不崩也。其有德非遜堯，未應華祝，一旦魂斷，鑾輿晚出，年非其年，崩非其崩，喪四海之考妣，回視伊祁之祚，如泥之憶雲也。則今日者，萬徑無人，千山鳥絶，俾太康白鶴當之，不更有嗟其年而悼其寒者乎？

大丈夫性血難枯，泪潮怒湧，何肯許南州雙白鶴，獨作遠情語？特爲呵凍題辭，薦諸同雲集霰之中。彼碧翁者，其亦敬而聽之與？

擬謝王元寶煖寒會啟

恭惟足下寒年著誼，冬日分和。踵洛令開雪之休風，希至人見龍之慧目。勝會樽開北海，壽杯酒近南山。迎揖道旁，正如亂含笑春，而來千里之喜；温存筵上，寧止中飲日晝，竟歡一石之歡。浩歌黄竹之謡，盡屏逼人寒氣；煖壓烏金之社，獨收滿座和光。古道照人，醇醪引興。客到君家而忘醉，天因此地而輟冬。敬藉短箋，難疏厚意。

司書鬼屈錢神辭

辛酉仲冬，雪花如席者幾旬也。予以狂酒自勞，作《鳴雪篇》，爲下酒物。俄則醉夢，見所謂文江之滸，豹蔚之館。有才士者，呼司書鬼名長恩者而祭之，祝祛鼠蠹之侵也。筵之盛，幾創見焉。其羅列類經史之膏腴，與百家之沆液，世俗所侈五侯之鯖，閴無登也。則見有物焉，挾孝先之笥以龍馬，駕張茂先車三十乘，賁臨祭所，坐文茵，凴霜回几，箕踞以享，不自爲泰也。則錢神出而嘲之曰：異哉！吾之見此祭也，子故所謂司書鬼耶？夫書亦何物，而必讀之，更需子司之，又從而祭焉？慨自乾坤好事，三皇造端，遂有所謂自然之文於混茫中，疣懸而贅附也。惟時崇之以靈書八會，玉券十華，則書之爲禍烈，自此昉也。益以河洛貢奇，《易》《書》踵事，典謨誓誥，頌譽繁興，疑叛交作，智能之士，喙喙争鳴，門門殊教。於是文字之禍，日行於不能已之途。

幸祖龍蹶生，岸然紅之一炬，爾時幾致廓清。不謂儒家好事，魏冢魯壁，復藏而蔓之。夫蔓草不可莳也，矧其蔓之于書。試思權謀詭譎，靡不自書出也。峨冠儒服，行跖蹻而口顔孟者，咸窟之以盗名利。尤而效之，乃有戎服而講《老子》，請讀《孝經》以却敵者，迂闊陋劣，禍遂至此。王介甫題《春秋》爲腐爛朝報，偶亦有見，而介甫仍以文章誤國。吾思當日似亦帝天悔禍，爰生鼠蠹，齧之蝕之，一反乎枝鹿結繩之世。疇復好事，乃復役子以司之，又重祭之，子復厚顔以享之，我不爲子得也。

我則曰，天下錢而已矣，何以書爲？昔者趙元叔曰：文籍雖滿腹，不如一囊錢。夫豈無見而激言之？且子亦讀魯褒之論乎？讀而深思，賤可貴也，死可生也，尫羸病廢之人可盎粹顒昂也，機鑰刀劍、筆鋒利齒所不能入者可排而入也。彼夫讀書者，研都練京，十年一紀，疲精嘔肝，徒爲轉相誇譽，竟之飢不能食，寒不能衣，且不克一身是賴，更何以施及蒼生？乃曰書耶書耶。不謂子復好事，爲之鞠躬盡瘁，於元至正間，逐群鼠數十萬，越洞庭而遁西川。他日者又取三食神仙之脈望，截其軀而投諸無用之地，亶不聰矣。

子其復命於役子者，舉中秘謨觴之藏，大縱鼠蠹，食之靡遺，吐人世之祭，憬然從陶白之教，則紫標之下，良可以老。子試視我，古今之奉我也，初不在豆而觴之，尸而祝之，蓋人人有心祭焉。上之則至尊廣府庫以崇我，次之公卿有司盛包苴以通我，下之則闤闠市獪躬風雪波濤以求我，又最下之則狼貪虎視之夫傷殘骨肉以争我，甚且有冶翁仲、毁維摩，不惜一身以成我。我則榮施也哉！子其亦有改圖也與？

司書鬼憤然作色曰：子殆所謂見錢不見書者也。彼錢之爲物，蓋創自伏羲氏，聚首山之銅，仰視俯察，以爲棘幣，好圓法天，肉方法地，以權輕重，以通有無。銅之利自此起，而其弊遂流于無所不至。如子所言，將爲利之乎？將爲害之乎？子之利，則吾之害也。是故投珠抵璧，蠲珠赦逋，帝王之鴻模也；却金暮夜，負薪而耻拾遺金者，卿大夫士君子之清操也。凡在有道，視錢也，正屬轉羌逐臭、殘身傷性之資。故山擅銅陵，竟致臾死；金谷豪叟，同填溝壑。則錢之爲效，概可覩矣。

今者我則與子言書。士大夫三日不讀書，則語言無味，面目可憎，此深得乎讀書者之言也。自來光明俊偉之士，節廉忠孝之彦，未有不得於書者。以故宰相非讀書人不用，而爲將不讀書，則一劍止匹夫之勇。五字可擢英才，一書可賢十萬師。進而言之，天上無不讀書頑仙，冥冥之地，惟才鬼得以修文作賦，書亦何負于人哉！然則書者，古人之大寶也，而鼠則嚙之，自當膺鬱林、東昏之捕刺；青編粉蠹，自宜昌谷有冷雨吊書客之恨。

而子之於書，故卑論之，且欲舉臭腐以壓之，是何異鼪鼯之誚麒麟，跛鱉之議應龍，深居坎井，而輒量九天之閶闔也。子其殆哉！

於是所謂錢神者，局促不能自容，退而哭乎朱提之麓者七晝夜，而錢神之聲乃不起。

卮　言

大哉乾元，制之者兩人也。昌榮者堯乎！　昌素者孔子乎！　堯則天，孔子律天。則且律，制天以法也。故曰：大哉堯，大哉孔子！

箕山之避堯也，深知舜也；歷山之代堯也，由擇其先也。一行一藏，何用不臧。

勿遺後人之憾，勿咎先事之蠱。豪聖之不負事權也。

人者，萬物之合也，人人而萬物之情別矣。其別也，有合也。

吾得之矣，勿急索不解人以解解也，其必有解之者也。

惡人之議也，而來其人之議也，而貌其人之無可議也，惟道學者爲然。

萬物職職，戰乎機而靡極。我弗克動，致其動以取之；我弗克静，則乘其静、亂其静以取之。

動静者，成敗之奧，而明略所自出也。

錫我七尺曷無愧？　托我六尺曷無罪？　授我三尺曷無畏？

爲天子育名節者，隱士哉！　隱故食我天禄也。泉石烟霞，王氣蒸焉。太上德隱，其次才隱，其次傲隱，至隱拙、隱充，則山林者板板而、蕩蕩而。噫！山林之運，其亦有升降也與！

昔云楚、蔡間多隱君子，若《魯論》所記，安得稱隱者乎？擾擾路旁，草野而意氣也，而使人色其爲隱也。孔陽爾栖栖者，其大隱也哉，滅聖迹而入群愚，游七十二朝而莫窺其中之所存。

漢擊匈奴，胡天弗混于華也。氊雪嚙而十九年，北海之濱入我版章矣。疇拓爾地，孰平爾胡，拙哉漢武，烈哉蘇武。

知英雄者，奸雄最哉。履端趾，毒盈齒，刀鋸斧鉞幾令死。妬之深，知之奇也。

旱魃之虐十年，天烈而湯雨，無道之國五稔，天豐而嬴歉。惟君能天，惟天不能君。

舌諂齒亡，體便骨却。

風雷，天之權教也。《春秋》，仲尼之權書也。迅雷風烈必變，仲尼之慎權也。

天運極而豪傑起，天運欺而豪傑疑，天運復而豪傑之技知。

堯舜，揖讓之顯于人情者也；癸辛，揖讓之嬗於天命者也。

沉幾也，乃决幾也。不變也，乃合變也。

棄世不棄，取世不取，英雄之略也。棄世不棄，取世不取，庸駑之態也。二者烏乎决之哉？

質不足以齊天下，而憤然有激於天下之氣，召奸雄之窺伺耳，非英辟之圖幾也。質足以齊天下，而蒽然有聽於天下之志，銷義士之激揚耳，非興衰之偉器也。

庯俗之采浮也，而圮族者來岳薦矣，而使其引繩墨，切事情，則周慴尹嘗，深其文乃至於誅。

奸雄得聖人之術而雄，聖人鑄奸雄之術而聖。故奸雄挾術以亂天下，聖人即奸雄以絡奸雄，運諸掌也。

事物之理，專勝散，故聚見聞以遒之；學術之數，衆勝獨，故竭搜羅以給之；述作之際，精勝略，故簡擇識以别之。

豪傑之士，崇其學可以自勒一書，爰定其略，得其數端，恢恢乎有以邁於世也。

自古真人之興也，其立志不在天下之得失，而視傷天下之和，迫於吾之失天下也。其舉事定繫天下之去留，而視天下傷天下之和，由於我之傷天下也。

天能以天下開帝王，不能躬爲帝王以開天下。

疇聖人而不勞民矣。不勞見聖人之大，不逸不見聖人之勞之大。驅其逸死，而賜以勞生。聖人之德，聖人之柄也。

剛健之辟，時取四方之水旱變故，以革其泮奐爾游、優游爾休之積習。豁達之主，時取上古之胥庭軒燧，以養其餘目不明、餘耳不聰之慧斷。其各有所克也乎？

至人有先天下之略，故前其用以厲物之進；有後天下之識，故藏其權以渾物之知。

驅游食之民，轉而緣南晦，則匹夫群起之禍不作，而英傑之士亦無從寄霸王之思。

古之爲大臣者，謗故有所不辭也。然一謗及身而踧然自危者，中有不足也，故處天下之大變者，不恃乎外而恃乎中。一謗及身而藐然自輕者，氣無以鎮也，故定天下之大難者，不存乎才而存乎氣。

下之人多方以伺，則天子勞；上之人深氣以取，則群工惑。

王者開創大業，必有秘於天下之寶，故裁自聖衷者，類非群臣所可及。王者恢宏睿慮，必有包於萬世之神，故定諸草昧者，咸非几席所能竟。

士之無其事而穀其穀者，每取養高之名以消之。始以文其心之所不安，既而忘其心之所僞安，而中之負焉者深矣。士之事其事而穀其穀者，平取分量以酬之，始以勵其職之所不及，既以了其職之所甫及，而外之包焉者寡矣。《詩》云：『不素餐兮。』吾神往乎彼君子也。

天下之大亂，必有一二異人者肥遁而不起。遁之肥，群生之瘠也。此一二人不起，憫世者未可躁動也。

兵法不可談也，其可談也，死格耳，足以自殺而不能以殺人。道學不在講也，其在講也，影局耳，不能欺人而適足以自欺。

吾飯粥以安儉而知飽，吾衣布以守煖而自麗。

富貴人而不克有我也，其不能富貴者也。我能不爲富貴人有也，有不止富貴者也。夫富貴則何傷矣，能富與貴，我生不罪，古今最之。

古今大奸，亦知惡之爲惡，而卒能爲之，雄入乎奸者也。故往往竊大聖人之術以自潤，而其力幾與大聖驟。

無卒歲，則無春王正月。歲之卒，蓋陽氣之藏，鬱於極，而蕩闢之屆也。萬物欣欣，跂予望之。

明之末季，而官邪始極矣。明之奸臣，清之功臣也。清之開國，而官邪已極矣。清之奸臣，明之忠臣也。

處落寞而不爲稠人所物色，庸散之至也；處落寞而輒爲稠人所物色，才智之隘也。隱顯稠人中，而與之以莫能定，則至人之潛天下而用天下也與？

討琵琶賊檄

大温柔國平貪去殘剔幽安邊靖祖止戈大元帥△格汝衆：

惟我温柔國，自受命以來，衣被天休，居圉寧謐，坐卧平和，上下一體，共享頤艾。不謂琵琶賊突起，實繁有徒，横恣貪婪，爬搔罔術。寬之則逍遥嘬吸，急之則竄穴總縫。及今不殲，長此曷極。兹一怒謀安，大展燮伐，赫然聲罪，用作爾威。

惟賊么麽小質，幾同蝸角之蠻；毛垢參形，徒綴印師之謔。而乃貪緣布帛，爰窺垢潄，遍及潔清，鬼域其踪。貪饕其性，飫脂血而僅不骨髓，侵貴賤而罔分肥瘠，坐飽雅傲乎侏儒，利嘴不讓乎蚊蚋。俾王景略披襟窸窣，慢對桓公；倩無畏師説法慈悲，盜名佛子。更且借面才人，怪誦阿房之賦；睥睨帝目，浪游宰相之鬚。即其巧擇肥饒，尚曰害滋毳母；殆乎蠹深弦縵，遂爾穢集龍池。處步兵之褌中，猶譏竊位；膏節度之床上，妄夢報恩。似此詭以濟貪，柔而行虐，遂釀腹心之疾，用芟肘腋之奸。

兹奉命出師，幼自垂髫，老及黄耇，其皆發左右手，擐披堅甲，風日前顛倒衣裳。滌開平六月之犀，寧第折其左足；悟伏波萬里之布，竟爾削盡閹頭。粉身碎骨，聲震無雷之地；抉囊潰腹，血流驟雨之波。懸纛燭爾車輪，貫心有我燕角。檄到，其尚肅乃一心，滅此朝食。毋忽。

蚊　判

蜂匪莽則不螫，蠅集瓜而聽驅。尚可恕情，亦爲減恨。特是起家惟壑，惡貫夏秋。饕盈口腹，孝子恣其飽血，貞女哀其露筋。翠紗厨，獰使開也，聲鶩霸立；蒼蠅賦，憎先及之，厭觸文人。希在囿之有滎，竄名白鳥；笑負山之無力，盜譽丹鴻。且也倏爾匿名，入殺函而稱蚋；更爾鬨焉竊號，遍荆楚以呼蚊。似此小小之蟲，虎不足投；聲厥營營之討，蜮有餘罪。謹援轡磔之科，用正吸噬之惡。

募建精舍引

有一僧求予爲《募建精舍引》者，予曰：我能爲佛者，有何往不得處？蒙然以天地爲蘧廬，則隨地有精舍，何須建也？而况募以建之？且夫施之爲言，如來以廣慳也。今髡者欲以其責付之不髡者，將無難？且如我仲尼之教，莫急於救飢拯溺。今且自爲飢溺，又何飢之救，何溺之援乎？且更即佛家證悟，在昔雪山，飢虎饞鷹，佛一身靡不可捨，乃建舍而言募，則且以我身爲飢虎饞鷹，其意智願力，似又非思議可及者。

解之曰：佛家之意智深、願力大，語及無相，則舍非我舍。舍非我舍，則浸假而即人即我。又浸假而無人無我，又何慳之不可破？今者我勸衆生破盡慳根，俾和尚建一座精舍，天大厚利，彼七寶庫中即好索還，則衆生故自建此精舍也，在募之者。故未嘗言募也，爲建而已矣。

募修梅山寺引

世鮮知棄之爲取也。彼鮮知者，徒知取之爲取，故極之爲刻薄箕斂，次之爲慳爲吝。舉凡謂儉不中禮者，不遺餘力爲之。究之聚極必散，以致爲大盜積，鬼神且百折奪之，而復窶且貧也。嗟乎！白猗之魄，豈復素封？黔婁之賢，去有餘富。故知棄之爲取者，非提其貲而委之於壑也。蓋以行吾不得已之心，以成厥不可朽之事，則棄也，而非棄也。

兹者梅山古刹，日就崩圮，寺僧某慨然欲重新之，屬予爲募疏，以遍告諸善信。而予遂出前説以題之，非誕漫不近情也。念此寺創建已古，而宋時則爲尤盛。方當盛時，寺庶千僧，松嶺雲峰，樓閣相望。而熙寧中，郡守諱師孟程公者，且建及南亭，而環山景有餘觀。今之衰也，而梵宮岌岌，幾不能庇金仙之像。

吾意雪山摩樹之靈，當有入十方肝膈而作其施與之豪者。夫施與非絶難也，難於施者。既視多藏爲世守，抑視金玉爲粱肉，緘縢固之，憂勞護之，視一切可爲可傳之事，以爲我無與焉，而執此不變也。疇知陰晴寒燠，必轉之時，富貴貧賤，遞享之物。苟念及此，則奚翅臭腐區區，即在頭目髮膚，佛能棄之如遺，而乃耽耽阿堵爲？

吾故勸諸善信，凡吾心之所營，身之所享，廓然歸諸幻相，盡革平日銖積寸累之私，出以成此勝舉。則吾之慷慨，正佛之慈悲也；吾之泉布，即佛之旃檀也。且非特爲如來助美，直已爲一身證響也。其於所施多寡，各隨心到，一錢亦可轉藏，少花亦能滿鉢。乃若力士鐘成，十萬叩皆二十；唐京葺寺，萬貫曾爲百撞。則又諸善信之大願力，信心爲之，募者之意中而望外也，又日望之也。

募建吕祖殿疏

今夫仙者，超乎人而爲言也。人囿世而不能出世，則仙凡路隔，其病在未能棄也。惟人有所不能棄，則彼所不能棄者，即汩吾清虚，而勳名、富貴、貧賤、死生、疾病相與環而攻之。而仙者不然，舉人所環而攻之者，爲能一切割棄，即以證嚮誕登，則不但置其身於勳名、富貴、貧賤之外，而且置其身於死生、疾病之外，而且有以度世于死生、疾病之外，則曰仙也，果有異於人也。

今觀休徵吴君所言吕祖事幾怪，然而非怪也。夫能外是身者，立其身於今古者也。吕祖當日成道，棄一切如敝屣，而我休徵瀟灑出塵，其飄飄凌雲之氣，故足以嘿相徵召。方其癰結血潰，死生之念已不入乎胸中，曷冀有吕祖者過而瘳之？《南華》曰化予左臂以爲雞，則以求時夜；化予右臂以爲彈，則以求鴞炙；化予之尻〔一〕以爲輪，以神爲馬，予則因而乘之。人於尋常能作如是想，即此身無不可棄，何有附身之長物哉？故由棄之道，不特可以無疾病死生諸累，蓋不必拔飛白日，而人人心中有吕祖也。

古之仙人，如赤斧以煉丹頳髮，涓子以木精久延，偓佺以松實方目，赤松以水玉乘烟，方回以雲母變化，邛疏以石髓駐年，如此者不勝既也。彼皆不過借此以登假，而要其成道之秘，則割棄一切之外，無多術矣。今休徵感吕祖瘳癰之異，即思盡棄附身之物，構爲一殿，以尸祝之，更欲廣於同人，皆得割棄一切，以成此役也。夫推吕祖之霍我休徵，豈其責報于一居？且彼朗誦洞庭，翱翔八極，亦何藉拘拘蘧廬爲，而更藉休徵之爲此？然休徵之爲此者，則意念深矣。彼固以吕祖廣世人也，則吕祖即不樂得此居而有之，深樂此廣世之意而居歆之也，則世人於此勃然興起，安見白鏹刀布非即絳雪妙丹哉？吾故知此役成，而古今之誕登仙果者，正不止七十四人入佛經，而七十人之傳列仙也。敢以此意，遍號于世之抱仙骨者。

校勘記

〔一〕『夙』，原作『夙』，形近致訛。

男子集首載隱逸説

嘗論富貴者，聖人用天下之具也。予集男子，而首載巢、許、無擇、伯成子高，以至卞隨、務光，非輕富貴而驕貧賤也。古今惟能貧賤之人，不爲輕富貴之人，而即其真能處富貴之人。彼巢、許之數人者，似又立於富貴貧賤之外，別能高視塵寰，於中復有一種不堪告人之隱，以自行其所得，謂可以謝其華而葆其真也。

乃或謂之數人者，爲怯於任天下，與渺于視天下，而故爲驕語以逃之，則不知之數人者之超然高寄也。彼既以爲堯、舜、禹之時，故可以無隱，而亦非不可不隱之時也。然且以揖遜交讓之事，不足以當其胸臆。至於湯，且忽反揖讓而爲征誅，則隨、光所處之揖讓，更有甚難於堯、舜、禹者，而又何言乎夷、齊之遇武王也。又何言後之君子處莽、丕之世，既已不能征誅，而反竊禪讓以高其名，而皆安乎勸進颺言以榮其禄，充之而無所不至也。其視可以無隱而隱，與不可不隱而即隱，其富貴貧賤之際，相去又幾何也？

然則富貴貧賤，又磨鍊天下之具也。吾故謂古今處富貴而能以富貴終者，韓魏公、郭汾陽之儔也；處富貴而能不以富貴終者，留侯、鄴侯之儔也；處貧賤而能以貧賤終者，嚴光、牛牢之儔也；處貧賤而能不以貧賤終者，管夷吾、諸葛孔明之儔也。是皆入於富貴貧賤之中，有以迭用之而不失其正。乃若巢、許之儔，似又立乎富貴貧賤之外，而真能富貴、真能貧賤者也。爲真男子者，不可不思其意也。

爲尋師者説

師何可勿尋也？徒言尋也，終亦勿克得也。

昔瑞也師成連，成連偕尋方子春於海上，而置之去。至於海水汩没，山林窅冥，鳥獸悲號，忽自得師，則師盡在海中，盡非海中也。

吾故笑世無伯牙，而尤笑師無成連也。顔淵曰：子在，回何敢死？則又在認定一仲尼耳。此其旨，吾誰與語？

不今今説

積今乃得古，古則勿先於今也。古人，古之今人也，則以爲未始有今人也。

布被辭

維一老翁高卧潞陽，所卧布被，踰二十餘年。冬夜僵守，頣膝相接。曉起，朗吟杜少陵布被多年冷于鐵之句，啞然笑曰：此翁能言其冷，未及言其重也。

嗚呼！鐵亦可爲被乎？雖然，古有抱犬終宵，衛其妻于米桶者。今也尚能有此布被也，尚能多年有此布被也，更以多年之老人，享此多年之布被，而克全其高卧也。彼千鴛鴦與百幅之華侈，於我何加？則予今者何必無貂錦之奇温焉？

於時諸子孫侍側，拱而前曰：先生之詒謀，遠矣卓矣，子孫保之。

衣志

壬戌秋七月，凉風自西北來，挾雨騎寒，夜氣逼人。索一敝衣，爲老人守敗軀。衣則二十有四年矣，質既依稀，然雖敝，得積垢扶助，反可蔽風，浣之則烏有矣。夫衣惡不足耻，自念吾亦可不至此，而竟至此也。誌此令子孫知吾意，非曰師吾儉也。

種菊偶識

余齋中地甚狹，四圍則墻屋守之，中復平以石，唯東西邊少間以土。往年種菊，使兩相望。

而西則不花。余疑菊雖幽姿，召陽氣飽之，花宜發，且能入殺節而轉勁。遂移諸盆，恒置烈日中，不爲陰氣所靡。未幾而葉幹挺英，花氣芳烈，正俾白帝無威。因思部署失宜，未許責菊也。

慨富人

揚子雲著《太玄》，有富人割千金，希列名焉。子雲擯之曰：富人無義，如闌鹿圈牛矣。予慨今富日降，漢富日躋也。予也得爲轉輪王，必使展轉作富人，墮百千浩劫，未許夢見鹿牛也。若子雲者，固已進厥富人矣。曷進爾？鹿呦鳴而奔跂跂，牛則以代其耕也。

餉聞社社律

會期，應乎月，以光氣相韵也。不主十五，避上中元，洎中秋也，刻以十六則月散也。

面文，經、書僉一；帶文，經三書二。彙爲七，練闈戰也。

會堂，則地從主，以聽適也。

當會，足以一人，弗克則免，竭其才，勿竭資也。客居免，重誨我也。

閱文，司會爲政，尊其柄也。鼎者參之，廓邊識也。

評文，毋胥濫，毋胥畏，毋胥面譽，乃有後言，貢肝膈以教忠也。

屆會，約必赴，除大故，如約即止，不則罰繩曠也。

每至會，必齊帶文，綜厥篇。篇缺，即補以金。其面文，亦齊金先納司會。會散，以文易金。文不來，則金不反。警厥偷，且以嚴逋也。

當會，則以儉令。午酉二飯，午四簋，耦以蔬，酒定三爵，清文思也。菓點，上下午敵應，養思腸也。酉則陳八簋，菓四，酒卜夜，盡歡也，且言張而能弛也。一文未竣，衆友懸飲，飲人滿室，取林樂且以踧踖不竣者，俾振筆自躡也。

遞送，僉有定期，稽則必罰，洽弛事，且以酬文渴也。

罰資，貯餉聞堂，俟會期告竣，以供朋饗，辟酸氣也。

丁媛小傳

予姪迪公，士林推八斗才。元配賢淑，當琴瑟偶乖，慭慭以續絃囑君子，以爲但得尹氏姞女，即屬鸞膠，渾如故也。以此迪公遍擇所宜，乃得邑中心翁丁先生女。心翁以妙齡名噪黌序，昆季五人，甲第蟬聯，冠蓋相望。厥女雅雅，士女遂委禽焉。

既而來歸，則果娟娟淑姬也。內德之茂溢於瓊閨，登堂拜舅姑嘉慶，見之者靡不賀得佳婦，克配佳兒。繩孝敬者無間言。居恒勉迪公以學，解珮左右之，了無倦容。撫字前所生子如離裏，尤所不可及者，舒光所照，輝及小星，《螽斯》《樛木》之風，靡有遺憾。疇昔烺烺光彤史者，今古敵應也。自今以始，漸旅壯盛，婦德婦功，俾閨門雍肅，成一家之政。

一日者，迪公騫飛九萬，以孺人之懿範，躬膺寵錫，爰享偕老，福祉將未有艾。兹者試對斯温行樂，珠媚玉輝，儼有佩聲珊珊，令一時窈窕，無不自嘆其形穢也。猗歟茂哉！

茅孺人小傳

孺人者，予姪迪公之元配也。以迪公之質之才，故宜有第一仙人之許。方孺人于歸當日，交禮畢，諸内外親戚覩珠玉照人，咸喜，謂才士得邦媛，兼爲堂上舅姑稱慶。

孺人質美孝敬，其所性成。而勤惕有加，三日入厨作羹湯，即有以勸迪公左右就養，而温清之節未嘗有間。既而育二子，幾亦成童，輒多方惠愛，訓之如成人，爲舞綵以上悦舅姑，俾古槐庭院，日在春風和氣中。

蓋孺人名家女，不必遍讀《内則》，而所行自與暗合。即在迪公剪燭夜讀，孺人執女紅伴之，每至有關名教者，即備爲推問，不禁先得我心之樂，洵爲千古閨秀。俾難老而作偕老之光，以爲必得其壽。夫何甫當三十有六，即爾駕鶴，内外嗟悼。今試對其遺像，德儀怡怡可挹，疑者以爲真真偶上畫圖，君子陽陽如昔日也。

王答胡聘啟

伏以乾坤成道，爲室固尚女貞；桃李争華，得婿尤希燕譽。以是乘龍稱快，推玉潤於郗門；

占鳳兆昌，賀鏘鳴於華胄。元振牽絲繡幕，望重代公；盧郎卷合狀頭，評傾閨秀。長揖就坐，在劉延明不委曲以讓群英；坦腹據床，即家右軍亦瀟灑而照千古。所慮樹難倚玉，雞遜驂鸞，闒閬罔顧乎隨流，豪賢耻諧夫陋劣，相攸徒羨，佳倩難逢。未有自天作合，意中而望外，如今兹之幸也。

恭惟某振古名宗，於今華望。原夫麟經定注，直筆挫四傳之文鋒；封事購金，正論留兩間之浩氣。一時德名斗燦，累代甲第蟬聯。近遡五世，而先澤彌新近連五代甲科；首貫八封，而姚江特盛。益以琳琅觸目，芝桂盈階。何期謀室村姿，連姻貴族。敬令姪驟馳揚鬣，昂昂追電之駒；愧幼女狼籍畫眉，瑣瑣夢虺之瓦。侗焉鮮識，未諳蘋藻之篇；姤而得光，許結鴛鴦之社。

而乃寵膺文定，大溢五幣瑞草之儀；更驚載錫瑶章，愈光雙璧元纁之色。洵令一門胥慶，敢不九頓拜嘉。所願繡虎風從，門楣推焕；大鵬雲拂，上國分光。孔膠朱陳晋秦之歡，永得《關雎》《麟趾》之意。則某今日者，縱效享儀之物，深愧無幣可將，爲之取文於心，仍亦有言莫罄。統希台鑒，慰厥鄙懷。

秋　閨　溪、西、鷄、齊、啼，限韵。又限入一、二、三、四、五、六、七、八、九、十、百、千、萬、兩、雙、半、丈、尺

萬里初分尋丈溪，寒宵刀尺兩東西。五陵一去睽雙影，九日千思嬗四雞。八句七言秋意冷，半腰六幅百嫌齊。二三其德腸迴直，四壁蛩聲助我啼。

二

雙泪頻揮泠半溪，九陵百險六關西。萬山縹緲幾方丈海中山，兩意睽離間五雞。十八鬟多一命寡，億千夢繞二天齊。三徵七辟功名薄，尺素維憑四□啼。〔一〕

三

百丈纜也牽舟憶舊溪，五原尺五九河西。二三寒陣希歸雁，千十兩端禱碧雞。萬杵清砧一月裊，六街黄柳四郊齊。雙眉八字塗幾七，半面新粧懶畫啼。

四

十二巫峰越九溪，三秋追怨半征西。八箋畏咏雙棲鶴，一夜驚聞四報雞。五六歸期端未信，百千愁思萬難齊。尺函丈書兩無得，七發雖工病轉啼。

五

百年兩守浣花溪，六轡今陪八駿西。尺地戢翎雙白雀，丈人議賦五坊雞。仙樓十二游皆浪，帝策三千對枉齊。一日九迴秋半老，七絃四斷萬珠啼。

六

萬重兩泪半清溪，六翮争飛七澤西。尺布可縫覬丈錦，雙鴛易撇繫連雞。九秋五夜更三閏，百疊千常緒罔齊。八表四美卿自二，一封太息十吾啼。

七

一宵四夢別前溪，丈六金仙錯度西。雙闕馳心瞻五鳳，半衾聒耳厭群雞。三四兩耦終當合，百折千歧萬苦齊。七尺八美吾豈二，秋光九十笑含啼。

八

尺水迢遥兩別溪，慕追六丈震關西。寧同三匝雙飛鵲，怯伴呼更二翼雞。七命五花一未寵，千辛萬恨百能齊。八埏四顧歸何日，十甲盈囊九半啼。

九

三五秋光滿四溪，兩人一別六橋西。百端怨亂迷周蝶，二處參商咽五雞。尺東十書丈未分，九烟千里萬重齊。八風吹浪雙星闊，七七奇花半是啼。

偶聞秋閨應制，限韵限字作七律，遂即戲草得九篇，止成鼯技，正愧盧郎。但走筆時生扭奔命，頗參僻奥，聊以自娱。詩文知己，應俟百世，罔敢急索取譏也。

校勘記

〔一〕此篇改動較大。底稿原作：『二三四望萬重溪，五日六詹一棹西。九秋七月驚鳴鳩，兩地千般憶玉雞。十尺郎身我之半，百篇閨怨若應齊。莫飾丈夫游八極，雙雙試念子規啼。』

括咏四言古風二十五韵

一片凄秋，二京望瞪。三年遐棄，四座無聲。五悲難悉，六花預并。七夕河廣，八蓍亂情。九秋怨及，十里杳程。百歲緣渺，千山告崢。萬絲忉緒，兩意孤行。半枕血痕，雙髩飛英。尺有所短，丈夫別輕。溪紗悔浣，西子吴征。雞窗幽咽，齊紈冷攖。啼鵑慘聽，秋閨賦成。

《秋閨》十八字洎五韵，亂以四言古風，總括二十五字，縈紆鬱悶，意深寄深。吁嗟乎！人生不得意，女子善懷，男兒豈易忘情？云誰之思，簡碩人故非欺我也。

吾園遺草

陽羨鵝籠

【一江風】（生扮許彦，野服，籠雙鵝，唱上）小神仙，筆挾龍蛇變，墨隱隨吾願。五經笥，便便邊腹，不敵囊錢絢。懸情在彼娟，懸情在彼娟，奇情邁粉鉛，死知音爲着卿卿怨。

難將往事恨叨叨，享世崎嶇大塊勞。飄絮山河誰任咎，林泉有我尚逍遥。自家許彦，表字邦卿，陽羨人也。我笑我許彦，牢籠文圃，千秋氣岸。那一日不把古今眉面，打點幾番？以此恢恢自負，意欲挽弱水使東流，蹴泰華使西倒，爲朝廷做一代功業。誰知宰相非人，英雄不偶。追想永嘉、建興之事，不禁髮立鬚張，泪傾數斗。喜得建武肇興，乃有江左衣冠，却也只争得一個偏安世界。歷自明、成、哀、廢，眼見得權臣誤國，中原大亂。只今太〔二〕元二年，却有苻秦虎視，識者每以根本爲憂。我許彦一腔熱血，無地可傾，只得放浪山水，陶情詩酒，權做一個痴痴漢子。適纔行過山阿，恰好一分人家，小橋流水，幽偏可愛。一時興致，就問他家索取筆墨，揮詩粉壁。不想有一雅俊女郎，出來見我筆走龍蛇，詩成珠玉，便以逸少相賞。咨嗟良久，著雙鬟，捉溪邊鵝一對，籠以相贈。我想佳人動色絶勝，天子改顔，若使這個女郎早年居了相位，我許彦定不致淪落草莽，世界也决不敗壞至此。（舉頭看介）呀，那邊有一個書生落拓行來，却有飄飄仙氣，不免少坐石上，待他來時，與他談笑片晌，定是可人也。

【一江風】（小生儒服扮書生，唱上）碧霞天，慧業曾先佔，世换留真面。索塵埃，幾遇英豪，蹭蹬青雲願。含悽覺汝賢，含悽覺汝賢，誰當着我鞭，幻無端戲把升沉玩。

壺内烟霞歷幾朝，深林一葉足鷦鷯。終宵枉構勞生夢，籠内乾坤五岳消。自家陽羨書生便是。俺家本是上界神仙，緣何扮作書生？只爲近來天步多艱，雲霄板蕩，就是玉皇香案，儘多不讀書頑仙，以此隨班逐隊，了却朝參故事。便爾遍走三天，訪求同調，並無一仙可供酬對。我想古今仙才，豈得一朝頓絶？既然不在天上，定是避天遁世，反向凡間寄迹。倒不如逃出仙班，爲仙家尋一退步，不枉呼爲血性仙人。近來曾覓得一個女中鮑子，實則仙骨珊珊，解語風月，只是謀及女子，終覺聲氣寥寥。聞得此地有一許彦，真乃鄰、留流亞，爲當官居上相。此人了却世緣，後來訪道蓬瀛。他如今正當落拓，世上無有知者。遠遠望見他伴著籠鵝，石頭閒坐，不免向前顯個神通，與他盤桓一會，也不枉仙家游戲。（向前與許通問介）請問長兄，籠着這兩隻鵝到那裏去？小弟行路疲苦，意欲暫托鵝籠，少休足力，幸勿相距。（許作笑答介）休得取笑，這小小鵝籠，怎容得一個人兒？就果然容得，小弟也將他不起。（書生云）但肯相容，我自有道理。（忽作入籠介）（許作驚怪介）呀，怎麽有這等奇事！你看這書生走入籠内，籠兒不見大了些，這書生不見小了些，就是這兩隻鵝，也全没些驚動的意思。我試將他起來，且看輕重何如。呀，果然一些不重，這却怎講？（書生云）不必驚怪，你且放下，我有話與君説。（許放介）請問有何見教？（書生云）你看這一路鳥啼花放，水緑山青，儘可徘徊。我且與君藉草而坐，暢飲言懷，何如？（許驚語介）這深山空谷，一望片荒，何從可得酒餚？（書生）許兄，你且站着，待小弟措辦出來。（書生作朝内口中吐出杯盤酒餚介）（許作驚痴介）（書生云）君且休驚，我還要招致一個酒知己出來。（又朝内作口中吐出一美人介）（旦雅服扮美人微笑上相見介）（許作驚揖瞠視介）（書生云）驚怪恁的，且自飲酒。（作藉草環坐舉杯唱介）

【錦堂月】（旦）誰是千年，莫辭杯斝，飛送鶴觴斟淺。春醪骨醉，扶來海棠輕軟。羡桃花洞口相留，惜劉伶墳土空乾。（合）繡平原，願取十千豪飲，此中得仙。

【前腔】（生）嫣然。一笑金千。奇逢幻飲，雙鵜籠内相憐。椒花雨勁，那禁屢舞僛躚。酒泉郡，麯部移封；酒星燦，大道通天。（合前）

【前腔】（小生）頹然。落井朝天。牽人骨興，中山醉卧三年。一杯邂逅，何妨兒女纏綿。嘆世上，開口能幾；澆胸中，塊壘墳顛。（合前）

（小生云）我醉欲卧，君與美人兩人對酌，聊伴山花。（作側眠介）（旦云）書生睡去，我與君串飲幾杯，莫孤良會。

【前腔】（生旦合唱）幸然。今夕何年？未飲先醺，况是鯨飲百川。傾人意氣，請客亦須擇賢。喜相同，座無拘忌；任醉醒，你我無眠。（合前）

（旦云）妾雖與書生結歡，未云美滿，竊得一個男子同行，頗稱典雅。書生既眠，暫呼佐酒，君其勿漏。（生驚問介）這却何來？（旦向内作吐出少年介）（貼旦雅服扮作少年上相揖介）（生驚問姓名介）（少年云）既是吾輩，無須問姓，但當豪飲，勿負今朝。（舉酒唱）

【畫眉序】（少年）白雪老山巔。記得堯崩似此年。看萬徑無踪，孤村縷烟。敬賢豪、如雪肝腸，愛瓊姬、玉貌争妍。睡聲鼾，酒如泉，那管得顛倒寒暄。

（生作驚問介）長兄差了，寒便説寒，暄便説暄。如今三春佳麗，鶯啼燕語，飛香滿天，游人處處，爲何看是青山已老、萬徑無人上去？（旦云）這却不是先生所知。先生看得眼前光景，艷陽奪目，這少年又看是冷寂乾坤。依我看來，説春便是春，説冬便是冬，誰真誰幻？就如妾身，既不是先生，亦不是少年也，不能識先生與少年果是怎麽一個看法。且各飲酒，聽我道來。

【黄鶯兒】（旦）冷暖莫相纏，解脱得便能仙。就如妾與這少年呵。都向腹中吐出原無戀，彼後我先，其然豈然。三杯恍遇此中天，欲無言，些兒略得，壺内樂無邊。

【皂羅袍】（生大笑舉杯邀唱）從此真言忘辨，向鵝籠參透得未曾前。大小輕重總非耑，寒暄爾我何從見。醉鄉醇悶，堪怡百年。糟邱登望，道路幾千。回頭苦海酒家眠。

（小生作醒介）（旦向内作口吐錦帳遮小生，小生留旦入帳共眠介）（少年對生語介）此女雖有心情，亦不十分向我。曾竊得一個女子同行，暫令出來相見，願君勿言。（生驚喜應介）妙甚，妙甚。（少年向内作吐出女子，小旦雅服上相見介）（少年指小旦與生唱介）

【啄木兒】真奇艷，可人憐，眉細分明春萬點。腹三叠、心底嬋娟，情一往、暈紅滿面，却爲我鬱鬱久居深自遠。向你相看，把酒分餘善，但略近芳唇杯也仙。

（小旦向生語介）妾本蒲柳之姿，謬承這少年相愛。今又不惜齒牙，向君過獎。獨念良會難期，無可爲侑，敢吟鄙韵一絶，愧非下酒物耳。（生）不吝珠玉，僕當洗耳。（小旦吟）一團冰雪抱花眠，幾曲柔腸鐵石堅。生藕截來絲不斷，却疑銷鑠向君前。（生贊云）苦吟逸調，足見情深，聽之解頤，兼能墮泪。（小旦）深知穢聽，欲令别後無忘耳。

【玉交枝】（小旦）詩成如怨。恨臨風急切難傳，恰韶華佳媚渾相賤。囑多情着意留看，只今相對不盡歡，别後相思愁何限。含情句、長栖耳邊，有心人、肯教違願。

（少年向生云）這女郎素屬鍾情，不禁惑溺，聽他此下缺。

校勘記

〔一〕『太』，原作『大』，當係形近致訛。

碩薖集跋

文中子曰：謝靈運小人哉，其文傲；沈休文小人哉，其文冶。由此推之，凡李斯、揚雄、柳宗元、王安石諸文，非冶則傲也。

文章正宗，必首推屈原，結歸文信國，中間賈、董、韓、歐、蘇氏父子，皆足守先待後。明則金華、北地乎？然未必勝方正學、王文成也。何也？所重有在也。

予友王潛岳，九經以爲經，三史以爲緯，其沈酣於此道，真如飢可以當肉，寒可以當裘，孤寂可以當友朋，幽憂可以當金石、琴瑟，而尤於敬君愛國、順親信友之中綢繆固結，不能解免。故其正言、寓言、大言、小言無不如日月之經天，而江河之行地。

予讀《碩薖集》，而喟然嘆曰：光怪奇幻，飛舞於筆墨者，此潛岳之文也。忠孝仁義，根極於性命者，此潛岳之所以爲文也。

碩薖集存偶

碩薖集存偶

山陰王雨謙延密甫撰
會稽壻俞公穀康先註
外孫俞忠孫祖臣補註

擬上納侍臣李時勉奏敕吏部尚書蹇義等二十六人巡行天下安撫

軍民謝表 永樂九年　崇禎癸酉硃卷

伏以巽命出璇霄，纘挾棘圍開陣色；離輝照比屋，力忘耕食起衢聲。聽言下膏澤之波，密雲既雨；分職遍逃亡之燭，朱紱方來。萬騎歡騰，八埏傾附。臣等誠惶誠恐，稽首頓首上言：竊惟足兵爲政，非徒血戰龍沙；固本寧邦，止在堵安鴻肅。烈期三捷，周室嘉霏霏雨雪之詩；愠解四方，虞廷鼓發發薰風之曲。必上篤家人父子之愛，斯下成臂指風草之形。以此玉關永固於金甌，民嵒遂安於磐石。自兵農既判，皮毛僉盡於何傅；上下情懸，艱難獨慨其莫恤。歌風辭繼，空懷得猛之思；詛日心離，徒滿築愁之怨。袍歸千里，悲來秋漢寒砧；章泣七襄，恩吝冬吹暖律。嘉謨之告其渺矣，居圉卒荒；皇華之使安出哉，咨諏罔托。寧知軍以衛國，民以養軍，倘非聖人之有憂，曷慰天下之無告。固未有慮周爪士，念極蒼生，如今日者也。

兹蓋伏遇皇帝陛下，函三作履，統萬爲輿。鼎定幽燕，跨夷夏咽喉之勝；學根宥密，羅帝王道德之淵。用賢若未能，從諫如不及。謂混一而後，明朝之日月重懸；且靖難以來，聖世之雨露宜渥。允納侍臣之奏，特簡吏部之巡。求赤子心於一十五區，假陽春脚於二十六署。巡行天下，既以爲四國，而實以重京師；安撫軍民，固以循乂綏，而兼以示彈壓。德意雲敷，遠邁布詔於山東；命使星逌，總屬沛恩於直北。從此不愧尊，爲衆父父，天之幬兮，地之持兮；彼何以得遂，其樂融融，德莫厚而，威莫赫而。

臣義等心懷報國，志切民迷。欽聖諭而意在必遵，奉行戰戰；達下情而懷每靡及，載道詵詵。將此臣哉鄰哉，僉播鴻恩於萬國；允頌至矣大矣，誕垂良法於千秋。伏願履戰春冰，心勤旰食。既雨既處，爰驚厝火之虞；載戢載櫜，聿駿陳常之極。則兵氣銷光爲日月，巍巍乎仰大明一統之瑶圖；民質遍德於閭閻，皞皞如推永樂萬年之至治。臣義等無任瞻天仰聖激切屏營之至，謹奉表稱謝以聞。

本房胡見可先生曰：引商刻羽，累黍不訛，瀉玉流金，音節鴻亮，至其議論悚切，竟是宣公奏議、賈傅《新書》，又不徒聲律對偶之工矣。

擬青帝詔令今年行春特早兼令天下諸花咸于春日齊放仍置閏三月俾得久不凋落花神謝表 甲辰

伏以天開詔令，寒年弱霜雪之威；帝撰良辰，隔歲布陽和之詔。八荒催萬花而成谷，四序合一節以咸輝。百卉暄萋，千秋生韵。〇等誠惶誠恐，稽首頓首上言：

竊惟啟華披秀，嬌鶯流百囀之清音；憐紫偎紅，浪蝶宿五更之香夢。探花勑使，榮得色於瓊林；御史惜春，任留芳於上苑。列乾坤以錦繡，李仙矜草木之欲言；裹柔嫩於夭喬，杜老向江皋而賦惱。期莫昌矣，恩其大哉！獨是後先之開放異宜，朝夕之悴榮苦速。連宵風雨，偏瘞西施；雙頰臙脂，竟違南國。櫻桃寫血，乞年嗟薄命之天；杜宇傷心，覓葬祝長生之地。藥欄畔，塵埋詩客之囊；雲紫亭，坐燼道州之燭。豈天地之有憾，抑花草之多情。顧未有日續小年、物賜大環如今日者也。

茲蓋伏遇〇〇〇〇，堯天循甲，舜日重華。早促玄冥之裝，試瑞梨於九月；特怒豐隆之喝，挈夏令于三春。從此綺帳朱嬴，不須白露爲霜之候；天漿雲葶，盡簇青陽艷冶之叢。梅聘海棠，黎舉喜同時而如願；杏依妙妓，平園慰嘆息以無聲。顔修文比桂馨一山，吹煦尚隘；列禦寇笑楮成三載，琢削徒勞。惟茲有脚陽春，彙麥夭槐序以運德；無邊光景，寧瓊枝玉蕊之争先。穆陵道無須咏榆莢以留殘，朱淑貞自可啟繡幃而延坐。

臣等才非槖籥，職領栽培。沐雨露之無私，普天同慶；覯芳菲之有造，隨地爲歡。身作護花鈴，防靈禽之啄瓣；力却移春檻，誚笨伯之牽絙。洵天府之奇逢，垂花林之盛事。伏願新恩有俶，大德惟生。日暮嫣紅，永絶東風之嫁；雨膏肥緑，偏栖湖上之山。將見百二十里杏村，在在效迷津之秦洞；三十年來桃悟，人人分佛偈於禪師。入樂遴詩，二十篇洵能消恨；用花成會，十萬枝儘可忘憂。臣等云云。

擬唐於春時每當花開以重頂帳蒙蔽檻楯特置惜春御史掌之號括香使使臣謝表 長慶元年

伏以帝轉青陽，一路開萬花之谷；皇飛丹詔，九重創七品之榮。檻帳恩過於帡幪，爵秩别增其風雅。物苞芳洌，官坐氤氳。臣△誠惶誠恐，稽首頓首上言：

竊惟德下腥聞，氣排花出，曠推物理，爰契玉爐。以故日發風枝，焕鞠陵之寶色；天飄雲外，落桂子於金樞。蓋自軒黄然榆息於蘭蒲，分厥尊卑華裔；上華發自然之青氣，乃覯返烟逆風。聚窟都彝，並徵史傳，月麟鼎鸐，争著驚奇。昌主一囊，異參龍腦之屑；西胡四兩，精團雀卵之芬。王舶主之象衡，七十二峰，觀窮物表；陳尚書之記印，數千百里，氣透雲端。翠結龍涎，丸來象藏，鱗鱗殊數，雅勒名蹤。故未有欽百卉之精華，遒三春之勝韵，寵登清要，創列仙班，如今日者也。

茲蓋伏遇○○○○，金榆誕質，玉葉分騫。薔薇貢灑垂裳，陋塵臺之石虎；蘅蕪氣當衣枕，笑夢室於劉郎。豈異種既越於人間，而睿慮更周其帝眷。況御史爲天子之目，乃柏臺兼轄花林；惜春故造物之恩，而天意復加人事。賜號埒皇華之使，行部展來括之權。錦幄斯張，朱闌遹峻，未央禁啣入之瓣，麗娟戒招袖之華。宿蝶夢新，念昔應遲入幕；游蜂飲遍，於今且亦退飛。信風尚謝懃吹，紅雨聽其閒過。落來何物，暗思百和之馨；歸去無從，罔豔四蹄之踏。經營洵乎疑鬼，胡然琪蕊瓊葩；苑囿竟已梯仙，別有天地日月。臣△寵慚特簡，才愧一鈴。遍歷杏林，慢賞聲虞嘆息；遥憐普樹，飛英寄答謳歌。敢不心上之心，負陽春之有脚；每懷職臣之職，賛光景之無邊。伏願明德薦神，餽馨饗士。賞花聊以寓意，恒知稼穡之艱難；班爵敬爾求寧，上埒臣鄰之喜起。先憂後樂，在在聞貞觀之休風；物若民阜，世世頌長慶之鴻績矣。

徵詩啟

伏以摛詞比物，推志争日月之光；徵性定情，入奥陋風雲之態。故詩教鳴盛衰以懸墨，文人鼎天地而稱才。粵若稽古，太史采風，雖窮陬僻壤，有章登喬皇之席；小民言志，在野夫游女，拔句編雲漢之章。

慨自大雅淪音，騷壇輟采；夫豈能賦之絶少，遂尊古而卑今；正苦效顰之實繁，率畫眉而塗臉。三百篇清峻遥深，一經揣摩，徒釀臭腐於今日；十九首淡古博奥，群稱則傚，反譏窠臼於前人。以我爲君，預成神妙之呼應；可能謾道，捷取天造之開收。曷識文大三曾，自宜滅火更炊，何至裴回人熱；翩凌千仞，胡勿朝陽獨步，聿超局促榆陰。既庸惡陋劣之多端，知温厚和平之盡琢。

然以天下之大，造物之奇；豈無大人先生，俟傳人而富名山之籙；茂才逸士，慨知希而擢東海之徽。僕用是苦心二十餘年，考音一十五國，勿循細響，務起元聲。錢萬選而皆青，擲地必錚金石；虎七步以成繡，驚人洵猶鬼神。大破竟陵、歷下之藩，共游廣大清明之域。凡我同志，或開韞櫝之奇玉，或出先哲之遺編，或貽風流跌宕之詞，或錫卓犖危苦之筆。僕雖碑慚没字，雅亦德慕有鄰。蕤賓躍出池中，雅章乃定；雲錦織來天際，異彩斯張。爲當鑄李洞之金，莊嚴島佛；盥柳州之露，瞻仰韓公。入夢傾心，臨風引領。

別胡恒山

伏以周覽探奇，志士廓名山大川之願；遠游違養，人子懷苞桑風木之憂。以故花傷游子之心，高樓畏當夕照；腸繫慈幃之線，寸草難報春暉。

坐冷青氈，飲羞墨汁。顧賢書而自恧，空懷泣玉之殷；處清世而多狂，每負斷金之氣。曩以資身無策，甘棄梓里而浪游；更思入俗難宜，擬托書傭以遁世。謂燕趙多慷慨悲歌之士，當得仁人之粟以奉親；詎王郎以抑塞拓落之才，遂邀大賢之盼而作客。寵叨蓮幕，慶沐蘭馨。

乏孟萬年之丰標，敢求季野賞識；非郗景興之俊逸，曷欽安石風流。濫竽吹斷于齊廷，儒服號空於魯國。雕蟲小技，未合大人；草野愚誠，終違世法。雖飯塵弓影，入冰鑒以無猜；而披郤導款，笑鉛刀之莫奏。

即欲怒當車轍，已嘲老馬爲駒。況百年人之大齊，在老母僅少其十四；六十已稱下壽，而愚生更浮其二三。居恒譏絶裾之太真，今兹效哭途之阮籍。蘇季子貂裘垂敝，僕則覓敝貂其何從；陶徵君田園將蕪，僕乃求蕪田而不得。然而因窮生悟，于倦知還，美游不如惡歸，富客何如貧主。洗行塵之萬斛，從此永謝迷津；憐好句於一囊，斯外皆成夢境。所恨德無可報，謾思環草於他年；而且志在必行，尤惜骨金於今日。

摧肝何處，勞勞送客之亭；會面安期，冉冉覆天之路。私願恩隆棨戟，特簡屏翰於南邦；因之任重鹽梅，更瞻燮理於北闕。俾海溢白叟，復泥首以拜春風；天下蒼生，感撫髀而舞冬日。與有榮施，可勝欣忭。

元　旦

魏大冢宰

伏以東皇司棅，履端慶聽履之榮；北斗旋杓，元日發貞元之盛。成訪必先於冢宰，湯新尤藉於阿衡。欣遘昌時，敬陳遐福。恭惟某官熙朝名世，分岳秀於樊侯；聖域高賢，挺寒姿于柏邑恒州柏鄉人。澣衣辭召，揮扇却賓。兹届令辰，鳳曆初開青帝；宿膺寵命，麟書三歷春王。雞壅豕苓，感備藥籠之物；日恒川至，祝歸紙帽之清。龍飛協辰次以逢年壬辰，攀鱗得吉；虎嘯應寅支之建月，履尾宜禎。所願聖眷長隆，人鏡錫十思之後；仙風時續，幔亭張八月之音。方捧北闕以瞻雲，即依東曹而望日。

梁少宰　翰林爲吏部侍郎

伏以東皇來泰，文章發桃李之華；北斗分衡，龍虎協風雲之際。鳳曆更頒于虔始，鴻鈞初轉以調元。敬祝純禧，仰酬殊遇。恭惟某官熙朝元輔，恒岳大宗。金鏡蒙恩，知嘉樹植東曹之識；銀花懸榜，將古槐報中省之音。知制誥，轉典銓成，賀一人而重隆聖眷；弟司馬，兄復省眼，羨二難之同際昌期。

敬愧莫將，感藏心愛，卜格人之受祉靡竟，喜良辰之進盛方新。肅展溪毛，聊申鄙悃。所願挹金莖之多露，御前分作椒漿；調玉燭於千春，門下同欽梅鼎。自此山公啟事，無能擅譽典午之朝；行儉知人，載見媲美康熙之日。

祖總督 舊湖廣總督，兹還朝，仍襲世爵，管牛录事

恭惟某官清世名流，商家華胄。昔膺方叔、召虎之任，衡山開宿翳之雲；兹藉緯武勘亂之猷，金闕捧方升之日。數孚平格，祐集純熙。久蔭餘光，祝五福而先作朋之壽；會逢元旦，頌九如以申錫嘏之庥。承筐芹草貢馨香，聊志勿諼明德；傾斝椒雨流芬冽，難將向往私衷。所望日繞龍顔，恩光益普於耆舊；風從虎嘯，喜起雅協乎明良。世故如春，晋常惟晝。

高大司寇

伏以世際熙辰，青帝開無疆之寶曆；時逢晋晝，春王兆有俶之金甌。欽敬授以格堯天，體好生而沐舜日。端門耀法，崇履尊聲。恭惟某官上柱榮身，名卿應運。雙鶚卜貴，平章素有風流；七世旌門，節度代瞻勳伐。司寇定當攝相，廷尉詎獨稱平。

近托賢廬，仰承明誨高真定人，時有詩歌投贈。思烏巢之著異，謂有恩向日邊；欽丹筆之留仁，正協春從天上。芹蔬轉緑，獻沼沚之維馨；椒液流黄，祝蕃衍而盈匊。所願正月正旦，光昭有脚之春；九十九枚，永探嫗懷之策。

文職上臺

伏以熙日長升，黄道歷金門之鍊；堯天初焕，紫宸轉玉律之和。爕理賴有脚之春，文成宋鏡；安貞合無疆之應，占協羲圖。賀入新年，慶先吉月。恭惟某官道乘運泰，福以時多。勷出震之宏猷，學惟虔始；建旋乾之大略，慎乃履端。

紱頌方來，恩叨既渥。遘此八荒開壽之旦，卜彼三珥冠日之祥。椒實擎盤，喜蕃衍之盈匊；蘗莖載握，滌沼沚以維馨。虔擬瞻斗以攄忱，先此望風而引意。所願花迎綵勝，倍增萬歲恩光；杯泛屠蘇，恒醉九重春色。定知金甌旋卜，僉慶玉燭時調。

小　啟

恭惟某官應運名臣，開天良弼。鳳曆初頒青帝，鳴重朝陽；麟書四歷春王，瑞徵游聖。欣逢上日，感沐餘光。傾葵向以抒衷，托柏英而獻頌。梅浮錯落，黄流酌冰雪之香；柳渡江皋，碧落發雲霞之曙。六符協應，自可逍遥而撰良辰；五福駢臻，長作岡陵以朋聖主。將使風塵俗吏，亦得以碔砆而綴大玉之班；更邀雨露新恩，莫遺於蕭艾而分喬柯之蔭。

武職上臺

伏以泰運初開，羲畫兆大來之象；熙辰四嬗，虞書合元日之文。作萬里之長城，功方有俶；膺三推之重任，福肇無疆。時既方新，數當平格。恭惟某官清朝出將，偉望封侯。開帥幕于長江，劍氣劃金焦之暿時將軍駐京口；徐帝輦於細柳，武略抱龍虎之姿。喜撰良辰，慶先獻歲。桃符襲庇，爰申椒頌之懃；綵勝分光，肅展葵傾之悰。望碧幢而起敬，仰匣劍以欽威。伏願剸驅鯨鱷，閣圖勳褒鄂之雄；帶礪河山，天府永呂姬之誓。福甫進盛，樂正未央。

梁大司馬 恒州人

伏以泰運初開，羲畫著大來之象；熙辰三嬗，堯天紀元日之文。咸一德以慶從龍，占三珥而福司馬。榮高八座，喜恊百寮。恭惟某官縉雲起家，岳靈誕異。五兵開府，爰勖出震之功；九伐宣威，首建旋乾之略。中樞運而三階應，邊徼靖而萬國寧。紱頌方來，日占初吉。仰升恒而卜久大，獻芹曝以報涓埃。杯泛屠蘇，此日醉九重春色；花迎綵勝，先時待五夜晨光。伏願道重履端，勳推進盛。旦而復旦，范老子百萬甲兵，彌彰經文緯武之猷；年則大年，郭汾陽二十四考，永奏出將入相之業。

小啟

恭惟某官開天人傑，捧日雄才。際熙世之風雲，威行江表；會良時之晏樂，喜溢寰中。素景赳桓，兹叨輝耀。釀鶴觴以飛送，慶鳳曆之初頒。所愧采采芹蔬，無異劍吹之一吷；轉念欽欽葵愫，或冀鑒照之多方。灑柏液於江濤，寧止萬騎，吸投醪之潤；映勝花於星弁，佇看一軍，作超距之雄。取元旦以頌元勳，享新禧而弼新國。

朱總河太老師

恭惟某官遇際重熙，賡當復旦。河精感乎大智，通金簡玉字之奇書；聖主簡厥通才，兼轉餉典兵之大任。睹蓂莢之初茁，知茀禄之維新。念所自來，敢忘有造，但逢佳日，輒頌無疆。非徒循椒花柏葉之儀文，實以追立雪坐風之源本。顧方諸《采蘋》《洞酌》之古，終覺《風》《雅》之多慚；第轉思考亭晦庵之傳，或冀理學之有乎。恕其太簡，覆以宏慈。雖峻極夫子之墻，尚許窺百官宗廟之森列。俾小子仕優則學，仍不失躍鱗翔宇之天淵。德其至哉，報何日也。所祈疇昔五雲之臚唱，應鳳曆以開天；盼今兹九罭之衮衣，遵鴻飛而入相。

吏部各司

恭惟某官金鑒提衡，冰壺映物。逢聖代光昭之候，道與時亨；值春王燕喜之時，福以多益。

桃符襲庇，椒雨思裁，猥蒙雨露之培，遂叨風月之座。陽和甫布，即懷廣平有脚之春；芹曝聊將，敢忘安石奉揚之扇。所願清班高陟，捧黄帽以風人；槐蔭鍾靈，響彈絲而兆相。

河間守張

恭惟某官誕紹感星，學求吹律。春陽有脚，民歌召杜之親；冬日無私，帝試股肱之郡。熊軾恩從天上，榮追七葉傳貂；麟符來自日邊，遇際三陽開泰。

才慚分竹，誼切彈冠。覩渤海之奇勳，雅慕麒麟有後；仰漁陽之異政，更驚草木知名。敬祝新祉，爰徵古愛。椒花芬雨，發仙氣於瀛洲；柏葉凝春，感神和于絳闕。

河間劉參戎

恭惟某官熙世作城，清時奮劍。龍驤兆績，辰式序以開天；虎翼分威，寅次支而建月。卜元勳於元旦，雲臺追馮鄧之雄；歌春日於春王，天闕啟風雲之色。

略非緯武，望切依劉。喜聞青帝東來，定錫純嘏之慶；仰瞻木獬下照，遥欽大將之星。取文於心，敬頌瀛洲福地；傾葵惟日，聊抒澗沚芹香。所願渤水安瀾，鵲印摇九邊之月；廟堂勝算，蝥弧掣四海之雲。

傅大司空

伏以王造鼎新，元旦肇黄中之瑞；天工人代，熙辰開紫極之輝。司空特賴乎元臣，大作先徵于上日。望公如歲，祝祉維年。恭惟某官履重九重，才修五鳳。楫舟發夢，偉業遠紹商書；冰玉流芳，高節争馨晋史。際此泮涣優游之候，享彼飲食燕樂之天。心戀門墻，身留案牘。盼晷移南陸，喜安日載布於春陽；雖酒愧西凉，祝仙風定穿乎焦石。伏願金甌射覆，翼冲主之肯構肯堂；玉鉉調梅，鞏丕基而如松如竹。

工部郎中加太僕卿霍

恭惟某官棟梁偉器，花鳳奇姿。拮据熙朝，膺營謝城韓之職；驅馳王路，展長駕遠馭之勞。洵冬署之兼才，際春王而斂福。

欒蒙郢斫，竊得孫鞭。審一氣於鴻鈞，知格人之受祉靡竟；作九天之閶闔，賀聖主之錫嘏方新。三珥凝祥，聊獻椒花之勁；五雲流慶，兼陳曝日之暄。自此操圭尺以開天，大作鞏萬年之家室；策騏驎而行地，一顧生千里之激昂。

各臺中

恭惟某官遇際熙朝，六察著南床之重；時逢泰運，五辰養北直之尊。日映花磚，峨惠文而標柱；春開柏署，對麟鏡以猶寒。驄馬嘶而貴戚泥樓，皂囊入而勳庸膽落。慶先吉月，神往閧堂。曙海雲霞，仰清輝之有素；渡江梅柳，迎淑氣於維新。筐篚雅愧戔戔，敢曰自同椒獻；葵藻彌深戀戀，庶幾遥賜鑒涵。

復龍固關郭參戎

恭惟某官三韓間氣，一代長城。辰則逢年，依龍德之乘乾，龍韜有試於龍固；寅方建月，欽虎牙之應震，虎竹彌耀於虎臣。

素景陽春，時祈元吉。覯兹梅花傳信，正思采藻於沚，祝百福之穰穰；何期蘭譜傾言，先乃實幣于筐，布多儀之燦燦。異香横霧，喜薰明德之馨；美錦蒸雲，敬拜綈袍之戀收香錦二種。所祈威名光渭橋之胄，君面寧止封侯；敷奏分清世之符，汝翼永推帝弼。

録　句

五雲捧繼離之照，三微開首祚之辰。

甫念飛觴，先荷投珍。誦瑶篇而動物，光生芍藥以圍金；挹淑氣之吹芳，力起瓊花于蕃觀。隆儀載辭而鳴謝，寸心對使以争馳。復鎮江守錢。

元　宵

文職上臺

伏以時逢熙世，堯天焕不夜之城；夢發明王，虞雲賡復開之旦。會貞元而成令節，醉春色以賀昌期。景邁上元，歡騰下屬。恭惟某官冰壺雪映，金鏡碁環。疇昔爲天下而先憂，今兹際昇平而後樂。玉荷金藕，光懸長滿之祥；揮杓梯繩，手握代明之霽。

功推繫珥，燕祝傳柑。喜瞻萬里無烟，一輪月駕飛雲闕；樂此千門懸火，幾纏星斗下天衢。聊采芹香，侑兕觥而醉月；爰乘鶴發，代麟拂以驅霜。伏願治洽文明，永作照天之燭；身扶日月，直比騎尾之星。闔屬具瞻，異音同嘆。

小啟

恭惟某官心化光明，身爲景慶。鞠陵秉焕，衆星咸溯以生光；鳳腦含章，螢羽亦因而分照。

慶逢佳節，敬祝豐亨。羡異人夢月入懷，冰片嚼廣寒之味；卜遐方霞舟獻異，雕囊燃曜日之丹。聊進卮酒以繼椒盤，敢效七言而頌陸海。九華見百里之外，陋自照其長生；金宵享玉漏之遲，樂與民而不禁。自此六符平曜，特推大力之調元；五夜吹春，共沐鴻恩於既醉。

武職上臺

伏以軍國推占，月珥應元勳之福；熙朝卜曆，天文曜上將之星。鵲印摇玉宇以飛光，鶴燄點金甌而生色。令節伊始，福履維新。恭惟某官鞠谷分精，虞淵代照。掃四郊之宿曀，壁燦雲樓；靖萬里以無烟，花生火樹。

光叨餘照，樂慶元宵。九龍五鳳，巧呈長滿之徵；金藕玉荷，喜報西明之貴。飛鶴觴以上壽，效麟拂以驅蛾。所願鐵騎横行，威戢吴曦之揖；玉關永鍵，釁弭尹氏之矛。盟帶礪以同休，衛居園而保泰。

武職上臺小啟

恭惟某官金鼇屹柱，玉斧于囊。作長城而游不夜之城，光昭天漢；化心燭以調太平之燭，彩徹雲衢。

節慶上元，功成後樂，渠流得照，績室分光。瞻空秀之流營，既令嚴而夜寂；想華燈之笑談，更士樂以聲歡。聊作椒盤，敬展芹獻。府開江畔，梅花弄曙色之春；樂作軍中，鐵笛雜鐃歌之曲。永傳勝事，莫負良宵。

端　午

文職上臺

伏以律中蕤賓，四序協天中之度；圖披鶉首，五辰合日會之程。花陰細轉午之清風，梅雨點和鼎之佳兆。渡龍競勝，懸虎迎祥。恭惟某官生邁孟嘗，賜榮無忌。身爲鸞鳳，無須藉郡國以羹梟；心作光明，直可却揚州之鑄鏡。

幸叨鴻庇，喜慶良辰，薄展采芹，聊循烹鶩。香蒲泛玉，奇逢九節之丹；角黍包金，嘗及蒸民之立。伏願寵膺畫扇，仁風傳十里之荷香；兆得錦標，勝日卜九重之桃醉。福連綵索，靈合朱符。

小啟

恭惟某官威調夏日，德應端陽。四境優霑，分堯尊於北斗；千家謳頌，賡舜樂於南薰。遇際熙朝，時當令節。

簿書下吏，恨莫偕庭虎以近龍門；銘勒中心，竊欲藉紅絲而纏玉腕。際此榴花結子，祝富壽以及多男；樂彼艾葉成人，辟魅兵而衛兆庶。櫂渡波翻雪，彩鷁飛江漢之寬；蘭浴腋生風，紈扇生荆楚之色。角弓命中，綵縷長牽。

武職上臺

伏以節履天中，景運際堯天之盛；鶉分日會，薰風釀舜日之和。正君子飲食宴樂之時，瞻名將壁壘旌旗之變。喜盈五五，望切依依。恭惟某官凌烟褒鄂，紫塞嫖姚。水面龍舟，横海著澄清之將；江心麟鏡，容成象安國之侯。

肅展微忱，仰酬令節。蒲觴飛送，愧佳醖於西凉；角黍聊將，踵遺風於南楚。所羡伐謀素饒雄略，無須赤伏懸心；賦命自享壽祺，寧藉綵絲繫臂。伏願上公錫藻火之焜艷，榴火發兆於殷紅；元侯奏浴日以流芳，蘭浴載新其馨洌。夫豈私祝，允遘奇逢。

小啟

恭惟某官三推開閫，萬里成城。五綵縛蛟龍，掣電錦標形戰勝；肆筵調朮艾，自天畫扇拜恩榮。

敬進椒花，慕深蘭紉。讀文昌之雅録，走馬思上將之雄；披漢令於樂書，羹梟隆大君之賜。麗鼉拂翼，中黍奚論于角弓；綵閣花樓，迎吉尤徵于玉燭。鐃歌協艷曲，翕慴龍虎風姿；勝日祝純禧，赫矣麒麟事業。慶先五日，武勒三曾。

七夕

文職上臺

伏以碧漢長流，天上著雙星之會；金風初薦，人間羨七日之期。今夕近中元，拍銀盤而弄化；輕絲作連理，引吉慶以隨風。線瑞千針，蛛宜萬字。恭惟某官心胸羅宿，氣骨凝金。太平既有象而無爲，格人正先憂而後樂。詞徵謙父，快調冰雪藕之筵；詩賦南亭，矜遠樹輕雷之句。

欣逢巧節，敬祝純嘏。飛獻鶺鴒，聊學明星之酒；躬掄澗藻，略同當午之霞。開襟雅會于素商，連愛擬祥于百子。伏願福與時進，位以道亨。花入曝衣樓，榮彰九罭之衮；鵲辭穿線月，喜鳴三壽之徵。歌玉露之湛湛，標晶書之燦燦。

小　啟

恭惟某官才焜雲錦，氣逸星槎。大巧難名，應笑柳文之拙；讀書致用，轉嫌郝子之迂。享諸阮紗羅錦綺之榮華，兼仲容大布挂竿之豪上。漫言免俗，敢後陳瓜。望玉鈎而慕鈞國之宏猷，分金鏡而卜就盈之景福。悃鬱陶而莫達，擬往復於七襄；辭鄙俚以上陳，愧雲霞之五色。感烏鵲之填橋有異，彌深報效之思；仰天河之風浪無驚，載進遐征之慶。賜榮金箸，名護紗籠。

中　秋

文職上臺

伏以素商殷仲，冷光融十二之門；白帝徂秋，佳景樂三五之夜。下土仰地精之臨冒，月應多珠；偉人登天柱之巍峨，雲開金璧。盼騫柯以上壽，移蟾景而飛觴。恭惟某官四表玉衡，千秋金鏡。智推明目，無須囊柏露于華山；清濯冰壺，雅足並桂馨于瑤闕。秉月刑而掃翳，遡日德以開天。

荷暗分光，渠流得照。承大法而小廉，叨登浸水之樓；欽後樂而先憂，欣有幔亭之宴。敢學俟秋之蟋蟀，恭進俚言；爰同喘望之吴牛，倍深遥企。芹獻自踵乎野老，梯繩竊愧于周生。伏願徵異珥冠，占符軍國之應；辨精戈甲，功成陰雨之防。玉宇瞻萬里之無烟，金樞藉七寶而有造。

小　啟

恭惟某官鞠谷分精，虞淵代照。智珠朗潤，文章射月脇以争光；�節崚嶒，正直鍊秋金而立骨。

螢飛傍曜，爝火迎暉，蒙下冒而弗迷，得仰高而靡報。當兹望舒旅榆垣之會，敬祈餐八樹以游仙；欒事酬兔影之肥，定教啣五芝而貢瑞。維蘋及藻，豈入供奉之瓊筵；擘食如冰，願禱曇遷之異夢。知結璘之乃春，擣絳雪以侑長生；乘少皡之行秋，寫碧天而歡宴樂。以此興酣喝月，洵俾人在廣寒；奚必游幻静能，乃致凉丹啣粒。

武職上臺

伏以金天敷肅，徂征隆大將之權；寶月平秋，佳節攬常儀之勝。霓裳羽衣之韵，雜塞曲以相和；天香桂子之飄，襲碧幢而不散。恩遇洵深於專閫，良辰雅撰乎逍遥。恭惟某官生注列星，功深沐月。令嚴夜寂，濯濯流細柳之暉；勁翮秋高，矯矯凌在天之鶚。照分寶鑒，清仰冰壺。當此秋景方佳，快想庾尉之興；轉思物華散綵，愧無謝子之篇。竭鄙誠而聊修于沚之蘋，對舒輪而竊效長生之藥。羽觴飛醉，鸞珮疑逢。伏願先雨運籌，貯韓生挹階之杓；奉天行伐，落吴曦揖月之鞭。自兹碧漢無烟，銀屋湛浮槎之浪；江波泛景，瓊樓開捧璧之徵。龍光射斗宿以騰奇，褒鄂發雄姿而應運。

小　啟

恭惟某官月弧義滿，霜氣秋横。任重三推，豪傑際風雲龍虎之會；城成萬里，君子享飲食宴樂之宜。江滸之壁壘一新，天際之陰塵盡掃。叨分賢照，喜近清暉。覩桂景之初圓，敢賦蒹葭而沾白露；聽秋濤之正壯，思擊空明而溯流光。聊展芹忱，用申蘭慕。雖澗毛沼藻，難入五侯之鯖；謂玉宇瑶臺，樂有八騫之睍。遂使披蓑仗甲，藉德暉以肅斂雲衢；將見擘食含香，踐吉夢而更名月德。祝兹遐福，預獲榮施。

魏大冢宰

伏以少皡行秋，寶鏡濯冰壺之魄；常儀届令，銀蟾映台斗之尊。省眼如天之有目，官特稱天；望時在月爲分中，卿惟應月。恭惟某官東曹秉鑒，北岳司衡，文章穿月脇以争光，正直鍊秋金而立骨。兹者桂踰膢臘，雲樓分外飄香；人在廣寒，天竇于中散彩。

欣逢古照，幸依清暉。矛甲蓑鋤，考兔影而無差，寧容門竽少濫；驪黄牝牡，迥金鑒之高懸，應知李下無蹊。既能照千里而得賢，何妨從一夕之維宴。光連八樹，瑞應五芝。張樂幔亭，魏子之仙風適爾同節；重暉鶴社，了翁之儒雅朗若入懷。五夜遥瞻，立盡梧桐之影；一緘馳賀，恨無羽翼之高。伏願夾袋之七寳時盈，修金樞于不壞；熙朝之三朋鼎壽，湛玉宇以消氛。莫罄微忱，尚祈台矚。

梁大司馬

伏以三珥流祥，軍國占台衡之慶；八騫敷瑞，廣寒開玉籍之榮。侯位近天，靈囊修月。岳北峙以當極，喜結璘之贈照彌光；斗西向而凝金，知尚書之運杓特密。恭惟某官虞淵代照，鞠谷分精。先雨籌邊，貯韓子挹階之魄；奉天行伐，落吴曦答月之鞭。

質等秋蓬，望同吴喘，仰九霄以傍曜，幸爝火之迎光。披蓑仗甲，覽德輝之肅净雲樓；擘食入懷，望舒輪而逍遥天表。于斯時也，愧乏霓裳羽衣之曲，奏尺素以祝椿齡；兼無金餅冰片之馨，薦一芹而佐桂酒。伏願洗兵魚海，一天偃捲白之波；放馬燕山，萬里湛秋高之色。長瞻福曜，同荷清暉。

梁少冢宰

伏以藜照木天，寶鏡合龍光之盛；桂飄酉月，金波潤麟角之榮。思伊人於秋水，庾樓尚笑其塵污；攬此夜之清規，謝傅適昭夫外朗。恭惟某官錦心羅宿，斗望提衡。獨坐參尊，輝映玉堂之署；二難聯璧，驫馳黃道之亨。荷暗分光，渠流得照。烟消雲卧，景裴叔則之清通；月朗星稀，晤王安豐之簡要。良辰旅榆星之會，應知餐八樹以登仙；令節釀兔影之肥，定教啣五芝而貢瑞。聊展依依之芹獻，彌深戀戀於瑶京。伏願月尺恒平，敬賀珥冠之暈；地精永焕，看長玉燭之調。遥祝桂觴，特深蘭佩。

傅大司空

伏以瓊樓開璧，宏昭天上之材；桂殿流香，迥别人間之構。履九重而驚聽，擁八座以方恒。人皆仰之，帝以作鑒。恭惟某官明作先勞，熙朝梁棟。澄懷雅度，一泓玉鏡無痕；秀望清標，百尺騫柯直上。寅衷朗玉，身夾日以彌章；秋氣凝金，道乘時而益顯。容光獲照，爝火分輝。無路梯繩，瞻九霄之銀屋；有懷泛景，沐萬頃之金波。得道焦山，鑽木羡成於穿石；作舟商室，乘箕雅慕乎列星。竭鄙私而聊羞于沚之蘋，逢令辰而思效長生之蘗。伏願司空惟禹，儉勤克贊天工；若予有垂，制作擅奇月斧。代馬之依既切，吴牛之望彌殷。

劉侍御

伏以金風試勁，獨擊顯鶻翮之雄；麟鏡流輝，九霄爍龍光之耀。揚清近玉皇之案，望重時賢；司直調白帝之中，平分秋色。恭惟某官皂囊浴日，白簡凝霜。文章珠玉，原分照閣之藜；武庫縱横，遠接登樓之嘯。

仰瞻紫案，近傍冰壺。幸朗朗之入懷，轉依依而望闕。柏臺籠月，寒生浸水之庭；驄馬嘶風，氣貫碧天之宿。景幕下之埋，猶惭暮夜；展沼中之藻，聊祝高秋。伏願權貴歛踪，膽落花磚之豸；聖明倚重，膝推刀笑之猫。遡日德以光天，秉月刑而掃翳。神馳南省，足跂北辰。

營部郎中兼冏卿霍

伏以福星得地，一垂熙帝載之工；卿月中宵，萬石荷皇恩之重。鑿斧修瓊樓而不夜，驊騮先朔漠以嘶寒。恭惟某官玉照涵輝，冰壺濯魄。博陸侯補天之略，垂緒匪遥；尚書令解黨之章，發祥有自。學成不器，既進竹苞松茂之嘉猷；才可兼人，足展馭遠駕長之偉抱。

托身清映，分譽秋香。當兹蟾影横階，勤思玄度；桂華落月，望切元規。聊芹藻之遥馳，愧敬恭之未至。伏願手成五鳳，天闕誇象緯之通；顧重千金，星馴發公侯之譽。璧開一白，同吴質以無眠；見渴三秋，托周生而梯路。

鎮江守錢

恭惟某官身副列星，才宏沐月。賢人照能千里，湛玉宇以消氛；仙幞時盈七寶，修金樞于無缺。

明分心燭，清仰冰壺。乃當序屬素商，曷禁興酣長吉。此夜一輪滿，思君仰古照之清光；江上數峰青，臨月頌凌唐之家集。聊申芹獻，希展葵心。朗朗入懷，定知瑞發曇遷之夢；依依望遠，遂致神游浸水之臺。鸞珮疑逢，羽觴飛醉。

録句

當此月會榆垣，方思飛索郎以上壽；何期馨生蘭譜，先乃追縞帶以投瑶。兼復惠我好句，讀之人在廣寒；用是載以心銘，拜而矢諸夢寐。

慧照分人，開兹胸中博夜；流光挂秀，樂彼象外天游。

曩也蘭譜分榮，魚目叨夜光之列；繼復雲司連步，玉山照荷暗之班。

扶桑收霹靂之聲。

九　日

鳳撫張

伏以令肅金天，白露重伊人之溯；壽開菊水，黄花矜勝友之標。格人備陽節以無儔，福曜臨暮商而有慶。良辰爽薦，下屬歡騰。恭惟某官靈合日精，氣孚霜傑。和平神聽，奚啻絳囊繫臂；禳汝南一姓之祥；茀禄爾康，即此白帝徂秋，象瓊圃不凋之質。伏樂彼美景，申兹微悰。敢擷沼澗之毛，雜朱嬴而介福；兼濡好時之汁，書駱序以稱觴。伏願道與時偕，祉隨日永。佳秋爲樂，效孟萬年長參宣武之游；賦妙登高，陋宋彭城徒爲戲馬之劇。

江南驛鹽道羅　駐儀真，北直人

伏以白露横秋，女節獻不凋之瑞；朱嬴攬勝，子瞻賓虚擲之時。作賦所望乎名公，落帽特容夫下屬。南山協望，西岳凝金。恭惟某官荷世駿龐驛傳，匡時鹽鼎鹽法。旬宣咸備乎陽德，星耀薇垣參政；風紀特凛於秋霜，錦榮豸繡按察。茱萸囊滿，霜清總有脚之春；醽醁杯香，人澹即延年之勝。

身遠龍會，願切鳧趨。羨高賢躬撰良辰，能先憂而後樂；念俗吏心傾令節，思用下以上將。敢竭鄙誠，恭疏短引。試看水紫儀江天一色，人情疇厭南中；鶴携菊酒祝千齡，鴻雁何須北地。伏願域開永壽，天際重離。竊謂白衣過五柳之莊，終屬徵君隱況；奚若紅樹醉九重之色，遂分帝子仙桃。

録　句

遇乘時以益顯，福對景而彌新。

一往之誠，盟黄花而有悳；九秋之盼，滴丹葉以披衷。

冬　至

苗總督

伏以玉籥吹寒，堯天授鳳凰之曆；金門鍊魄，趙日開卿裔之徵。既小往而大來，慶陰消而陽長。恭惟某官長慶流光，太原發藻。節專八郡，坐鎮阨勝地瀛洲河間；瑞應三台，特簡重昌期名世。

欣瞻福曜，快覩剛辰。弱線初添，應推補衮宏才，會風雲於龍虎；早梅欲綻，暫借調羹妙聊獻手，馴億萬之貔貅。格人見天地之心，讀羲文而知復；君子展抑扶之略，披魯史以履端。伏願統千歲曝日之暄，肅下望風之拜。光分日柏，欻然銀海生華；神聳霜臺，不禁玉樓起粟。伏願統千歲日至，環甲子以無窮；翊萬年天家，賴陽春之有脚。

各上臺

伏以節届小元，精符重始施之棟；儀名亞歲，宋書遵來賀之文。盛世當大來小往之庥，君子展扶陽抑陰之學。一元特運，三義並行。恭惟某官冰凈聰明，電飛精鋭。秉嚴凝之正氣，斗指子〔一〕以不移；感來復於天心，土在懸而適應。

喜逢剛節，敬賀履長。陰陽合德，瞻駿狼之馭，而仰和光於趙日；地天交讓，考黄鐘之律，而審物色於迎雲。至日閉關，爰徵《周易》；官不親事，垂訓軒書。知宴息之允宜，敢稱觥而介壽。伏願千歲日至，環甲子以無窮；八表影符，考晷度而不謬。讀《玉燭寶典》之記，適昭燮理嘉猷；應琉璃金箸之隆，佇看端揆大任。

小啟

恭惟某官獨挺寒姿，四時元氣。喜爲陽答，身融宋相之春；剛自陰來，和布袁公之日。際此金門鍊彩，慶流長至之辰；遥瞻南陸回輪，歲獲剛中之應。

欣逢道長，感沐天和。預報梅芳，允副調羹之手；初添綫繡，聿彰補衮之才。乃獻曝日之誠，更陳方淡之酒。讀羲文而知復，豐亨徵迎送之雲；披魯史以履端，純嘏環鳳凰之曆。

劉固山

伏以五雲呫物，書臺驗豐豫之禎；三義建天，乾德尊始施之棅。師貞得吉，和氣致祥。恭惟某官冰城應變，雪夜誇奇。日麗駿狼，龍旂掣四海之暄；斗旋孳子，虎竹分八面之風。喜彼剛辰，祝兹遐福。儀隆亞歲，發揚道長之庥；旦屬小元，已兆維新之運。敬祈鵲印，聊進鶴觴。效野人曝日之暄，殷勤上壽；冀君侯干雲之誼，原鑒微忱。伏願萬里無烟，麟閣圖大勳之像；一人有慶，康侯錫蕃庶之恩。

壽　日

苗總督 二月時加兵部尚書

伏以爵賁熙朝，三達兼尊齒德；椿榮楚域，八千别運春秋。作梅望重於作朋，天壽平格；卯君□□□卯月，王國克生。紫氣東來，素心北面。恭惟某官從龍良弼，司馬崇階。元臣應地道以得貞，大易占無疆之兆；仁者合人情而爲壽，廣平洵有脚之春。二月桃花，喜歷西瑶之熟；一天榆影，允昭南極之輝。

久附青雲，欣逢黄髮。敢效嶠島蓬壺之祝，聊陳澗溪沼沚之毛。雲靄瀛洲，爰覩載卿以載喬；精凝恒岳，寧止俾艾而俾耇。伏願績懋五兵，澤推八郡。沐日浴月，同吐内於仙人；緯武經文，永勳名於將相。

江南郎總督

伏以西母有信，瑶池報桃實三千；南極流輝，蓬海紀籌盈十屋。尊合三以稱達，福備五而逢先。年則大年，慶有餘慶。恭惟某官從龍作雨，嘯虎乘風。悟黄石圯上之書，運籌以定天下，奚止開四百載鴻祚；藏曹彬匣中之劍，不殺而下江南，信能全億萬數蒼生。地應無疆，天壽平格，有自來矣。

慶遘生申，祝取循甲甲辰。蘋蘩芹藻，敢合鳳臺絳雪之丹；富壽多男，敬進野老白雲之頌。伏願功隨年懋，道與時偕。黑頭公雅具英姿，嗣此純嘏爾昌，且以享南山之保艾；赤松子非無仙分，但兹大德必有，無須羨東海之逍遥。醉春色於九重，晋康侯而三接。理所必至，事有固然。

小啓

恭維某官青霞吐氣，丹液駐顔。注籙長生，苞貞元于壽岳；懸符大德，晋尊富於仙班。躬頌岡陵，仰酬□覆。念從前造就，洵非矢涓滴而得報江河；冀此後成全，妄思操□□□□車篝。所惜僅餘肝臂，總非外物□□□；□□□□，□□□□□□頌。仰三山於天外，出將副龍盤虎踞之雄；□□□□雲中，封侯合李鄴、張留之盛。

校勘記

〔一〕『子』下原有『之』，當涉上句而衍。

北游記

北游紀略

今夫游也者，妙動静而爲言也。人知能静而不能動，不可以語游；罔知能動而不能静，尤不可以語游也。蓋游不藉足也，心有天，游乃合乎地，有游之心、游之目與游之手，而後乃今以游特聞。因能與不游者以游，即我所不游之時，而千秋百歲後，視吾游之所得，而人人已游我之游也。

奚以言其然耶？彼以動而游者，泛焉以出，則泛焉以過，其心甚冷。心冷則目朦，目朦則不能有睹，即欲有睹，而其心不屬。人未有不得乎心，而應手有得也。自古静心人即熱心人也。吾故不敢以無心自居也，愧無目與手焉耳。特吾無目而不敢自安於無目，吾無手而不敢自安于無手。出吾之心與目與手，合以靈，吾之足則齊州九點悉可於紙上得之。

于是乎游乃有記，記傳而游道乃華，故吾不敢謂吾之足足以腴吾之記，亦不敢謂吾之記足以華吾之游，然斷不敢冷吾之心、朦吾之目，因以頑吾之手，并以朦千秋百歲後之目，頑千秋百歲後之手，而以冷及其心也。吾故願讀吾記者，恕吾之目與手，而進原其心，則妄冀吾目、吾手，終不入朦與頑也。又在讀吾記者，與我以目與手矣，而我之心遂以傳矣。

浣雲叟走筆漫記。

北游記序

公穀之從先生游也，自丙申始也。次年讀書潞水，得追隨杖履。先生著述之暇，往來屋後諸山，或梅溪、㳫湖間，則放棹從之，遠亦不過秦望、越崢而止，足且不及城市，况燕耶？然居平家人環對，以及門人故舊之在坐，輒掀髯慷慨，述帝京遺事，時以生其壯懷。吾知其中有不能自已也。

越五載，壬寅夏六月，乃果游燕。公穀時以室人疾，不得送，先生則至耐園言别。日西去，相從出右軍祠下，裴回太息，而繼之以泪，甚不願先生之有此游也。至冬，而予於室人竟抱悼亡之恨。明年游杭，又二年游温州，冬十月抵家，先生則已歸自維揚。先生游則公穀游，先生歸則公穀歸，是公穀以先生之游爲游也。足之所履，在公穀未嘗不憑吊往昔，記之紙上，况先生三十年間，身歷變遷，則三千七百里之中，能不一言所見耶？

記游一書，固不必於浣雲潭上始讀之也。筆墨多端，動關至性，其寫荒凉也每以艶，而寫富貴也則常以悲。一日之内，起人歌哭，是豈游子所能窺其際哉！向不願先生之有此游，今已得游先生之游，且游先生甲申以前四游之游，吾知先生洵有不能自已也。

己酉冬十月初八日子壻俞公穀百拜述。

康先知我，康先知我！讀康先一序一跋，輒拍案叫『真才子也』！言言玉潤，甚愧冰清。然吾記得此藉以傳矣。

浣雲老子誌於勿軒。

北游記

山陰浣雲叟著

小　引

游，吾事哉！　四天下，吾游地哉！

憶予自崇禎癸酉得預賢書，遂游燕也。　以不屑逢世爲苟得，莫或器予，遂致四走燕。　其在癸未，以天下多事，試期改秋八月，予父康敏公以爲天下多事，殆不可爲，止予行。　惟時貪戀聖世，躬逢堯舜主，因固請，乃行。　究復落魄，則果有甲申三月十九之變。

予自此謂不復至燕矣。　然居恒念及親戚故舊之在燕，與夫昔日之城闕宮殿，及帝京古今之景物，乃于今之夏六月忽思游燕。　予父康敏公棄予則已十有二年矣，堂有老母，甚非遠游時也；而竟以游，則以世不得不游，兼以母氏健甚，許予行也。

時會女士安以損不能起，姬人隱娘亦以奇疾在枕，則皆割情去之。　且以予之不出門者十餘年，風景不殊，江河有異，獨行踽踽，將甚有不合時宜者。　族弟有明生與姪爾及者，以領鞘走燕，寄之則易以達，因束裝携老僕福張以北也。

迄今每服老成人先見，然猶在癸未也。憶予十五時，方在萬曆癸丑，學爲八股，曾受業叔祖豫庭先生。而伯父越凡公閲文，謂予必能脱穎，極爲贊賞，忽則撫髀嘆曰：惜乎遘亂世矣。記此時正當盛隆而爲此言也，異哉！雨謙誌。〔一〕

校勘記

〔一〕此爲『小引』王氏眉批。此稿偶有王氏眉批，以下均附於當日所記之後。

夏六月

二十一日，入城别女，則女病已革，見予纏綿嗚咽，日西落，不得别，竟以紿語語出門。言及黯然，乃當日則已别矣。

二十二日，午後乃發潞溪，衣冠拜老母，老母言笑爽爽，則曰兒則行矣，天下皆如是也。隨披幃，别姬人隱娘，但曰予去。復至堂，一家叙别況，黄口諸内外孫，牽衣慟哭，膝下擁不得行，則强笑慰之。遂登舟，出浣雲潭，然亦屢顧。局處一小艇，風雨波濤，裹其上下。一鼓至西陵，問昔日居停主，則已兩易姓矣。悵悵飲數觴，就卧，夢魂縹緲，則不知爲西陵店也，爲潞溪浣雲潭也。

二十三日，晨起，又日出矣。離觴赭顔，頸低步闊，登肩輿，揮兒輩送者。走望京門，仰樓上額則喟然。出門，錢塘一帶，江濤洶湧，倒蹴雲天。江力既如許湍悍，胡乃有江潮不至之時？中流顧盼，江上群山直立亂峙，矗矗如劍鋩，真寸寸割人腸矣。渡江，足迹乃踏省，由斷河舟送北關。時有故人見甚喜，則爲設酒果，叙生平歡。忽欷歔拍案，謂予不宜如此到燕也。

二十四日，早，關主政坐庫，則朱提山忽裂矣。呼爾及領兑入鞘，遂得縱游署中。觀廳壁文告，廩廩有一日一錢之防，斷東南千里舟楫，微塵勿漠累累算子上，官吏心目耽耽注阿堵。是日聽敲兑聲丁丁，積寒士畢世未聞者，聽之移日。噫！東南民力盡矣！

二十五日，舁鞘登舟，未即發，泊關外之月河。夜墨墨，河下數十百艘，桅燈與列宿上下敵應，翻以天黑作其明澈，因酌酒酬之。忽愁來不可斷，便携醉就枕，聽樓上洞簫嗚嗚，益以沉沉譙鼓，復多我十餘年胸中大不得已事。

二十六日，量移關外，以風厲慎發。

二十七日，發吴山驛，征暮泊崇德。憶甲戌以正月初三過此，有瓜葛，爲此地大賈，陳優觴醉予。甲申後，以財爲北來兵所死。循岸步其故廬，則頹垣斷壁，暝烟桀草，若與故人徘徊。霍霍走舟中，搔首痴立，遂黑，則愁思萬縷，牽動一潭星矣。

二十八日，計程則在嘉興驛矣。晨發，日氣蒼凉。隨人單葛，臨艙四望，閒想就李之戰，吴闔閭敗卒，《越絶》所書，有不可盡信者。聞角里街同門研耘褚先生在焉。褚故淵博，復旁通畫理，意就謁，可得正之。薄暮，方吟詩志喜，甫得『十年不見褚先生』一句，則黑雲突來西北，破石驚天，一時銀河逗決，勢不有路。所作詩竟隨風自去，將無落紫氣蟠鬱處？踰時雨則柔淡，望烟雨樓滅没空濛，宛然圖畫，則我得飛詩見褚，褚則已答我米家山一幀也。

二十九日，放棹指吴江，即有楓落吴江句，冷冷勃勃，作一身北風圖與朱明戰暑。計吴江葛震甫、計甫草，一代詩豪，至則當竊其奚囊，則撒地明珠，絶勝崔信明千古中止留得五字詩。自此前途，則瓣瓣紅葉冷江皋也。及停舟，乃有驕兵連艘，呦闘醉舞。舟中人皆蹲蹲不敢登，予直前，笑傲謔浪，如庖丁奏刀，怡然有目無全牛之意，同行賴之。遂固留，不得一訪計、葛。夜坐，忽聞鄰舟有善吟者，酸苦中反露得意。此際引人自遠。

吴閶，一大都會也。南舟北上，必留泊經日。二十九日午後即達，未及岸，即有玉器爐帶等聲，憅憅曲貫兩耳。既登，則服新貴賤，趨率雅惡，牙行縣府，文房古董，花榜旗亭，趾趾皆熱步也。予崇禎間四走春明，則四至，風俗屢變，而今又别也。

秋七月

初一日，舟發閶門，經五人墓，則拱立過之。五人者何？顏佩韋、楊念如、沈陽、周文元、馬傑其人也。方逆璫以緹騎矯逮周吏部，五人直前擊殺。在周故冰湯席鑊，倪文正公寫敕贈太常，以爲道極一時，義激天下，明興以來，一人而已。誰謂草野顓蒙，膽不謀身，肉視虎狼，遂與太常公争日月光哉？行數里，回顧墓上，尚有白氣貫日。過虎邱，小山疏落，青松鱗次，殊得倪迂畫意。登浮圖絶頂，望太湖浩淼，周三萬六千頃，此中定有鼉怒龍吟、浪覆星河者。當日越王葬夫差卑猶位，俾近太湖；而范少伯復載西施，泛景其間。冢中有鬼知，則一縷相思，應隔溪山不斷耳。此際安得爲發如墨如荼如火之旅，伐盡君山樹木，燒乾湖水，驗情髓不涸也？於時愁緒滿船，過滸墅關，吏尚不算愁稅，則關乃不鑰。夜住無錫西關，四鼓有大姓新人，綵輿夙發，爆聲鼓吹相亂，湖水欲動，燎燭争焰。烟光繚繞中，蒼頭青鬟捧奩具，絡繹投舟。臨檻女伴候送，素粧垂淡淡，則態濃意遠，珠翠有香。凌曉，並舟向毗陵，每過一村，數十百里湖光瀲灩，横棹都作香波。兩岸士女痴對，偶有俊姝擁袖，其水盼蘭心，或亦不專在綵輿也。

初二日，縆舟毗陵，無登眺，無尋訪，無採買，無旗亭飲。黄昏一杯，酒中高唱《虬髯公蹈海往扶餘》與《杜秀才霸亭秋》《崑崙奴青門送别》三曲，即就枕鼾睡。

初三日，望丹陽早發，予初度也。至則明生、爾及出所携鹿脯，擗金華肘，傾惠泉三白，爲予壽。酒行數觴，隔岸樓上美人，笛聲散落舟渚。一曲吹肉，清圓妙遠，何必非湘妃玉瑟、帝子雲璈，爲王生侑西來一觴耶？則忽念母氏劬勞之日，我乃笑飲長途，竟不顧浣雲潭上，有白髮垂垂、依門閭而極目者，竟何如也！遂乃木然投箸，眩視憂悲。無方怨亂，盡在夕陽濃柳、風蟬斷續處矣！

初四日，漏四下，覺東南有蓬蓬者。篙工密欲逞巧，且貪利涉，輒暗理維楫，順風揚帆，予已夢繞白雲，迅速過黄泥壩矣。蹶起驚問，爲之悵然！夫黄泥壩者，予甲戌應禮闈試，正月初八覆舟處也。憶其時，日冉冉向月蛸，前行斵河冰進發，予繼之，遭颶風，舟遂側覆，人則魚沉罶罟矣。同行舟數十皆同袍也，各縮舟自保，無肯救者。一年少方步省阡陌，慨然出予風濤冰雪中，挾至其家，蓋所謂殷佛子也。至則衣以改之，火以蘇之，酒以瀹之，黍以堅之，枕席夢之，兵矢康之。次日復爲之呼小車數輛，陸走南涂。登車，則内人皆斂佳果，盈兩袖也。而乃咫尺不得造廬一候，三十年徒增恨耳。日未入，即達京口。江南北雲山相暮，一望青蒼。記劉眘虚詩：『寒笛對京口，故人在襄陽。』則嚴先生橘國及李商梅依依在目，此際又勞我寤寐矣。

初五日，渡江，方出京口，顧金焦二點，立碧玉著波濤中。放舟中流，念長江滔滔，改變今古，終不能忘此金山寺也。入瓜洲四十里，遂泊廣陵，寘鞘西御史署。蓋鞘至，必投州府縣，開察院，陳兵守之，驛遞隨供酒食，故至則如歸。署中古樹虬懸，韵蟬天縱。予幽步前後，聽隔院撫瑟動操，遂成八律述懷，有『二十四橋明月近，三千百里白雲深』之句，則感慨係之。

初六日，以衛兵未集，仍住廣陵。出門才十餘日，旋已思歸，顧視雲陰，已足不能前。追憶甲戌夏四月，從燕都下第歸，曾縱游邗關。當日影西流，凉風欲來，諸妓女則連袂以出，畫遠山細細，油油鬒髮，枝以茉莉，往來茗社間，衣領之馨，充街赴鼻。選殊俊者茶叙，談風月，曲曲慧想及人。茶罷，則復舟渡湖南，款花榜名娃，得見，則柔麗互屈，肌縠殆不可判別。坐來不即交一言，然已眺其清盧，眉語暗度，歸來便忽忽若有所失。而今聞稍稍日零落也。世當盛時，公私豐實，足之所履，盡爲樂土。齊紈魯縞，寵柳嬌花，亦以聲色太平，精神民物。喪亂以來，邑里蕭條，流離瑣尾，曾妻孥之不有，何處更問野鴛央乎？

初七日，牛女之夕也。廣陵守督朱守府以三十騎護鞘陸行，行六十里，午後即住大儀。憑吊疇昔，有傷深情，裴回入夕，則新月在天。憶在家曬書，陳犢鼻褌，集母子家人，爲薄酌數卮。酒後，即吟詩一二章，付兒曹藏之。瑣瑣旅次，顧影自唁耳。而朱守府忽出酒果，邀予三人醉雙星，呼盧戰拇，乃至言無拘忌。得此雅人，遂不惜以沉醉殉之。

初八日，早發，朱守府以例送一站，即撤回。自此每鞘入界，各撥官兵十人。里人鳴金高唱，點民夫舁鞘與護送者，是日則得數百人。數百則數百矣，馬上顧之，則眇者、跛者、禿者、曲躬者、稚者、老者，則亦有壯者、盡無齒者、吼不已者；其身，則赤者、衣者、依稀貌衣者。其器械，則耰鋤棘荆，刃勘戈殘，鐵花蟠繡其上。當其始就道，則亦呼噪踴躍，各爲擊刺擒執狀。予私念以此衆去，倘果遭無良，則不知其果赴敵與？抑乞命與？各鳥獸散與？將渡石梁橋，方欲撰一口號笑之，不意竟以一笑墮馬。白髮老翁，反以供稠人笑樂，則亦與之爲笑樂而已。行六十里，則天長縣矣。邑宰命劉典史進酒漿，刀筆之氣，乃纏綿揖讓飲食間。予則睥睨落拓，但引滿得酣，輒頹然自放。酒散，竟忘揖别。

初九日，發天長縣，前行，欻見荷花摇曳碧波，爲想六尺金蓮，窅娘妙舞，對之不能已已。大暑蒸鬱，人馬俱酸，鞘夫促促作聲，盼休止而不及矣。得一陂池，則輒沉水没頂髮。旋取所卸衣，浸水，施頂及背，以逃日威。而劉典史必嚴督出界，冀得嫁憂他人，行百里尚不止。蓋運鞘未有及百里者，爾及以民疲力争，不得已，遂宿蓮塘。

初十日，行四十五里，到泗州，即初九日劉典史欲竭窮日之力至之者也。鄙夫持草芥功名，乃亦若此。是日，乃喜見山。從泗入燕，則途復別。計予甲戌陸走，則從城之東，循山遠出祖陵後。祖陵者，高皇帝之所發祥也。從龍西北來，尚不知其幾千里。陵則面泗之方廣者。水盡，即泗州城。城面陵不倚，左山蜿蜒伏城南，作拜龍砂。山則平平，雅不作公侯將相家卓拔狀。若其遠在天外，或削根虛無，我不敢知。但予從龍背上行，陵後一山，平坦横亘，高一二丈許，皆落落見石。人馬從石中屈曲行二里而近，即下一坳。坳左右各一水插入，想當有二大水遠夾左右者。載行五里，則復如前山横亘。自此一起一降，山山不異，酷似江中浪，前後相逐，所云九岡十八坳也。而東西百里外，復各奇峰奔峙，約皆幾百里，此當日所歷之略也。而此行則不出此。從山麓而西，渡浮橋，入郭門，解裝御史署，州大夫遣吏目觴焉。酒罷，登樓御風，指顧山川，慨然思張魏公撫師江淮，分楊沂中進屯泗州時。

十一日，由州之西關渡泗水，乃得北面祖陵。陵踞平原，中峙一彎新月，宜王氣隆隆也。登岸，日則加烈。予所乘馬，敲瘦骨亦作銅聲。其追電逐風，直欲上青天者，望前行馬在十里許，輒奔決赴之。予素諳勒馬，至此悉不可得。度勢必墮，則跳地握其鬣，視之，口無鐵也。汗湧骨散，思前途尚不及，乃謀憩道旁佛寺。寺則雕題繡户，高欲謁雲，聽梁上鳴禽，啾啾細遠。蜀僧牧我，止予方丈中，與予言，則皆忠孝也。相對危坐，器鉢無聲，則已衣我澄水之帛矣。頃之，後騎亦投寺來會。村翁陳秀峰者，乃爲窮途鄭莊，一見則爲整茗果，續進酒漿，索郎有馨，枯腸沁激。馳包家集，日影在槐杪也。

十二日，將駐上塘，地瘠，乃踐無人之境。道左見枯髑髏纍纍，日炙霜寒，竟無仁人棺衾之。葉隆禮〔一〕《遼志》載契丹主迺呵〔二〕特一髑髏，在穹廬中，覆以氈。國有大事，殺白馬灰牛〔三〕以祭，即變人形出視事。已事，即入穹廬，復爲髑髏。斯豈其苗裔耶？乃散亂白楊衰草間。吾即效漆園叟擢鞭呼之，竟不起。意必别有南面王樂，縱然以天地爲春秋，不屑向穹廬中出入者。載馳十餘里，日氣爍人，勁聳寒骨，獨于馬上烹經煉史，意中乃欲抑揚天地。及駐，聽玻璃聲，尚巳刻也，遂得縱觀村落。極目片荒，一園略具墻垣，乾池欹樹，殘柳疏槐，想見疇昔繁華。就而察之，破屋中凄然一棺，靈床不整，蒼鼠竄古瓦者碌碌。叩鄰翁，則云園主人曾於順治初游宦江南，歸來貲巨萬，構此園亭，一旦魂斷，妻妾則已去之矣。今其棺也，半坡烟草，滿園風葉，尚不得一親黄土；視向者道左枯髑髏，唯之與阿耳。貪吏可爲而不可爲也！

十三日，一路蒼蒼茫茫，絶無山川映發馬首，惟旱魃爲虐。九里湖碁聲既不可禱，安得亂鞭龍角山一片石，俾陰森逼人，熱氣忽避三舍？一時作此想，則我行已達虹縣。邑小，無察院。就宿一古廟，南面者不知何許神也，菌眉苔面，敗廊卧三足馬，簷前一舊井，井則古槐鬱覆，蚊蚋雷鳴，旱月從葉隙穿入。睇四壁，踽踽不能寐，因思烈士窮途，錢不在手，意氣索索，聞濟瀆廟神，以契券投井，金銀輒如數浮出，仰兹座上神尚將出北門賦窶貧者，即寫信券投之，當必笑書生真不解事也。

十四日，入靈璧。向聞其地怪石林立，我非南仲，焉得趙統軍爲輦致浣雲潭上？但大張米袖，當亦有拜殺漣水城者。甫下馬，即遍訪之，四顧惟有硃砂鍾馗，對之毛髮欲動，極諸變相。然吾聞吴道子畫捥鬼眼，一身之力，全在第二指，其神理則已在筆墨外，此法竟無有得者。嗟乎！吾愛石，石則無有。鍾畫則多，又不合吾意。此游殊寂寂耳，有能起靈璧劉郎，與之游三日，即吾兩人必石交矣。

十五日，中路于平地見一立石，方廣丈餘，云項王試劍石也。落落作紫鐵色，嚙霜吸月，其用物弘矣。羽身經七十餘戰，所向摧鋒斬將，而鴻門廣武所試劍竟安在？故知開天下非一劍之任矣。過此荒原，一望痴柳黄沙，酷日下顧影揚鞭，回思若耶溪邊，山陰道上，菱歌樵唱，正增沈賓王雲嶠登臨、灞橋風雪之興。抵大店，特爲題壁，謂此地江山不能助人，人助江山矣。

十六日，行宿州，飛蝗蔽天，馬首所向，翼翼撲眉睫。一時草根木業，民與蝗則相争。州大夫故爲不知也者而征之，行道者讙讙訴催科之慘，誰爲書吞蝗盛事，達之玉饌金炊者乎？倘此際有能取數十鞘，矯散一州，使鵠面鳩頸者，忽復化爲人形，則當頌慈父母不衰，而僕賤未能也。抑欲使予爲今日汲長孺，則又不可。宿大察院，舊傳一御史夜坐，聞銅環聲，啟視，則佳麗也，即闔户。噫！此女子安知不從地中出，將贈笏墨，進我文思者？而御史驚拒，予深爲懊之。擬後日續《恨賦》，入此一事也。因作絶句題壁。

十七日，啟行，意中則尚有銅環聲。行數里，見二脚夫持銀盌乞食，疑爲柳氏海鷗。方索解不得，遥見護兵蹈藉瓜田，一摘再摘，冉冉幾抱蔓，只在十餘兵。所過生荆棘，有如是也。

晚宿閔子。閔子云者，地從人也。昔來大賢人所居，即能錫土以姓，至今山川有譽，齒吻高深。然聚族者反非是，而閔氏子孫，尚在十里外。噫！如閔子者，光且照千里，況此耶？

主人摘簷瓜作飯，進當歸酒。予持杯憮然，自念予故當歸。母曰嗟予子行役矣。主人年幾耄，而莊敬繾綣，形于槃案。予色有不能盡鋤者與？抑此叟其鹿門流亞耶？

十八日，乃走彭城，經岳武穆祠。祠高踞軒廠，屹然南面，正復有直抵黄龍氣概。馬上詢之，則其地尚有岳家兒奉香火，而長脚奸雄，即熺、塤世領史職時，天已早斬其緒。嗟乎！一德格天之閣，此言果曷據哉？自泗州得見一山，所歷千里熯陸，既乏峰瀑交映、花山縹緲之致，即此平原曠野，與方寸五嶽，氣莫能答。望州治，念徐地大彭作都，偃王圖霸，而西楚王復棄關中都之，議者謂以此失天下。彼都者、議者，夫豈無見爲此？甫駐馬，即走最高峰，目營意度，則彭城東近齊魯，北窺趙魏，南通江漢，西控梁楚，黄河奔騰其中，使當日亞父不去，沛公即都關中，中原之鹿，未必爲劉氏羹也。戲馬歌風，同歸茂草，安在赤帝長而白帝促哉？而至今則西風落葉，又不知吹换幾番，徒下英雄泪耳！歸來，遂不能飯。

十九日，則仍在徐州。牽州人，蒐問古迹，皆愕不知所問爲何以，則與之言米價及物産貴賤、州大夫之賕廉，則亦破此寂寂。午後，則復出郭，登前最高峰，索徐事而問青天。問雲龍山，龍氣蜒蜿，尚有隱君子者，踵天驥而吐内之者乎？問劍吐增墳，光驚白帝，曷無一人識之，必俟緑林之覬中也。問九鼎淪泗，祖龍没數千人索之不獲，今亦有出之者乎？抑鼎緣之未至也。問桓山石槨，得至今完善乎？何蘇王吹笛，痛飲其上，鬼司馬竟不能起分一滴？問碭山之陽，復有五采雲，見天子氣乎？濉水不流，壅屍何弱，歌風既大，呼猛何威，胡後先之不齊也？戲馬稱霸，宋武重登，放鶴矜高，端明特記，清高華貴，將安取之？劍履上殿，蕭故起豐，疽殞彭城，范寧屈漢，去就成敗，將曷定之？雍門微吟，孟嘗揮涕，今過其村，尚亦有瑟聲泠泠，能泣予者乎？大風歌碑，篆追蒼頡，闊横八寸，長徑一尺，醉龍夭矯，斷碑莫識，今其筆法，猶可捫石得之乎？陳靖作圖，彭井光碧，胡年殤八百，竟不能憖遺一覩之，伯淮擁被，嚴絶畫工，詎黄帝之貴，竟不能圖一處士面乎？懷古得珠，白傅棄瓜，錦裘擲地，無已榮寒，伯倫携酒，達高荷鍤，知幾著史，座右推奇，氣節文章，各有千秋，寧風微之遽杳也？張墓存留，甚疑赤松丹訣；異書校閣，誰分太乙青藜？萬古逸事，奚止一徐，一往孤心，不難三問，又安得屈問柳對，隔曠世而相感也。

二十日，以黄河湍悍，舟行悸魂，乃星炊。海氣青發，即呼舟渡河。騰波迅急，走砂嚙岸，篙師則傍南岸溯洄逆上，歌謳互發，其回斡絶有授受。行三四里，乃斜施向西岸一削以下，及登，則與放棹處正相對也。循岸繞出村落，則十里外青色照人，問之，九里山也。三三五五，落落星布，方以吾家秦望、越峥，直兒孫羅列耳。一入韓淮陰，風雲變態中，彼力拔山者，即具重瞳子且弗克睹。天耶？人耶？戰之罪耶？達金山口，則秋水時至，窮區没渚，數里無岸。

一長橋卧波，宛在中央，不堪蹀躞也。而河曲小舟止五六，行人奪舟以渡。前舟既卸，回舟復載，既往既來，日下影長數十百丈。予渡復最後，中流值西風移浪，予所坐適面一馬首，人馬鼻相去則咫，喘氣涕洟，腥聞熱濕。思少避，恐驚馬，則舟遂覆，斯時一身爲老僧入定，而心則如波濤轉，暗想桎梏坐念室，尚能衛人無魚腹之恐，我何爲至斯也。達岸，戰戰兢兢，讓馬驢先登，隨聳身跳崖石上，即上馬揚箠，循山疾走六七十里，載路不復有所誌記。達利國驛，則昏黑不辨原陸矣。利國驛者，即宗利國監所沿也。地産精鐵，自古爲鐵官。元豐間，蘇軾知徐州軍，極言人地險悍，而三十六冶户，藏鐵家每巨萬，數千人仗，一夕可具，使彭城可窺，則東京安危係之。安知文忠奏疏無三，劉、項、呂其人竊窺而助其膽智者乎？

二十一日，道旁見片石，書『漢張良神道碑』。因笑張良從赤松子仙去，尚安得有墓？然索其墓又弗得也，碑云耳。渡韓莊閘，駐馬，飲數觴。登樓，見微山湖，則閘水所自來也。山在湖中，望之如鷗鳧泛泛。酒中與明生語及丁丑落第，以怪風沮此，夜半遭豪客，予躬執鋭斧，率精壯十餘人刼之，亦一時壯烈。垂老復落拓過此，遂引滿三大白，慨然就騎，爽爽行數十里，乃駐沙溝廠。店叟則一村陶白也。大兒爲本鎮弓弩手，小子與小婦當壚。婦則有殊色，骨肉既匀，結束穩稱，正不藉珠壓腰衱、蹙金孔雀銀麒麟逞妖冶也。然觀其往來矜矜，中似亦以一代自負也。予笑謂明生果有阮步兵骨力，便當醉分匡床尺五矣。

二十二日。

二十三日，則仍在沙溝，此地有一坐鎮，衛兵可數十人，則時往觀射。昔人有閉目而射者，志目則中目，志口則中口，而此乃凝睛積算，類不能中方丈之鵠，遂一笑去之。投關帝廟，見一偃月刀倚殿壁，則取而玩視。刀有環，重二十斤許。予少壯最喜舞此也。念老矣，刀法已疏，便試舞尋之，遂持刀徐步登場，則稍稍有就予觀者。乃斂衣奏刀，雖未獲滿志，然倫次不失，進退容與，則從旁已有許可者矣。忽一壯士突前請再，予欣然，謂少年知我。因捉刀跳宕，刀環之聲落然，低昂天地，閃閃㵝㵝。觀者遂見刀不見人，亦見風不見刀，盤旋起落，刀鋒所向，意銛百步。一時人壓看場，則圓如也，舞中但聞讙呼激賞之聲。既擲刀，觀者猶目眩不散，乃增惆悵。少年則提予臂飲于市，謂予曰：龍象六十歲骨方足，叟年不特過甲子，乃能此，真異人也。

二十四日，入滕界。見一碑，書『叔孫通演禮處』。因思渠大博古，識周冢〔四〕玉文二字，當日考定大禮，頓令漢高欣然享皇帝之尊，是宜推漢第一文臣。然李斯亦能識玉文八字，則又慨然念之。行數里，茂草中復見滕文公行井田一碑，則蝗鱗鱗翕集。五十里中一片石田，尚爲蟊賊所踞，嘆田祖之不靈也。過官橋鎮，河水流澌，止見斷橋七洞。驅馬涉河，馬方渴，見水，驀然赴飲，幾與魚鱉伍。登岸，過古柳一株，臃腫魁梧，濃陰散二畝許。立馬徘回，肌骨忽浸寒碧。甫驅馬，即疑頭上有黑雲往還，則蝗也。所遇神廟，坐青天矣。苔蘚叢生，不復存衮冕遺意。土人以草笠冠之，衣以蒲薦，功曹鬼判，則剥膚露木骨矣。凡滕地廟類如斯。行九十里，到郭門。環城皆蓮也，水面葉尚田田。追想花時，億萬朵紅香摇曳，登城環步，則人在蓮花瓣中，較西蜀芙蓉城，多一香也。我來不遇，殊恨恨！入城，望一廟，額書『民事不可緩也』。予不禁笑局局，謂必滕邑博物君子學問，廟中爲文公無疑也。晚館于衍聖公宅，宅甚宏麗。視滕地邑里多焚燒，滿城瓦礫，即家得數椽，蔽床蓆，幸矣，而我遂得高卧夫子宫墻。

二十五日，則之鄒，凡九渡沙河。一河浩淼深廣，群騎競涉，則水腹才交波聲，雪激中河，一沙墳起，方得旋馬。一吴儂跨驢踵渡，則驢奔其上，盤旋坦卧，人遂墮。起將鞭之，驢忽作滚，跌宕徜徉，儂悖甚，作吴中聲，將伯甚急。予既登，命僕涉水赴援，衆皆轟笑，對之一散旅愁。前行見一碑，半埋土中，出『魯將軍慎』四字。埋土者，子故里與？子之墓與？魯將軍則安在哉？日方中，乃過嶧山。山如黑英石透纈，其最者參錯造天，凡八九峰，皆骨而不肉，禿而不髪，磊落頹叠，望知其尊。其景最奇者，爲渡空舟，爲大通巖，爲蓮花池，爲盤龍與拘龍洞，爲甘泉，爲祝泉，曰象牙石，曰顔子石，曰石鼓，曰石龜。古迹難竟，草草經過，老恨空聞，則一步一回顧，若或見之。及入郭，解鞍，視街里，則滌滌也。遂復出郭，瞻孟夫子廟，則已神馳孔子廟堂。廟奕奕正離，嶧山拔其左臂，古柏合翠，仰之不漏青天。西墻内外，老槐各五，皆元祐時植，而五者尤離奇眩怪，中通外竇，居人驅羊豕牢圈之，笑此曹亦附宫墻外也。

正殿峻起，丸丸三十六柱。石龍蜒蜿，鱗甲影栗，從以波紋譎詭，想當分闕里具體。座右以利國侯樂正子配，而鄒國公衮冕南面，如泰山巖巖，其錐視嶧峰，固已壓切雲之峨峨矣。從正殿折而東，則郕國公祠。母宣獻仉夫人，旁有小石像，爲夫子跪受教者。蓋大賢人尊親，不特崇高血食，生死皆以受教爲莫大。當日作者，可云深知孝子。廟中四壁鎸題，殆無隙，則酸腐，竟無可者。始知游於大賢人之門者，已難爲言也。問孟子墓，在城東北二十五里。先時廟在墓側，景祐四年，孔道輔移建城南。宣和初，爲金兵所燬。至政和元年，乃更修。

二十六日，則漸近聖人之居。過泗水橋，橋甚榮構，兩邊石闌柱各六十，清流玉柱，湍激成瀾。予謂天下文章，莫大乎泗，禹力到處，水聲奔注江滸，知孔道南矣。馬首向東魯，計郡治達孔林，止六十里，而此行勢不可得。嗟嗟！聖人吾不得而見之矣！既駐馬，走視魯藩〔五〕故宫，城闕類已坵墟。入門，一川溶溶，横東西渡，石橋則儀門也。土人羅列貿易，兼亦蹋鞠逐戲，而屏翰規模，頹墮中依稀偶露。惟正面一牌樓，巍峨金碧，大書『世守魯邦』。憶昔俾侯於東，則大啟爾宇，鳥革翬飛，與金陵龍蟠虎踞，力答氣應。今對之，便有月明烏鵲語，悲來填膺〔六〕。進端禮門，乃爲内城，則城僅存東華、西華，閉不得即進，云内三宫，今一耳。窺聽，則復剌剌〔七〕聞樵採聲。上有滋陽一示，云此已歸衍聖府，戒無犯。益嘆道韵天悠，自生民以來，未有盛於孔子者矣。

二十七日，行四十五里，過新嘉驛，則會稽女子題壁處也。此女遭河東獅子，輒欲絶命，自負以絶世才色，恐自經溝瀆，千載後無知會稽女子者，因自叙悲憤，深鄙負腹將軍，題三絶句書壁。後人過驛，輒題詩屬和。旁一人鏤女子詩，每得和，輒續入，漸成集，鬻之致富。憶予甲戌過此，亦有詩。今尋鬻詩者，則比閭無一椽，而驛則加新矣。前御史憐其才，因悲其志，特爲修建丹雘，立碑，重勒其詩序，環碑位置花石，以寵幽中之倩。墓駐汶上縣，昔先師宰中都，即此也。廳之西有聖像，像上頷露二齒，至今若誨人不倦者，爲再拜作禮。一吏人忽引看案前準石，其尺寸準黄鐘，方數尺，中勒一準字，環以游魚四，云先師宰此，斷公則魚不游，否則魚環石不止。予笑謂夫子攝相三月，魯則大治，宰此自可無訟，即斷，寧有不公者？因問石魚今游否，則曰勿矣。然則夫子之斷，果有公、有不公耶？抑斯石靈于夫子，而不靈於夫子之後耶？抑後之宰反勝夫子耶？

二十八日，發汶縣，平原曠曠，黄茅病柳，所過雷同。予馬上放言狂歌，以顛老人供長途一笑，即送却此日行路難矣。渡孟河，河水湍急，而篙楫乃弱。南北岸急牽一絙，舟緣絙以渡，雒雒如陸地行。問此水，則來自夫子墓前，奔騰赴南旺。當日分水龍王，忽劈流俾南北背馳，此與巨靈胡蹴踢泰華闢龍門之險，皆古今神豪也。齊魯地中得此襟帶苞絡，則平原又重關百二矣。駐馬東平治南門，走視梁太素故里，則狀元坊已燔其半，略存『雍熙灝固』四字。夫古今父子狀元者三姓，而梁氏屹然分鼎。文章得意，豈特仲宣《登樓》一賦、孔明《出師》二表，爲齊魯鄉生輝光哉？

二十九日，出東平北門，望山上冢，翁仲並列，石虎石馬，嘯月卧烟。甲戌過之，行人競指爲梁氏父子，三十年來，每即以爲談柄。今過，更詢一土著，則云相傳蕭太后時兩顯者。備詢之，又不可詳。考之宋遼，時、地又不偶。因思生平見聞影響，列風淮雨，於穆不祀，有不可舉者。吾于東平二家，惕然負一肚糊塗矣。行數里，見一碑，書『冉子墓』，竟不識是何冉子，然墓則皆墓矣。四十里過陽穀，斷榛中見一碑，云是管氏三歸臺。吾慨然思齊桓之謀楚也，陽穀一會，奇奇正正，尊攘之功，地靈赫濯。今乃見此荒原，黯然魂斷，而土人則指顧大小梁山，盛誇武頭陀打吊睛白額即此地。小白、夷吾，方恨其不復，而乃讙讙景陽岡一夫哉？將至東阿，則又見一碑，書『烹阿大夫處』。黃沙青草中，至今有鼎鑊光。嗟乎！吾安得借此盡烹今之銅臭榮身與賕吏之知賢不薦者，呼天下人各分一杯羹耶？入阿，則城如判環，一水中縱，無郭門也，水以爲之門，人騎緣水往來。晚駐一古廟，余則從蘇錬師者，割霞居一角，雖窄窄，乃復楚楚，綴以草花種種，欣欣向人。繞廬槐影疏疏，一白馬在槐邊，昂首嘶風，似鳴錬師之不常有；而予視師鬚眉散朗，有不特賞此馬之神駿者。因其索詩也，題二律贈之。

校勘記

〔一〕原稿『隆』下脱『禮』字。《遼志》即《契丹國志》，舊題其書係南宋葉隆禮所撰。

〔二〕原稿『呵』上脱『迺』字。核《契丹國志·契丹國初興本末》所載『後有一主，號曰迺呵，此主特一髑髏，在穹廬中』云云，彼以『迺呵』爲名明甚。

〔三〕『白馬灰牛』，原作『白灰牛』，據《契丹國志》改。

〔四〕『家』，原作『冢』，形近致訛。

〔五〕『藩』，原作『籓』。

〔六〕『膺』，原作『臃』，於義不確，當是『膺』字之訛。

〔七〕『剌剌』，原作『刺刺』。

秋八月

初一日，走在平道中，數十里棗栗累累，與江南火耕水耨争穎栗，同行入林恣飽。居人豁達，絶似杜少陵聽東鄰打撲，益欽禮義之鄉。夾道菀柳濃陰，作翠浪萬頃。北路類多種柳，而拂堤纓屋，不得不推此路去也。憶丁丑暮春過此，輕風摇曳，冉冉長條，絲牽馬首，欲留春挽予青眼者。兹較疇昔，又不知供幾許樵伐矣！八月新秋，尚復漾漾疏疏，風流可愛，正亦不減當年，碧柳中漏小小紅樓，一淡粧雅服，倚窗凝睇，似默數過騎也。

初二日，走高唐州。嗟其村落荒圮，間值土屋數家，屋上青草茂茂，婦人蓬頭垢面，覓斷梗敗草，舍旁偶散瘠豚一二。既入城，則以爲未入城也。憶昔崇禎間，尚未若此。吾意綿駒復肉，逞其歌喉，一二三聽者，將增其悲慟，泣不能仰也。瞻先師廟，直不平地耳。廟中碑不下八九，皆延祐與大德間物。而大觀元年碑，則蔡京題額，云『大觀聖作之碑』。誤國小人，偏欲飾言誦法，崇譽聖明！笑豐隆聵聵，偏以鬼斧濫轟薦福。碑記類無足奇，不知其旁一碑，何以又屬東方朔。則至元二十四年，翰林學士閻復所撰，文翰絶可觀。苔蘚鬱積，傾圮敧敗柏下，州人則竟無知之者。至所宿邸壁，往來者題咏，輒引襄王神女事，峽雲巫雨，言言抱霞衾上玉樓矣。嗟乎！詩可亂題哉！

初三日，往恩縣，去南門數里，過八蜡廟。碧水一潭，方圓湛澈，中一人乘筏，載春花數本，潭花映發，恍惚鏡中。予飲馬河曲，而一錢莫投，深愧安陵項子矣。入郭，維馬御史署，見壁上項犀庵詩，爲即韵寫懷，時有烏烏白雲，繞筆端不去，題罷爲之泪下。出署，所過多零落，惟劉司農家甲第連雲，翼翼新構。聞斯老甫在阿堵中，而宫室遂侔王侯，飲冰嚙檗，果愚清者乎？

初四日，界德州矣。道遇二美，聯騎翩翩，金蓮銀鐙，約約相鈎，按轡徐行，自成媚麗。芳塵飛處，馬蹄不寂，俾砂磧一時便成閬苑，道旁乃有整襟理髭鬚也。駐御史署，署西古槐疏冷，夕陽亂之。展席四顧，見畫屏一人，横笛臨流，疑有秋聲寥亮，滿人清聽。堂上有劉御史痛念旱蝗一碑，讀其碑，字字顔清臣御史雨也。

初五日，則往景州。時雖少昊行秋，而日色則趙宣子也。遇一村，澄水漣漪，古槐層臨其上。一老翁把釣嬉戲，仰看蟬聲，一稚子笑扳其膝，隔水見輪蹄交錯，應有熱客之嘲。予豈真無此樂者，而浪迹至此，則中心自悼耳。午駐州署治，惟見荒凉，則走看開福寺塔。塔高十三層，周圍八百尺，高或二十丈許，而四門皆塞，不得上。意得造絶頂，必見七星在牖，河漢流聲，當還歸索筆墨，題詩絶壁，不使唐人慈恩塔詩獨譽千古也。此塔建自隋開皇初，歷唐貞觀、宋元豐、元至治，代爲修治，乃得全其高巍。當日午，塔則無影。每正月十五六日則開，開則復塞。中一井，日長至，則風從洞門出，聲如怒濤，似將崩。噫！是不負景州塔矣。

憶是日立塔旁久許，捉行道詢其所由，並無能悉者。最後遇一老書生，爲予具言其略，歸邸記之。勿軒誌。

俗語云：滄州獅子景州塔，東光有個大菩薩。此結語所自來。又誌。

初六日，乃駐阜城。龔縣尉送瓜二枚，甘芳之澤，沁入渴脾。此即是冰谷龍肝，妄意當千歲不渴，何必赴西母約，共造朱陵山耶？龔尉爲予言：城中止得三十家，然則合尉與宰，才四八耳。飛蝗不乏之地，驚此瓜大損廉俸矣。城外西北隅一客店，昔逆璫魏忠賢絶脰於此，隨戮屍肆市，則先皇帝之斧鉞在焉。

當日過戮魏處，天尚昧，快而細察之，不覺從驢背墮下，殊不驚也。勿翁誌。

初七日，發阜城，則已入獻地。自鄒得瞻嶧山，過此則不復覯一峰。思獻有所謂房淵者，當石勒起，其前水乃忽赤，則此羯應兆，又不特石狗嚙人矣。今其水竟何如色耶？路違，竟不得一問。

初八日，中途渴甚，見少婦汲井，綆不即下，從井上凝照，似恐銅瓶及水則亂其粧影者。予騎既漸逼，意予飲也，即寘瓶供予汲。渴懷感沸，何必讓淮陰一飯？入河間，駐馬，顧廳壁，則有三韓項犀庵秋日客途詩，予爲步韵書後。僕持銀桃香水梨至，明生曰：此妙絶下酒物也。予應之曰：壁上詩何爲者？汝則乏子美雅量耳。

初九日，行任邱矣。任邱者，古帝高陽氏墟也，宋爲鄚州。其前，漢中郎將任邱城之，遂以其名名城。城之南門，傳桃園焉，云漢先主與雲長、翼德結義於兹。漢家歷載四百，自白水中興而昭烈復以孤窮分鼎。履此望古，思而不能去也。

初十日，晨光内小雨霏霏，行過鄭州，則州舊址也。有土城略存，往來處左右泥峙，則郭門矣。予崇禎七年過之。此地每年當四月爲市，越數十日，天下大賈畢集。凡意外奇珍，與瑣瑣屑屑，至無不具。維時梨園、青樓、茗社、酒壚，悉如一大都會。是年有一千里騾，毛骨特異，始出轡時，方墨墨如流漆，迨風入四蹄，躍澗突險，則汗淫淫珠迸，而黑毛卷然，則復疑於豐雪。當日無能知之，竟不售而去。三十年以來，并未聞此勝市矣。出土門數里，則爲王明妃故里，荒坡耳。紫臺朔漠，月明下環佩空歸，定當聞太息之聲，則立馬久之。行三十里，過一長堤，貫南北可十里許。一橋中卧，大川滔滔以過。蓋此水從上谷來，東走天津，横被兩湖，浩淼將數十里，土人呼佃田也。佃田者，水則爲湖，乾則可出。青草蘆荻，芰荷相亂，藏岸裹濤，夾堤合抱古柳數百株，繆帶川陸，助其森寒。漁舟雜出其間，水路曲折紛歧，緑林豪客，故其得意處也。

十一日，冒雨直渡易水，悵懷壯士，熱血沸激，雖秋風蕭蕭，反令易水不寒。驅馬不遠，即白溝古渡也。西山一片青碧，贈我馬首。渡頭水聲嗚咽，蒲葦冥冥。方駐馬沽酒，則聞錚錚彈劍聲，忽有不平事，填膺立髮，即欲提三尺水，截血髑髏，懸諸鞍鐙。過渾河，則魏璫宅也。環宅皆掘池成河，汪洋蟠瀦，棟宇峻廣，幾有千門萬户規度。聞在時，乾子極多，不知疇爲效此堂構？駐新城，則壁上又見項犀庵詩矣。序云：以去年端午宿此，次年九日又來，則有咏。而予以壬寅七夕發廣陵，八月十一駐此，隔中秋則三日耳。佳節既同，雅懷難遏，則亦即韵書壁。因笑紅紗紅袖，各有寵遇。吾願以紗紅歸項公，若紅袖拂塵，何敢輒讓人也！

十二日，遂入涿鹿，則往來熙穰，街里充盈，大不似南來諸州縣矣。然無奇迹可蒐，于是乎出西門，而步念之，從西門折西南十里，則張桓侯故里也，與樓桑相去蓋數里。侯子孫環侯廟而居，人多樸爽。廟前一井，土實其腹，云侯微時所汲以釀者。入廟瞻侯像，鐵面豹額，洵萬人敵也。而吾謂侯所過題名，如流江真多山，謹嚴卓拔，有非文士所敢望者。至若義釋嚴顔、禮悟孟起，輔昭烈成章武之業，封侯廟食，豈偶然哉？

十三日，出涿之西門，即遇一斷橋。湖流闊二十丈許，騎涉則惴惴卧波，嘆不得手白羽扇、鐵魚磬，截流以渡。過琉璃河，即古所云聖水也。有橋廣十丈，兩頭布巨石走陸，長一里。石梁長跨雄桀，是直駕鼉鼉成之者。蓋北地多水患，橋不負神力，當洪濤時發，則中流莫砥。而此河則有所謂豬婆龍窟之，亦有時陸地見其蹢躅。當其出時，則河水群飛，白波若山，人則魚而稼則藻也。萬曆間，一中貴於良邑，富阡陌焉，則走龍虎山謁張真人，懇爲此地造福壤。張曰：神來公則隱，吾爲公請。則真人庭前一井，每真人當襲，其名輒浮井以出，而真人欲召致諸神怪，則例投鐵牌于井，當即至。是日連投六牌，不至，及七牌，則龍神盛衣冠來晤。張備告以君疇昔出入，水害廣被，得别徙，則此河流明德者不竭矣。龍曰：徙道則福一方，仍災一方也。以真人命，則自今當殺我水勢可耳。過單家橋，則所云靖難時戰場也，疑有斷鏃折戟，入地三尺。思及南北軍勝敗，不禁有慨興亡。

將及縣治，則有怪木古松，森盤寒緑，云此中有大道場，恨日暮，不及分楊枝一滴。及駐馬城隅，即有一番局外人部署，慷慨欲發。邑去京師六十里，彈丸黑子，儼欲稱京師右臂，同漢之扶風、馮翊。而崇禎末年，復於蘆溝橋築旋尺之城，且不及侯家一苑囿。復令葸肆人守之，藉以捍禦非常，何異以敝笱制魴魚，而稚子罾神鮫也。愚謂當良邑，得城如涿鹿者，顧盼燕涿，以互爲掎角，則亦門庭紫華，然而無爲也。巍巍帝京，幺麽襲至，大司馬尚不知賊爲何許人，曾不一日，而孩兒兵貫魚越睥睨矣，逆閹又内開齊化矣。至尊率數十騎，反不得突正陽以出，則以京師爲城，而不能守也。九邊雄扼，十五國所在有高城深池。至若殽函劍閣之雄，黄河長江之險，合爲四天下一大城垣，一旦失守，徑山凌水，敵騎乃如踐平地，又豈特漁陽鼙鼓，大河北無堅城哉！則以天下爲城而不能守也。嗟乎！宋殺檀道濟，乃自壞萬里長城，遂致燕巢林木。予向者改築良邑之説，又屬書生論議矣。

十四日，立馬盧溝橋，則慨然嘆宫室之巍巍矣。橋列十一洞，石闌柱上，則坐以獅，合二百四十有二，小獅盤旋腋腹者半之。兩頭分四石象，俯頭力抵，其頸上用全力，正復如師子搏象。象外又各立二石柱，分四大獅守之，獅高六尺餘。每一橋墩，兩邊用大鐵柱，立飛濤中，方一尺許，上齊石梁。橋外，水從邊外來，黄流氾溢，繞燕城南向奔激。予觀爲之蓬蓬勃勃，則高唱曹孟德詩：『秋風蕭瑟，洪波湧起。日月之行，若出其裡。』不禁逐流水鏜鞳矣。入彰義門，則見行塵鋭起，便不作野外觀。及入城，望虎房橋一帶，十里内車馬驟交，衣帽相索。視塵土下行客，依復名深利切，雜予其間，真滿面目不合時宜也。抵客邸，明生、爾及以鞘歸司農。薄晚，主人進酒餚。飲方耳熱，客有挾燕妓，彈琵琶，唱邊關調者，激楚纏綿，動人嗚咽。投杯出門，則烟月滿簷，四顧悽愴，而離思牽我，依依老母，人曰九迴，予則一夜腸應直矣。

十五日，則中秋也，與明生、爾及以杯傳此夜。忽憶癸未八月十五日，方第三場，怪風大作，雨雪相雜。予疾書五策，筆不暇凍，以恣所欲言，竟復下第。今兹飲月玉樓，絳氣照我醽醁，反令慘慘不樂，謂昔日飲墨汁三升，則馨洌也。聞老友張毅孺先我入燕，詰朝，往所寓松筠庵謀分一角。甫中西河，兩白髯翁遥矚，方各抱驚惑，及相對，乃互捉臂，周折笑問。久乃相揖，云庵有小屋清佳，遂往晨夕焉。自此日出訪帝京之勝，至必有詩，歸則必記。合予出關時，洎四國所歷，遂成小集，則胸中别具今古，自謂圖經在浣雲潭上矣。

人生惟文章最樂。憶昔日北行苦矣，而北行道中之苦，又復百千。所恃筆墨之事，不以鞍馬即輟，則笑傲長途，賴有此耳。迄今每開看，且以喜樂，且以永日，輒拍案自叫：我不貧也。

癸丑暮春之初，雨謙又記。

維一老翁閲二記，慨然拍案起立，厲聲曰：微我康先，吾誰與言筆墨事，喻胸中不堪對世俗者哉！　醉後慨誌。

北游記成偶誌　是日大風寒，亦得好月

西風白日寒，入夜寒月白。日寒擁被卧，看月清徹骨。性癖每不倫，成此世外客。客燕已八年，游書成一夕。

予北游一路，即捉筆記所見，閲八年而始成篇也。

北游記書後

司馬子長遍游天下名山大川，而不知爲記，王弇州以爲恨。余則謂子長之用山川之秀於十二本紀、八書、十表、三十世家、七十列傳之中，是以史爲記者也。而我岳丈王先生則又以記爲史，忠孝所激，秋聲輒起。入記者五十三日，殆無所不有，子長以後，作史者無此也。

嗟乎！自丙申以來，讀先生書何限！猶憶《虎史》未就，竊其稿夜讀，室人安貞聽之。或字影迷糊，則携燈細認，紙摇燭焰，鬢髮爲燼。

辛丑二月，《鵝籠》改本至耐園，兼附海棠數枝。余展卷，則持花看讀，偶有會心，舉手一按，花散滿書。今者若携此卷上白蓮峰，又當鬼哭三日夕也。安貞葬白蓮嶴。

公穀敬跋。

北游記跋

康熙辛巳，世法以鄙詩文卷餉先生之快壻康先俞君。康先代法恨未及見先生，不得遇先生選録，嘆嗟不已。以法爲知音者，因出渠三游記示覽。法讀叙記十數則及評，便嘆此千載知音之會，不覺以其一爲《東甌游記》，乃先生所評叙。法讀叙記十數則及評，便嘆此千載知音之會，不覺以康先之代恨深爲己恨，謂先生知人之文，其于己文當更有過者。則康先出《二園記》焉。

《二園記》者，一爲白岳王先生《北游記》，一爲康先《東甌游記》也。王先生以吾名園，康先以耐名園。耐園者，康先先君諱邁生家園號也。耐園先生明季浙鄉薦，以清白風，晚而退居，號耐園灌者。康先以小灌繼之，家世其園也。

《耐園游記》爲三記之一，以所得評叙，爲翁婿合編，顔曰『二園游記』，固先生所及覽者也。康先記文另有專編，法跋其尾。特以先生《北游》一記，伏讀於十數年之後，其心、其詞，宛若生時。乃緬想其風，倘親炙左右，所興感更當何如。康先者投以詩文，而即獲三記之報，恨先生邈遺是篇，而法不得少出所著，留先生之一盼，則先生棄我太遠十數年矣。

先生之於游，記已盡之，引已挈之，法復誦之則贅也，獨於我私不能已已。白雲天上，無翼難及，故跋。

赤峰後學章世法宗之謹跋。

詩文補遺

張宗子詩叙

予讀宗子詩，而忽慨然於司馬子長也。蓋每讀《史記》一書，不禁撫几立，曰：以子長□□□，克成此五十萬言，胡不謀及乎……詩則當日東封之頌……即安能外……雄才大略，《瓠子》……《秋風》一辭，英姿顧盼，稱□□可天子。以子長賡歌其側，何必不爲《卷阿》矢音哉？武帝嘗讀司馬相如《大人賦》，飄飄有凌雲氣，至恨不與同時，及其召見，則止以文園令了之，迨既没，則又蒐其遺文，而《封禪頌》乃著。子長乃至下蠶室。嗟乎！遇天子如此，其憐才也而卒不得，以其□□騁於賡歌矢音之列，而相如第……第以史鳴，才故有遇不……能詩耶？雖然……已浸浸乎以詩見，而子長□□□五十萬言足以包之。蓋其生當天漢、元狩間，名山大川之華，金簡玉字之奥，不克爲當日建明，立其躬於明堂辟雍，甚則天子召問，救一李陵不可得，於是縈紆鬱悶，不得已而寄孤憤于《史記》。予居恒謂杜杜陵詩史也，而司馬子長則史詩也。彼《史記》者，風有之，雅有之，頌有之。然吾持此以號于世，世必曰：是固欺我。則將以《記》之肖乎詩者告之，如《天官》……雲也，而曰『若煙非煙，若……紛紛，蕭索綸囷』，非詩

明張岱撰《張子詩粃》，國家圖書館藏稿本

乎？ 而其記五星色也，則曰『赤角犯我城，黄角地之争，白角哭泣之聲』，非詩乎？ 若此者，尚曰聲相似也。 乃若肖詩之神，即一字一句，離奇質奥，寓意遥深，繪情屬事，部署倫類，真如所云，褒鄂髮動，天吴倒褐。 乾坤瘡痍，至尊蒙塵，聖明自誅，褒妲經緯，獨固密勿，昔日『詩宰相』之言在《記》中無不可冥心遇之也。 吾故謂子長史才也，實詩才也，而不以詩顯。 千載……張宗子則起而兼有之……廟器，宜不獨以著書□，乃以彼其才處……禎朝，遇思廟堯舜主，而竟以文學老，甚且以甲申之變，窮愁著書，欲如渴司馬與腐司馬一登漢武之朝不可得，蓋亦悲矣！ 然而十年苦思，《石匱》告成，特與《史記》並有今古。 即俾宗子不作詩，《石匱》中未嘗無詩也，而復以詩特聞。 試讀其詩，則於今昔之變，一篇之中，三致意焉。 此其詩又一史也，而非猶夫世之詩也。 嗟乎！ 子長故言之，詩三百篇，大抵賢聖發憤所作也。 知詩哉！ 故使子長而與宗子遇，則子長未嘗無詩，宗子正亦不必爲詩也，兩人之詩皆在史也，特以兩人之遇主不同，而所處之世又不同。 孟子曰頌其詩必論其世，則宗子之作史與子長之作史，已自有異。 是其所謂詩者，即欲不作，亦安得不作乎？ 悲歌行國，泣數行下，如屈子《離騒》，不得其平則鳴。 吾於宗子曷怪哉？ 至若宗子之爲人，豁達有大節，則海内鮮不聞之。 其爲詩，則卓然爲張子之詩，非諸子之詩，而並非三百篇之詩也。 此其説在伯樂之相馬也，故不必讙讙爲世人言耳。

庚子夏五潞溪識字田夫雨謙撰。

西湖夢尋序

木華作《海賦》，思路偶澀，或教之曰：爾何不於海之上下四旁言之？華因言其上下四旁，而《海賦》遂成。蓋華之賦海，海之景物已盡，特缺其上下四旁已耳。則是海爲主，而上下四旁其輔也。若田叔禾〔二〕之作《西湖志》，志都城，志大内，志市井里坊，志人物流寓，志士女游觀，無所不志，而西湖之景物反多遺漏，則是借名西湖，而實與西湖無與。故碑記詩文，自蘇白以後，記如袁石公之靈巧、張鍾山之遒勁、李長蘅之淡遠，詩如王弇州之華贍、徐文長之奇崛、王季重之雋穎，無一字入志，焉得謂之志乎？

張陶庵盤礴西湖四十餘年，水尾山頭，無處不到。湖中典故，真有世居西湖之人所不能識者，而陶庵識之獨詳；湖中景物，真有日在西湖而不能道者，而陶庵道之獨悉。今乃山川改革，陵谷變遷，無怪其驚惶駭怖，乃思夢中尋往也。雖然，西園雅集，得米海嶽一叙，而人物園亭儼然未散；建章宫闕，得張茂先一語，而千門萬户仿佛猶存。有《夢尋》一書，而使舊日之西湖於紙上活現，則張陶庵之有功於西湖，斷不在米海嶽、張茂先之下哉。

潞谿白嶽王雨謙撰。

明張岱撰《西湖夢尋》，清康熙刻本

校勘記

〔一〕『禾』，原作『和』。按田汝成，字叔禾，作《西湖游覽志》《西湖游覽志餘》。

瑯嬛文集序

有大文之人而文始傳。文也者，人也。其人爲天地之所屬，則凡天地之所焕不能鬱，與鬱而不克告之天下萬世者，皆彙而委諸其人。由是而日星之蒸變，河嶽之苞孕，懃懃焉提以成之也。然其所際有顯晦，且有不即内之於顯，而困苦拂亂，與以晦晦之遇，而别有以顯之，則天下文章莫大乎是矣。如昔左氏《春秋》、龍門《史記》，皆不屑以爵禄榮之，而特榮以三曾之大也。吾故於陶庵張子之文，而知天地之成之顯之者，深且宏也。

陶庵爲雨若先生之孫，而陽和公其曾祖父也。陽和公以文章大魁天下，雨若先生成進士，以理學推醇儒。陶庵尊人大滌公抱命世才，雖焜焜仕籍，竟不克大展其學，乃舉累代清淑之氣，盡以鐘之陶庵。陶庵自束髮爲文，發藻儒林，以彼其才，使其立取一名，身都顯要，自當復命造物，爽爽不怍，而以才大莫器。有識者咸爲裂眦問天，而陶庵怡然聽之，遂潛名成《石匱》一書，上與《左》《史》等鼎。甲申以後，屏棄浮雲，益肆力於文章，自其策論、辭賦、傳記、箋贊之類，旁及題額柱銘，出其大力，爲能登之重淵，而明諸日月，題曰『瑯嬛文集』。蓋其爲文，不主一家，而别以成其家，故既能醇乎其醇，亦復出奇盡變，所謂文中之烏獲，而後來之斗杓也。

余與陶庵以氣誼文章爲世外交，每一篇出，無不披華食實，如李才江之范金呼島佛，柳柳州之盥薰讀《昌黎集》也。兹者百家争喙，俾斯集行之於世，則震風凌雨，應知夏屋之爲帡幪也。

陶庵其先蜀産也，其近則越産也，其人其文，幾幾各争有之。余則曰：此非蜀之有，越之有，而天下之有也。張子，天下才也。

明張岱撰《瑯嬛文集》，清光緒刻本

叢桂軒近集序

士立身天地中，當爲古今争不朽耳。不朽之業有三，德吾所自有，惟立功與立言，尚雜乎運數，不能無際會淪落之感。故士不遇，乃以言著，有數行乎其先矣。令人披其言，未嘗不尊其議論風旨，亦未嘗不閔其志而咄咄問天也。

吾兹讀越士姚子《叢桂軒集》，則慨然撫几而立，曰：嗟乎！以斯人之德之才，得十數輩，内之列金華殿上，講道經邦，外之分布天下，以屏翰京師，其所爲豈不卓有可觀。乃今第老一博士員，於藝林高踞一席哉！雖然，越士敦德懷才，不獲以功名顯，此其責在世之王公大人。而其在我者，初不負帝天嶽降之寵，而行我學之所至也。今觀集中諸名篇與所咏歌，既以爲博大昌明，亦以爲清新俊逸，令人不能執一格以求之。而所得執一格以得之者，凡其立言無不一本忠孝以出之。無論其表揚頌贊，鴻文恣川，即在小草昆蟲，偶然題記，入其爐鞴，隨有以見其苦心微指，皆可陶鑄德功，令人人見之，無不黰然勃然劃然倚以爲是非，而獲其適於德功之路。則越士之立言，故不得以立言盡之也。

余與爲世通家，東西止隔𧂐湖一水。甲申以後，余以絶迹遂違講聚，然每見其有作，即慕之敬之，奉爲師表。正如列御寇與東廓子，連墻一十餘年，不通請謁，蓋别有神晤，自謂得之最深。辛酉之役，越士竟厄紅紗，令嗣子毅以第三人魁浙，未幾而越士遂有炎州之命。子毅思慕悲悼，恨尊人抱濟世偉略，曾不一展所學，因出其遺文，謀梓之以壽諸不朽。文心孝思，克以德業世其家。余欣然略叙其意，俾海内共欽其寶，且以見我越士也。

康熙乙丑嘉平經八十七白曲轅野老王雨謙敬題。

清姚祖振撰《叢桂軒近集》，康熙刻本

四書説乘序

道猶水也，文猶水之行於江河也。水初在地中，若隱而不見。及其出而爲泉也，則浸淫以放乎四海，乃靡遠而勿届。夫水有原有委，聖賢論水必循乎原，故曰『原泉混混』，又曰『左右逢原』，亦重乎水之有本也。子思子不云乎曰『小德川流』。小德者，如天地之覆載，四時日月之迭運，萬物之並生並育，爲川流而不息也，蓋有大德者以爲之本，故曰『大德敦化』。若夫川流，其可見者也；于敦化者，則目有所不能及。其可見者知之，不可見者則不知也，誠有知小德而不知大德者矣。六經爲載道之文，窮經者必以道爲極。張子之論學，必原乎道，故其言心而必本諸性，言性而必本諸天。

今夫蒼蒼者，其天耶，而非所以爲天。所以爲天者，在不已之命。燦然者，其文耶，而非所以爲文。所以爲文者，在不顯之德。因是知張子之學，爲有本之學，猶涉江河，直有以溯黄河之原而探星宿之海也，與世之支離蔓衍、泛濫而不知指歸者，竊有間矣。今夫離江河以言水，非也；即江河以爲水之原在是，亦非也。如離江河之水，以别求其原，則是離小德而别求大德也，而大德又烏乎在？人之於道，指日用尋常之即爲道，非也；離日用尋常，别求所爲道，道又烏乎在？子在川上曰：『逝者如斯夫！』以爲言水歟？以爲不言水歟？若以爲不言水，則無之而非水也；以爲言水，似又不可即水以爲泥者。即水以爲泥，迹也。其間有可即不可即者存，因是而知日用尋常之道，有可指而不可指者，在于默會夫性命之微而已。蓋有不已之命、不顯之德寓焉，而不可以覩聞及也。若但求之于事爲之迹，則亦得其事爲之迹而已，其於天命之初體得無有間然乎？是以人之于學，不可不知本。張子之學，乃直溯夫淵原者也。若夫水之有原，正不在遠，取之左右而即是。如必遠涉星宿之海以求原，則有終身不得其原者矣。因張子之論學而各求其原，庶幾旦暮遇之乎？則于是書，無徒作尋常訓詁之解可也。

山陰同學弟王雨謙敬題。

清張嵩撰《四書説乘》，康熙刻本

鄭氏一家言序

雪屋鄭子，淮海間佳士也。曩余客廣陵，寄居蕭寺，或持其制藝一册。余快讀之，始知雪屋每試輒奪旗鼓，遐慕其人，竊以天廟器期焉。迨家阿咸宰寶應，遂以臯比尊之，延之家，教其諸子。曾以和眉山冷香句二十餘韵示余，磊砢韶秀，多驚人句，幾令不謂其今人也。既而復以手録《鄭氏一家言》，命余叙之。余爲細讀，廼嘆天下奇才，其生也有自而其傳也有緒，鳳毛故不易覯也。其集蓋自明初至今，兹得能詩者三十人，而中參一女中李杜。余因思天地間奇麗秀絶之氣，上則爲風雲星日之輝，下則爲山川河嶽之盛，乃若起而争三才之位，發天地之奥者，風流華藻，莫詩人爲最，而詩之足重，要必載以氣節，而爵禄之顯晦不預焉。今按《鄭氏家乘》，自公逵公至虎谿公，代以詩著，類皆彬彬質有其文，其人或登仕籍，或隱逸高尚，而且旁及書翰丹青，更有鐘範郝則，才尊閨秀，連綿其際，猗與何鄭氏之多詩□與？

吾憶古來詩學之難，漢武時能賦七言得登柏梁者不及十人，旗亭甲乙，偶得三俊，餘自漢魏歷四唐兩宋，能詩非不代有其人，然其間偶千里而比肩，或越世而接踵。疇是一家之中，大雅迭興，採詩而堪贈兵曹之石斧，發讀而特盥薔薇之浩露，僉足以鼓吹休明，來和平之聽，如斯集之洋洋大聲者乎？余兹能略舉其意，屬在管窺，媿無以悉豹文之變也。蓋嘗讀《顔氏家廟碑》，其中叙述之茂，詩文名節，偉人累累。沈休文作史，每嘆王氏四十餘人皆有集，而武后寶章閣得法書於十一世二十八人，則鄭氏斯集，洵可敵應今古。若淮海之華望，而益敬吾雪屋之以能詩世其家也。鄭子諱乾清，字千子，雪屋其別號也。

康熙赤奮若小元旦之旬初經八十八白山陰野老白岳氏王雨謙敬述。

清鄭乾清輯《白田鄭氏一家言》，康熙吟松閣刻本

己酉秋九月讀康先再録東甌游記四首

引勝賴奇筆，當年讀竟疏。東南千古事，慷慨一家書。落紙洵靡盡，尋源更有餘。緘藏已孤賞，開卷復何如。

一身爲山水，馮己游未疏。五年新筆墨，千里會圖書。題序予兩序之歸君性，攀登尚我餘。飄飄讀未竟，恨不見相如。

未許即爲讀，深評悟密疏。於兹連幽興，何者是奇書。真想來天際，清標割緒餘。圖經方寸出，畢撰不安如。如字叶得趣。

兹游不輕記，我讀每蕭疏。寧用江山秀，兼成風俗書。君才聊此寄，我意悉其餘。危苦難遽陳，皇皇怨慕如。

清王協和輯録《冰玉集》，浙江圖書館藏稿本

附録

上王潛岳先生

晚申浪得讀書名耳，自揣頑劣，久爲當時賢豪所擯。偶因同門朱天南得介山眉兄，又蒙不棄，猥以塵語妄瀆左右，定謂唾擲不暇。先生乃肯俯教，且細加改削，變瓦礫爲珠玉矣。

伏讀總敂，惠益宏多，感不足以盡之。讀古樂府、諸古風評，似褒多于貶，雖降德可師，但清夜自捫，殊覺芒背耳。及近體五七絶句評，不啻照膽秦鏡，山鬼伎倆，畢現于此。至末後所謂讖語，不覺惄焉懼，泚然汗下也。豈以申不能受教而故爲是善誘耶？非所敢當也。

近又手録得小詩，并呈舊文稿一本，統祈指示瑕疵而已，塗抹勝于圈點矣。山眉兄辱賜瑤章，思步韵，未敢率也。另裁一首，已附卷末。筆不盡意，臨楮惶悚。

又

伏讀尊稿，輒欲妄贊一詞，正恐如文長先生所云如貧子説金耳。後因履修内變，累日慘沮，不忍拈及筆墨。

然而樂府如《戰城南》《艷陽曲》《枯魚過河泣》，古風如《落研》《石季倫》《虎食佛》《血燕》，絶句如《明妃》《咏粥産代食》等篇，令人不敢復想古人。律體謹嚴，七言尤妙。讀華青、康先諸唱和，更覺爽然自失，恨不早拜函丈，稍分片席寵輝也。

累辱書，又賜詩，奇古不待言，所最幸者，贈言一集，微獨增榮，兼可藉以壽世。至于拙文，批點太濫，不若閲詩之受益也。小齋清閒，諸門士真率，不憚停十日之飲，何必待月色計歸舟哉？但慮高軒見過，無昌谷、杜陵作賦手，先生若肯自爲而自記之，當亦是一段佳話。何時挾二兄，踐秋高問柳之約并種種，別有所請益也。

又

前以姻喪出弔，雨後抵齋，知先生見過，失迓，懊恨靡及。少年時思從游而不可，今可矣，又以糊口失之。大賢門墻，果若是其難入乎？

辱賜詩，竟不裁答，非慢也。數十年沉酣于中，尚未通一線路，領大教誨，不早輟筆，何敢唐突乎？每讀佳文，輒爲傾倒，以天下之寶，恐偶失檢，致污俗手，故不敢久稽。讀秋九月偶成三絶句，不禁泪與字相觸，斯文未絶，賴有維之者。先生肯如此，晚輩復何言哉？《北游記》《虎史》雖小品，直駕班范，輒不自揣，跋數語其後，極知形穢，不能已已者，知先生必有以進而教之也。

猶有未盡者，梁氏父子狀元，聞先師云是傳奇譌説，後人沿此建坊而記，云古今父子狀元者三姓，而梁氏屹然分鼎。後又云出東平北門，望山中冢，行人競指爲梁氏父子。更詢一土著，則云蕭太后時兩顯者，惕然疑之，豈冢可疑而坊則無容疑耶？先生博古而精，申既家貧，不能積書，又資鈍，向親朋索看，過即忘之，至今于《宋史》未全見也。統希示知不悉。

又

廿六日，伻來，發緘讀序，驚喜交至，字挾莊、韓而旨本忠孝，真先生所云愧非研都矣。雖然，猶似以功名相期也。申所爲勤勤乞言者，不只爲此，且以先生大手筆贈序贈詩，不一其人，如《碩薖集》《十年書》中所載，類以德義相勗，不必介介富貴得喪也。

申幸受知先生，業已厠申于文章性命之末，而序尾猶以漸需爲恨，計及蘭臺石室，豈申所望于當今之世哉！申年十二三便喜古文，竊謂從師學帖括，不過讀書中一事，藉此出應有司試，亦謂可别有所建立。當今之世而欲建立，難矣。以文章見售者，未必見榮；而以賄得之者，唾辱亦隨之。其有以榮爲辱，以辱爲榮，而揚揚得意者，不過□鼠之嚇鳳雛耳，何足爲有識者道哉？

申所以甘心冷落，不甚悔者，他人不及知，先生諒必有以知之。夫先生之人，非世俗中人也，片言華衮，信其必傳，而因有附以傳，如張石匱、婁雪瓢諸君子，幸豈獨在一日哉！申則不能無過望矣。

又

前入神過康先，喜得吉光片羽袖歸齋頭，覺胸懷間時溢彩色。偶履修來，以尊作見示，更大喜過望，亟命焚香進酒，且飲且讀，遂至酩酊。曉起，聞諸門士，醉夢中猶朗誦諸佳篇也，亦足見晚輩之傾倒于詩文至矣。但恨塵灰撲面，不獲時向玉華峰下尋蘐芳二草，同和鐵笛耳。康先《潞溪賦》，聆固與之妙解，祈共聞所未聞也，兼何時肯撥冗駕輕舟，俾得領教池頭月下耶？

碩薖集跋

余平居則恨讀書，謂虛耗時日，負虛名而了無實得也。然開卷有會於心，則廢寢食。又嘗手不停鈔，雖客至與語，耳若不聞。時有以詩文惠教者，則塵封之，累月日不答，屢見嗤亦不顧。

丁巳，寓讀袁川之霄霞閣。聞潞溪王潛岳先生名久矣，而未嘗相識。偶先生往來閣畔，維舟緑楊下，則以一揖訂斯文之交，輒以古道相示，且直抉其奥，不與世人貌然而心不然者。顛因請其詩稿讀之，則渾穆清深，已莫測其端倪。既又得《北游記》《虎史》，則雖戲筆小品，讀之輒驚，非漢以後人書。最後讀《碩〔一〕薖集》，則嘆余之讀書皆妄也，且嘆余之不能悉先生之讀書者，有如此集，而况其爲人乎！然益不能自已於言也。

先生詩文最矜貴，不强人讀。若其談理也，每以韵勝；而其寫情也，則又以義勝。性本忠孝，發爲詞華，臥游其間，機趣横溢，即欲不竟讀而不可矣。且讀書非有定案也。考亭、白鹿互有异仝，俱不失爲理學名宗；眉山父子、陳龍川輩豪邁一世，不肯降心程朱，彼豈無所得於今古，而漫相訢厲者哉？余讀先生詩文，多不過旬日，篝燈之下，夢寐之餘，時相觸悟，什伯篇中，多亦不過鈔其二三，然自謂勝於天下之盥手焚香、句節字比而讀之者。則必如先生之書之不强人讀，而後可以使人讀之而有得也；則必如余之有得於讀先生之書，而後知無得於書者之不可妄讀也。

且讀書愈多，則作書愈少。余於讀先生書而得之何也，作書務去其既言之言。讀書貴得其未言之言，先生之言也。多言而躁，無才士焉；甘言而澤，無真士焉。先生之言，即其所以爲言也，則余向所爲長抱讀書之恨，而塵封他人之詩文者，先生知不有以罪余也夫。

延密先生云：作文如老行師，設覆合圍，擒縱迭用，制變運奇，無不匠心，尋常才士安能辨此？是蓋竭謨觴之秘、挾吐鳳之异者，方許有此傑構也。謙不敢因其爲我跋也，而輒爲引嫌之語。

又云：起處凡七十字，於黄河則星宿海也，而乃折入集與跋上去，見行文之妙。蓋論文則有如此法，著集，人故不敢當耳。

史華青云：識見超越，高踞雲霄之上，讀之如游七十二峰，一峰一叫絶。

金赤蓮云：有識有法，放膽小心，挾而行之。

俞康先云：原本有隨月映雪等語，余爲芟百餘字，文氣始覺精潔，乃知作文决不可入閒冗。

潛岳王公

山陰潛岳王公者，初名佐，字明霖，號白岳。少有大志，于書無不窺。登崇禎癸酉賢書。時天下多故，公四上公車，憤當國者無遠猷，草數十萬言上之，復貽書時相，陳槫言十策，咸以爲狂，不之省。公歸，乃與故偏將軍鄭惟瀚謀保江東，而南都擁立福世子，未幾失守，公與惟瀚謀舉兵。值鄭遵謙義師起，公知其暗庸不可爲，迺奉二老人隱山中。魯藩監國，聞公名，召授行人司行人，冷曹也。復上書陳進取策，與大帥張鳳翼痛言之，終莫用也。

丙戌後，絶意人事矣。有以王宣子詆金人詩指爲公作者，上變告撫軍逮捕。撫軍閲詩，笑曰：宋狀元王佐，非明舉人王佐也。釋之。公改名雨謙，字延密，號潛岳，黄冠布袍，隱居教授。而公故友有顯者，强以監司起公，又有舉公博學宏詞科者，公致兩書，痛自陳却。

所著有《碩薖集》《廉書》，別有《虎史》《北游記》行世。卒年九十。公嘗自言生平有四恨：不得操文衡，一也；不得掌兵權，二也；不得聖天子平臺召對，陳所欲陳，三也；不得二三子相與屈伸今古，平章山水，吟風弄月，四也。

四子：峻，字天維；崿，字山眉；嶧，字幼輿；岵，字孝瞻。峻之長子命説，字鼎梅。皆能文，紹公志。

俞忠孫附記：宋狀元王佐，嘗爲人作序，有戾語犯時禁，公以仝名爲奸胥所指，而朱晦翁、張南軒諸名都有逮文，竟不知何故。時甲辰冬日也。公適在廣陵，公諸子争械赴當事，得理云。公於忠孫爲外大父，而諸子則舅氏也。

史華青云：通篇以『少有大志』四字作骨，意到筆隨，不覺與太史公神會。

以上清陶及申纂《筠厂文艸》，紹興圖書館藏稿本

校勘記

〔一〕『碩』，原作『石』。

壽王白嶽八十

雉巒曾不住頑仙，都是文人抱慧業。紫陽溪水翰墨香，晚年得證長生訣。方曉還丹在典

墳，白嶽先生恣饕餮。先生持世八十年，自識之無至耄耋。日夜鑽研故紙堆，筆冢書倉爲窟穴。座前足跡砌皆穿，簷際微明捧卷接。含毫呵凍噏冰霜，揮汗鈔書沐日月。廣蒐直欲逐癡龍，博採有時類魏蝶。《廉書》千卷積如山，儕輩見之皆吐□。□書無不洞筋骸，牛背眼光如缺列。生金頑鐵入陶冶，一到紅爐同點雪。更能端確似温公，字字楷書敢褻越？立言不朽自千秋，金籙丹書藏柳篋。第恐人言行秘書，後車將到蟠溪碣。

明張岱撰《四書遇》，浙江圖書館藏稿本